盈袖丝雨

叶良骏 著

天津出版传媒集团
百花文艺出版社

图书在版编目（CIP）数据

盈袖丝雨 / 叶良骏著. -- 天津 : 百花文艺出版社, 2022.12
ISBN 978-7-5306-8381-1

Ⅰ. ①盈… Ⅱ. ①叶… Ⅲ. ①散文集－中国－当代 Ⅳ. ① I267

中国版本图书馆 CIP 数据核字 (2022) 第 202677 号

盈袖丝雨
YINGXIU SIYU
叶良骏　著

出 版 人： 薛印胜
责任编辑： 张　雪　**封面设计：** 刘昌凤
出版发行： 百花文艺出版社
地址： 天津市和平区西康路 35 号　**邮编：** 300051
电话传真： +86-22-23332651（发行部）
+86-22-23332656（总编室）
+86-22-23332478（邮购部）
网址： http://www.baihuawenyi.com
印刷： 三河市元兴印务有限公司
开本： 880×1230 毫米　1/32
字数： 280 千字
印张： 10.25
版次： 2022 年 12 月第 1 版
印次： 2022 年 12 月第 1 次印刷
定价： 59.80 元

如有印装质量问题，请与三河市元兴印务有限公司联系调换
地址：河北省廊坊市三河市黄土庄镇尚庄子村
电话：0316-3180002
邮编：065200

人生如在水上写字，
水流逝，字无踪影。
但只要写过、描过，努力过，
只有风知，云知，水知，心知，
即使成了背影，
也无悔了。

叶良骏

序

这是叶良骏先生的第五本散文集。为这部文集写序，既有历史的原因，也因文字对我的吸引。在很早以前，我就知道了上海著名学者、诗词专家叶元章先生的大名，因钦慕而飞鸿，书信请教，先后得到叶先生指教并惠赠大著《静观流叶》和《九回肠集》，前者为文集，后者为诗词集，获睹受益，一直珍藏。再后来，便在报刊上读到叶良骏的文章，为其娟雅流丽的文笔风格所吸引，几乎每见必读。之后通信得知，原来她是叶元章先生的女公子，当时已是上海驰名的文化工作者和教育工作者——陶行知研究学会副会长、同济大学等四所大学的兼职教授。读她的《爱满天下》一书，知道她为了学习、继承、传播陶行知的教育思想，从城市到山区，为莘莘学子与孩子们讲授陶行知的故事，为教师及各界人士传授陶行知的教育理念，孜孜矻矻，几十年如一日，在大半个中国，留下了她跋涉的足迹。我当时对陶行知的了解不多，通过查阅资料，得知陶行知是一名伟大的教育家、思想家，同时也是一位坚定的爱国主义者。毛主席对他评价甚高，称他为“伟大的人民教育家”。郭沫若称赞他：“两千年前孔仲尼，两千年后陶行知。”宋庆龄为他题词“万世师表”。可是，这样一位伟大的教育家，长期以来，似乎并没有引起社会的广泛关注，在文化教育界，也似乎没有见到多少有关专家的研究成果出现，更不要说成为“显学”了。想到这里，我忽然对叶良骏肃然起敬了！实在说，她并不是学术界的所谓“大咖”，但是为什么在国内对于陶行知的研究相对冷遇的情况下，她却对陶行知情有独钟，不惜付出了自己半生的精力，为弘扬“陶行知精神”而默默奉献呢？这原因，我想还是要从陶行知崇高的思想信念中去找。陶行知一生清贫，公私分明，只讲付出，不求索取。“捧着一颗心来，不带半根草去”就是他高尚灵魂的写照。如果叶良骏不是被这样的灵魂所感动，她会将自己的半生年华，毫不犹豫地投入到对陶行知的研究中吗？真正的知音，可以活在同一个世界上，也可以活在遥远的隔世！我相信，叶良骏一定是把陶行知当做自己的隔世知音，情愿为其付出自己的精力与心血，全不顾这筚路蓝缕的艰辛，且以此为甘！

陶行知有一句名言：“爱满天下。”叶良骏在“学陶”中践行着这样的理念，在文学创作中，也将陶行知大写“爱”字的人生情怀，充盈于笔端，造就了她独具一格的散文特色。作为读者，浏览着这部散文集的篇章，总感觉自己的心神不是在阅读，而是恍如徘徊行走在纷纭人间的路径上。这路径上的人，路径上的景色，或逦逦旖旎，阳光明媚；或回环婉转，令人翘企；或一唱三叹，思味无穷……这种阅读的感受，我觉得不仅仅是一种心灵的享受，更是一种对思想的开发与冶炼。例如《大阿哥》，写作者童年认识的一个邻居“大阿哥”，热情，帅气，乐善好施，助人为乐。作者喜欢他，把他装在心里，如同自己的“亲哥”。有一天，大阿哥忽然参军去了，那是“抗美援朝”，“大阿哥穿了军装，背了背包，打了绑腿，神气极了”“只有我很难过，使劲忍才没哭。”后来便是写在漫长的日月里对大阿哥的盼念。盼他消息，盼他回来。在久久的盼念中，大阿哥终于回来了。这时候，她发现原先矫健帅气的大阿哥，现在“走路一拐一跷，背也有点驮了”，“几十年过去了，最后听到的消息是他去乡下养老，并在那里去世了”。读到这里，我不禁泪眼模糊。为了保家卫国，大阿哥光荣地献出了自己美好的青春，留下了一个残废的躯体，最后在那“雄纠纠气昂昂，跨过鸭绿江……”的心声中消逝。这是多么平凡而又伟大的人生！这样的作品，将国家命运与个人命运联系在了一起，发人深思，绵绵悠长，是那些花前月下、儿女情长的所谓“感情散文”无法比拟的。

在散文中塑造人物形象，这是叶良骏散文的一个值得重视的特点。按照一般的文学观念，散文是以抒情为主的文体，做到“以情感人”“以景怡人”也就够了。但读叶良骏的散文，却不仅如此。她将描写与叙述，轻盈妙曼地融合于一体，笔触自然流淌，毫无凿痕之感。这流淌的笔触，不是漫无边际，散漫不羁的，而是紧紧牵引着人物的魂灵，渐渐走向归宿。因此无论篇幅长短，情味浓淡，文章中的人物，总是给人留下深刻的印象，让人掩卷默想，流连而不忍离去。篇中的人物，让人频频回顾，牵念不已！《繁花落尽春犹在》中的“老爷爷”，《错失一位好老师》中的“爸爸”，《一束未送出的花》中的黄宗英，等等，对这些散文中的人物，虽然并没有刻意加以刻画，但却于情感的流淌中，使文中的人物在读者心中活了起来。对于这样的散文“境界”，我是深受感动和敬佩的！

杜甫诗曰：“文章千古事，得失寸心知。”我相信这本散文集的出版，是一种新的文风的展现，必然会为文学领域添加一道亮丽的风景，赢得更多学界读者的评说。

戋戋感言，谨为序。

穆陶

2022年6月12日于潍坊

著名作家、评论家，潍坊市作家协会原主席

目录

◎隔岸垂萱

◎隔岸垂萱

◎兰碧人素

◎兰碧人素

◎满眼蓬蒿

◎凝痕残晖

◎西风扶弦

◎西风扶弦

隔岸垂萱

秋风吹散了旧味

宁波镇海庄市镇的周围，散落着一些村落，菱漕村就是其中之一。菱漕村有两个大院，人称“大屋”，其中一个属于我外公陈兰荪。小时候去那里玩，最喜欢在前后院子里疯跑。

那时，外公已在宁波市里购田造屋，几个舅舅也搬去了。偌大的屋子不大看见人，只有几个老人晒着太阳，给我讲过去的故事。大屋是个大四合院，二层木结构楼屋，门口是管家、门卫、佣人房，后面是厨房、柴房。外公是宁波商会会长，当然很有钱，但他的节俭在四乡闻名。三姨结婚后回娘家，作为新女婿的姨夫被留下吃饭，桌上不见大鱼大肉，只有咸鱼咸菜等“压饭榔头”，还有一碟咸虾酱。姨夫刚吃了一筷虾酱，外公发话了：“是咸勒陀啊，吃勒介咸！虾酱怎好横挑，要用筷子直的浸一记，嘴里吮吮就好下饭了！”吓得姨夫战战兢兢的，被乡人当笑话讲。

外公对自己人如此，但他对别人却十分慷慨。以前从乡下到宁波只有一条土路，雨天泥泞不堪。等我记事时，已变成了青石板路。在庄市出镇处，还修了个凉亭，里面放着长凳，有专人管茶炉烧水，免费供应行人。大院里的老人们说，这都是兰荪先生做的好事，他造桥、铺路、修凉亭，积德行善啊！现在凉亭已不在了，但那里至今还有个公交车站叫“半路凉亭”。乡人有难，只要找上门去，外公总会施以援手：买不起药“施药”；无钱下葬“施棺材”，天冷了“施棉花”；乡里子弟，外公介绍到上海“学生意”。村里孩子上学不便，外公办了小学；当时，乡下没医院，外公和乡里贤达发起筹款，创办了宁波郊区第一家民办医院“同义医院”，现在这家医院还在。这么多年，不知救治了多少人！有一年，我回乡下休养，到同义医院看病时，才知隔了那么久，外公还在庇佑我，还在为乡里造福。

外公的大屋，自己只住二分之一，对面一排起先都空着。后来陆续住进了人，那是族里和村里的孤老、寡妇，丧失劳动力、无法自立的残疾人等，他们全由外公供养。直到外公迁至城里，祖田的收成他每年仍交这些人作为生活费。外公去世后，大屋的大部分仍由这些外人居住至今。

我家的老保姆在儿女双亡后，成为无依无靠的孤老，外公将她交给我妈，妈秉承父训，善待老人，将她当作姐姐。我们一直以为老人是我们的亲姨妈，后来才知道，她只是外公的族人。上海的“协大祥”“三阳”等宁波人的企业，外公都持有股份，为的是可使家乡子弟来沪“讨生活”。外公是最早的“宁波帮”，他创办的“元亨钱庄”“民新银行”开当时风气之先，在宁波金融业中曾占重要位置。但乡人眼里的外公，老人们口口相传的，只有一句话：“兰荪先生，大好人啊！”

听说菱漕村要拆了，我们全家赶去告别。大屋历经百年风霜，依然完好无损。秋阳下，屋后的竹林依然苍翠。院里的大水缸，依然压着当年的木盖。雕花的窗棂，半抱的屋柱，依然支撑着砖墙。当年那个穿着布袍，不苟言笑的外公，早已化作烟云，而今，这所院子连同大屋，也将化为乌有。我拆下了门牌，揭了两片屋瓦，留作永远的纪念。秋风吹散了旧味，但在乡人心里，在我们心里，外公一直活着。他的善行刻录在家乡的土地上，在我们家代代相传，将如清新的春风永远吹拂在宁波的历史中。

2011 年 11 月 5 日

寻墓记

外公陈兰荪先生去世时，我刚到上海。那天，妈接到电报，她把碗用力扔地上，碗碎了，然后伏在桌上大哭。我不知发生了什么事，也吓得哭起来。窠娘告诉我，外公死了。为什么要敲碗呢？原来接到报丧信，摔碗是风俗。她还说我哭得对，外公没走远，他听得见的。

那年，大弟刚一岁，妈还怀着小弟，她没法去宁波奔丧。年幼的我，不懂什么叫“死了”，更不懂人死了，还要有什么仪式。妈在头上戴了白花，家里生活如前，没什么变化。这件事在我的脑海里没留下什么特别的记忆。

我对外公的印象很模糊，只对小时候去他家，刚进门就听见的咳嗽声记忆犹新。外公穿长衫、布鞋，戴一副圆眼镜，不苟言笑。外公家人不少，但不见有人走动，声音都不大有。天井很大，铺着青石板，有几口水缸，还有一棵橘子树。客堂暗暗的，似乎挂着画，记不清了。我的小名是外公起的，听爸爸说，第三代里外公只给我起了名字。外公夸我好看，还抱过我，他很高兴地说，像月里嫦娥，叫月里吧。爸觉得奇怪，起的名为何不是嫦娥，而是“月里”，爸觉得不像女孩名，改成了“月丽”。这名字跟了我几十年，至今，爸妈还常说，你名字是外公起的，要记得。

我却不记得外公了。那时我太小，除了以上一点印象，对外公，对宁波市区西马弄的外公家，基本上没留下记忆。20 世纪 80 年代，我多次去宁波讲课。爸妈住在文汇新村，每次去看他们，总在一个叫“半路凉亭”的公交站下车。公交站一般都叫XX路，或是企业名，这个站名有点特别，我很好奇，还特地在周围找，但没找到凉亭或与凉亭有关的建筑。有次问了爸，爸告诉我，这是你外公做过好事的地方。

这地方一直以来都是庄市四乡通往宁波的交通要道，那时除了航船，没别的交通。乡人去宁波，有点钱的坐船（很小的船，有手划的，也有脚划的）。那时每个村都有小河围绕，除了日常用水，最重要的是通航。四乡八村出门，都可在村头坐船，小河通外面的大河，一直可到宁波。如出远门，在宁波换大轮船可通上海、汉口等，也可通南洋。但大多数人为了省钱，不舍得坐船，是挑了行李走。从四乡到这地方，一般已走了三五里、七八里路，累了，便在路边坐着歇歇脚，或问人家讨口水喝。后来，外公在此造了凉亭，凉亭是什么样的，已无可考，但老人都记得，凉亭可蔽风雨，里面有长凳。兰荪先生还雇了人，天天在凉亭烧茶，免费给人喝。凉亭没名字，因为从各乡走到此，半路可以歇歇脚，大家就叫它“半路凉亭”。后来，凉亭毁了，但大家习惯了这个地名。现在许多公交车在此设了站，到了这儿，就会播报“半路凉亭到了！”前几天我回乡，特地坐1路车来回几次，听报站器里一次次报“半路凉亭到了，半路凉亭到了！”恍惚中，似乎又听到外公“咳，咳”的咳嗽声，心里很暖。外公已走了那么久，早已消失的凉亭，依然代他活着。

从八十年代起，每次去宁波，我有意识地寻找外公的足迹。我渐渐知道，原来外公是个名人，在许多地方有关于他的记载，老报刊上有他的报道，他的名字、照片在史料中时可见到。外公为家乡做过许多事，沪甬两地商界老人说“兰荪先生跺跺脚，上海宁波抖三抖”。乡人称“修桥铺路造凉亭，兰荪先生大好人”。我收集了很多资料，为外公感动，也为有这样的外公自豪。

我一次次去档案馆、博物馆、天一阁、钱业会馆、他的故居、他参与创立的医院，四明公所遗址等地寻查资料，采访老人，到处去追寻他的踪迹。不知怎么搞的，我一直没有想到，他的墓在哪里？外公的墓我小时候看到过，在菱漕村前的田里，碑像一堵墙，又高又大，不知何时不见了，我也离开了家乡。这么多年，没人跟我说起他后来葬在哪里。前年，我去净园寺祭拜先祖父母牌位，脑子里似乎有一道光突然闪现，“外公”在何处？外公子孙满堂，他肯定有墓，也应该有人祭扫。

上海的舅舅舅母都已去世。大舅家的大表哥，在文革中连自己父亲的骨灰都不敢保留，与我们素不联系。三舅家的独子经常出国，找他不易。问妈，妈说她从未去过墓地，只听说是大同公墓。我奇怪妈怎么从未去拜过“父亲”，她说，这是旧俗，只有儿子可以在碑上具名，女儿烧纸，磕头都没用，因为已是外人。这习俗简直荒谬。我问过窠娘，她说，女儿是外姓人，不用去祭拜自己爷娘，拜了，爷娘也不认识你。原来如此。

前年我回老家，要去大同公墓打听，族叔说，这个公墓解放前就有，大得不得了，你怎么找得到？他托了熟人去公墓查名字，结果没找到外公名字。我不信，想自己去找，族叔说，电脑上没名字，这么多墓你怎么找？问问清楚再去。我去了宁波的小舅家。

小舅想了半天，说好像不是大同公墓，叫什么公墓，怎么也想不起来了，几十年没去了。他说，是在山里，车要开很久，在一座寺庙旁边。我很生气，不去祭扫也罢了，居然连公墓名字也想不起！我问了族叔，他说宁波周边的山不是一座两座，怎么找！我不管，从近处开始找。我包了辆车，告诉他往最近的庙走，找边上有公墓的。司机挺不错，他说先去保国寺吧，开了老半天，一看，庙是有的，但没公墓，来来回回找了一圈都没有。那天累得够呛。

去年我又回家乡，想来想去，还是去找小舅，小舅更老了，已不大能走路，脑子倒还好使。启发了半天，他还是想不起来。正好他儿子来电话，我赶紧抢过电话，要表弟想想。他说好多年前跟大人去过，是在一个庙旁边的山上，好像是骆驼方向。大概被我打动了，他说，明天我陪你去找找看。

第二天一大早，表弟开着车往记忆中的方向走，一路走一路问人，都未果。后来有人说净园寺那里好像有墓。净园寺是我们老鹰湾叶家供奉十六代祖先还有我祖父母牌位的地方，那地方在汶溪，于是我们往那个方向开。开了很久，到了净园寺，表弟依稀有印象，他说好像是这里。往前找，没有墓；往右走，有墓，但表弟说不像是这里；再往左边山上找，从山脚望上去，层层叠叠都是墓。看上去这公墓年代久远，一条小路青苔、杂草、野树遍地，很难走。有很多很多墓，其中不少墓看上去长久没人祭扫，茅草纠结，灌木丛生，墓碑上的字都遮住了。表弟披荆斩棘在前面探路，我手脚并用跟在后面，来回走了几次，还是没找到。

刚下过雨，路很滑，上山下山几次，累极了，也没处坐。表弟看了又看，肯定地说，是这里，没错的！可怎么找不到呢？我四处张望，墓都一样，碑上字迹模糊，还被树、草遮住，不可能一座座墓去清理，怎么办呢？我问表弟，肯定没错？他说是的，是这儿，就是不知在第几排第几座。几个小时过去了，上上下下走了一遍又一遍，又累又伤心，我哭了。我对着墓园喊，外公，我来看你了，我代妈妈来看你了，你在哪里？快出来！当然没回答。我又喊，外公，我带锡箔、香烛来了，你快出来！我来拜你了！

似乎真的上天有灵，我忽然看到一个“陈”字，就在我们站的这一排，表弟说，好像是这儿！我们赶紧拔草除树，手上弄得乌漆墨黑，好几处被树枝刺破。清理干净了，“陈兰荪”三字赫然在目。“外公”找到了！墓碑上是“陈兰荪、陈星灿夫妇”，一九五六年重立。一九五六年，全国平坟造田，一定是那个时候迁至此的。后来问父亲，他说“陈星灿”是太外公，“星”应是“性”，墓碑写错了。碑上没有外婆名字，连陈某氏也没有，我问了好多亲戚，都不知外婆姓什么。

这里是九龙湖公墓，外公墓在寺边左侧山上第 4 排左第 3 座。

我们把供桌清理干净，点上香烛，焚了锡箔。对家族的满堂子孙，对宁波、庄市作过杰出贡献的外公，不应该被遗忘，被冷落。

外公的墓终于找到了，我跪下，代妈磕了三个头，又磕了自己的三个头。外公对我本是个陌生的形象，现在却清晰起来。我在心里说，外公，虽然我来晚了，但我越来越走近你，越来越敬仰你。我们把墓打扫得非常非常干净，没有一片叶、一根草、一点土。在阳光下，墓碑庄严肃穆地挺立着。乡人都说，你来，是没用的，因为你不姓陈，外公早就不认识你了。我不信。我来了，我还会再来。别人不知道，可我知道，外公一定看见我来了。我跪在地上，地上很湿，我却不觉得冷。水泥地很硬，我只感到心安。他笑起来那个声音，穿过时空轻响在我耳边。这会儿，他一定在天上看着我，一定是“呵呵呵”地笑着说：“迭格小囡介好看！”介好看格小囡叫月丽，就是我，外公怎么会不认识呢！

2017 年 12 月 13 日

先外祖父陈兰荪，字道域，生于 1870 年，1946 年在宁波去世。在宁波创办元亨钱庄，民新银行，是同义医院发起人之一，为上海“协大祥”“三阳南货店”等企业大股东。曾任宁波市总商会会长，市钱业公会理事长，长期任四明公所理事。

我的两位舅舅

冰冷的瓷盆

童年时代，最喜欢跟着大人去做客，因为有吃有玩，更爱听那几句夸奖："这孩子越长越好看了。"但有一家最怕去，那是大舅家。大舅家在高级住宅"上海新村"，房子很大，因为人少，每次去总觉得冷。更冷的是舅母的脸，她不喜欢婆家亲戚，从不笑也不搭话。大舅怕我妈妈不自在，常找话说，最后总是冷场。在我小小的心里，他们家像冬天一样充满了寒意。

幸好有那件瓷盆。瓷盆平时放在柜子上，我去了，大舅装上糖果拿给我。我不吃，爱看瓷盆。盆不大，很浅，青灰色，捧在手上凉凉的，沉沉的。盆中有只青蛙，身绿如玉，肚白如雪。眼突出，嘴鼓着吹气。青蛙十分逼真，我常怕"蛙"会跳出来，看一会儿就用手蒙上。因为有这只活灵的青蛙，大舅家才有了吸引我的一丝温润。

在一个夏夜，两个无良青年偷偷摸摸进了大舅家，把所有财物包括瓷盆洗劫一空。大舅心疼财物，躺在床上大哭。舅母劝他："破财消灾，破财消灾！"此话却不灵验。

第二天深夜，两人又来了，他们打听过了，瓷盆乃宫中之物，有雌雄两件，这件雄盆，放上水，青蛙会吐泡泡，是价值连城的稀世珍宝。老百姓家怎么可能有此宝物，一定是做大生意的官僚资本家。两人逼问道：瓷盆是配对的，另一件呢？

大舅从小养尊处优，其父是宁波商会会长，家财万贯，对于长子，当然是呵护有加。新中国后，大舅原在一家工厂做事，因为怕开会，胆小的他辞去公职，从此深居简出，靠定息、祖产生活。瓷盆是祖传之物，大舅不知就里，只当果盆用。大舅是那种只知埋头赚钱不知抬头看路的商人，搜尽枯肠，也答不出这个问题。为了这只瓷盘，大舅吓破了胆，一时无措，突发疾病去了。那个夏日，特别闷，特别热，蝉吵得人几乎窒息。大舅大睁双眼，穿着破汗衫，在“知了”“知了”的哀鸣中，化作了一片冰冷。

花开花落，草青草黄，四十年过去了，好些陈年旧影依然在心头飘动。我常想起那件瓷盘。当年既有识宝人，它应该还在世界的某个角落。至今，我不明白“青蛙”怎么会吐泡泡，也不知道瓷盆是否真有雌雄两件。它也许真是稀世珍宝，也许哪一天，它会悄悄出现在拍卖会上，甚至拍出天价。但每想起那只“青蛙”，我就会不寒而栗：比起生命来，这盆，这蛙，究竟值什么！而大舅早已化作了灰，连墓都没有一座。

不安分的小舅

小舅陈雩庭于 2018 年 12 月 7 日在宁波白鹤新村家中无疾而终，享年九十七岁。至此，外公的子女全部离去。此文为 2016 年 10 月 24 日去宁波看望他后写成，现成纪念文了。

近日回宁波看望病中的小舅。行前，家人告诉我，他已卧床半年多，不能吃东西，脑子也糊涂了。九十七岁的小舅，到了这一步，恐怕来日无多了。

一见他，与想象中完全不同，虽卧床，瘦得只有皮包骨，气色却不错。他非但不糊涂，还滔滔不绝地回忆往事，思维清晰，语言表达顺畅。他一眼就认出我，高兴地说：“月丽，侬哪能会来！”拉住我的手，问长问短。

小舅是外公最小的儿子，受宠自不必说。外婆去世时，他尚未成年，外公忙于生意，家事无人管，对这个小儿子的照拂大概也很不周，他就这么“野蛮”地生长，变得狂放不羁。

关于小舅的往事，大多是父母亲讲的，口碑真的不怎么样。他从小就不肯好好读书，外公办的崇本小学就在菱漕头家旁边，子女都在那儿上小学。他三天两头不去，或者上着课，人就不见了。先生打他手心，他把戒尺抢走，先生要大家写字，他把本子撕了。他贪玩，打弹弓，掏鸟窝，捉蟋蟀，把蜻蜓头掐了，系根绳看它飞……但他不欺侮人，也不打架，只是不爱被关在课堂里读什么“人之初，性本善……”小学好不容易毕了业，外公把他送去上初中，他本性不改，依然贪玩。外公怕他闯祸，送他去上海学生意。他的学历，勉强算是初中肆业。

到了上海，小舅先在外公的“三阳南货店”当帐房助理。这下他如鱼得水，上海这个花花世界，比宁波开放得多，好玩的地方也更多了。他只有十几岁，没人管束，店里看他是老板儿子，当然也不敢去管。上海滩三教九流，消息传得很快，都知道他是大老板陈兰荪之子，家有花不完的钱，都来巴结，巴结的方法是投其所好，带他玩：跳舞、跑马、上馆子……女人、白相人（花花公子）、青红帮等等，都找上了小舅。

这样一来，小舅在上海一下子就名声鹊起了，哪里有好玩的，哪里就有他。在哪里出现，他的身旁就围着一大堆人。幸好从小家教严，他只是玩，并没有涉及赌和毒。

玩，要钱，那么多人陪着玩，更要钱。小舅在“三阳”拿薪水，每月只有十块大洋，照他的水准，吃饭都不够，没钱，他有办法，他在帐房间，“三阳”的钱随便拿，店里人不敢得罪他，敢怒不敢言。很长一段时间，外公以为他在上海好好学生意，对他的胡作非为毫无所知。他广交朋友，或者说是“朋友”上门来广“交”他。他越玩越大，去四马路的长三堂子如同回家，上海滩人人唯恐避之不及的“76 号”，他随便进出，还弄了把枪别在腰里，倒不吓唬人，只是好玩。国际饭店、百乐门……凡是好吃的，好玩的地方他都是常客。一大帮子人跟着他跑东跑西，花钱如流水，他成了圈子内外有名的“小开”。

“三阳”是个南货店，生意虽不错，也禁不住他这么折腾。窟窿越来越大，事情终于败露，外公大失面子，气得病倒。外公赔了一大笔钱，儿子在“三阳”做不下去了，怎么办？小舅已十七岁，还是给他讨个老婆收收心，于是，一个大户人家的小姐嫁给了未曾谋面的他。舅妈出身很好，家里有钱，远近闻名，人也漂亮，按外公意思，比小舅大三岁，可以管管他。

他们在上海结婚，排场当然很大，是西式婚礼，新郎穿西装，新娘披婚纱，小舅的狐朋狗友都来了。外公很开心，他以为结了婚，儿子“就是大人了”，应该会长点记性，婚前有个什么不检点的，都会改好。

婚后他们住在太原路外公买的洋房里，佣人、包车一应齐全。外公安排小舅开了“弹安三轮车公司”，让他当经理，给了一大笔钱，让他把公司撑起来，有事做，有钱赚，又有貌美如花的老婆，小舅却本性难改。

小舅母是旧式女子，信奉“夫比天大”，她不敢管也不会管小舅，小舅变本加厉，照样混日子，吃喝玩乐，天天不着家，像家里有座金山似的，大手大脚挥霍无度。

一年后，舅妈生了大女儿，取名小雪。老婆做月子，小舅没了拘束，常夜不归宿。家里用了出窠娘，还有娘姨，但没人管束，下人也欺主，小舅妈又年轻，不懂照顾孩子，结果小雪在月子里就夭折了，夭折的原因匪夷所思，大白天，小毛头乱动手脚没人管，把小被子蒙在头上，活活憋死了。外公得知后，气伤了心，大发雷霆后，把小舅一家叫回了宁波。

外公在西马路有两幢楼房，他与大舅、二舅、三舅、小舅，还有未出嫁的小女儿住在一起，家里人多，都不做事，靠外公养活。这一大家子人，姑嫂、妯娌、公媳、子女之间难免矛盾不断，碍着外公威势，表面上都客客气气，暗地里花样百出。外公家有粗作丫头、包车夫、看门老汉，还有房里娘姨、阿小（买来的小女孩，当作身边使唤丫头），人数比主人还多。

小舅自由惯了，回到外公身边，钱受到限制，再不能乱花，人又受到管束，不能随便外出。外公不要他工作，免得惹事生非，每个月发点零花钱，吃饭在一起，冬夏衣服公中出钱，如安分过日子，生活完全无忧。但小舅野惯了，他哪受得了这种日子。外公年纪大了，身体也不好，家里又没女主人——外婆1936年去世后外公未再续弦，很多事没法管，即使有些事知道不妥，他也管不过来。兄弟各自成家，虽住在一个院里，也是各人自扫门前雪，看笑话的有，管事的没有。有时明知小舅又在外面花天酒地，他们也懒得管。

小舅依然荒唐，三天两头溜出去，钱没了，问舅妈要。舅妈的陪嫁丰厚，手里有钱有首饰，她给得起，也不敢不给。孩子一个个生出来，小舅像没事人似的，照样玩。就这样，一直玩到外公去世。

外公一死，树倒猢狲散，根据遗嘱，儿子分了钱，两幢房子由大舅、三舅、小舅抽签分。小舅运气好，分到一幢楼，大舅、三舅两人合分一幢。分家时，大舅明里暗里占了很多便宜，因为三舅、小舅都不管事，分的只是明产：帐上的钱，还有西马弄、菱漕头房子和祖田，其余如外公许多实业的股份、债券、珠宝、金条、名人字画等，两个兄弟不知道也不懂，一笔糊涂帐，据说都给大舅拿走了。这是我后来一直听舅舅，还有父亲说的。

对于小舅，手里有了一幢楼，底气足了。为了不受拘束，他第一个把房子卖掉，后来卖了十三根大黄鱼——一百三十两黄金。当时，这笔黄金是一份巨额财富，可保下半辈子过舒服日子。不安分的小舅不知守财，用八十五两黄金在鼓楼买了房。其实这房子远不值这个价，因为小舅不懂行情，别人又都知道他手里有黄金，连骗带蒙成交的。明明说好是八十五两黄金，结果不知怎么被忽悠，成交是一百零五两黄金，外公留给小舅的这份财产所剩无几了。

他照样玩，常常去上海一住就是一两个月。最荒唐的一次还带回来两个长三堂子的“倌人”，把舅妈赶出卧室，三个人在里面鬼混。舅妈生了二子三女，没人帮，忙得脚朝天，日子过得一团糟，他不管，孩子从来不抱，也不看。舅妈只好“眼泪淘饭”，拿他一点办法都没有。这样过了几年到解放了，小舅已把田、屋都卖光，钱也没了，成了“无产者”。再无人可靠，也无钱可用，因为家都败光，他倒成了赤贫，什么帽子都扣不到头上，坏事变好事了。

有人为他安排了工作，他也不知是谁帮了忙，不上班全家要饿死，只好去了。去的是“三江贸易公司”，说是私营的，叫他当经理，其实掌权的另有其人。那时他山穷水尽，只得老老实实学做生意，可是那些生意他真的不懂，买主卖主还常不见人影，买卖的是药品、医疗器械，甚至还有枪、弹药等。这种生意怎么好做？他有点疑惑，但有人告诉他，这家公司已开了不止一年两年，一直做，没关系的，还要他只管收账，不用问其他。那时，宁波刚解放，仗还在打，历经江湖的他，慢慢看懂了，也就安心做个甩手掌柜。

新社会了，那些乌烟瘴气的地方关了，他周围的白相人逃的逃，销声匿迹了。小舅无处可玩了，他开始好好地学做事，对家里也关心了。只是，舅母被他伤透了心，夫妻俩一直吵，变成一对怨偶，一直吵到老，吵到舅母去世。

舅母年轻时性格温和，她像姐姐一样对小舅照顾、忍让。她相夫教子，学做家务，几个子女都很正气，也孝顺。解放后，舅母成了小学教师，白天上班，晚上理家，里里外外都是她一个人忙。小舅虽不玩了，但大少爷脾气不改，什么事都不管，更别说做家务。更气的是小舅的工资不肯给家里用，就是给也很少。他只管自己，衣服鞋子要买老牌子，吃的要老字号，用的也挑最贵的买。舅母吵不过他，只好忍气吞声，独自挑起家庭重担。他们有五个子女，那时工资低，舅母过得很艰难，慢慢地她脾气越来越坏，后来变得有点怪了。这对夫妻是大吵三六九，小吵天天有，吵来吵去，小舅依然我行我素，舅母没办法，只好“拍桌打凳”撒气，家里气氛极差。

小舅家庭生活不幸福，源头在包办婚姻。那时都是父母之命，媒妁之言，婚前两人都没见过，小舅只有十七岁，还未成年，根本没准备好承担丈夫、父亲之责。舅母再漂亮，人再贤惠，对他来说都只是个陌生人。两人性格不合，小舅又是长不大的男人，两人无法磨合，婚姻不幸福，小舅就往外去寻找刺激。舅母看他不成器，满腔怨气变成积怨，从贤淑的良妻变成河东狮吼的悍妇，两人越走越远，这一辈子不知怎么熬过来的。

大前年，舅母去世了，小舅也老了，他把自己料理得很好，一点不觉孤独，也许，这是彻底解放了。他的晚年由女儿照顾，三个女儿都继承了母亲的优良品格，很孝顺，她们轮流来家里做家务，小舅享受这样的生活，很安心。小舅最遗憾的是大儿子德庆因病英年早逝，这儿子是小舅最喜欢最看重的，因他为陈家生了孙子。孙子取名陈杰，小名叫阿杰宝。大儿子一家与舅舅生活在一起，后来大儿子去北京发展，阿杰宝从小由二老带大，对老人也很孝顺。大儿子在京发展不顺利，后来回宁波，工作不顺，夫妻又离了婚，不幸去世，白发人送黑发人，对小舅、舅母打击很大。儿子死了，舅母就此病倒，后来脑子也糊涂了。小舅身体一向不错，这次也生了病，好几年才走出这个阴影。阿杰宝很听话，大学毕业有了工作，一直与他们住，结婚后才搬出去，但双休日，节假日必带着孩子回来住，是个很懂事的孩子。

小舅后来被认定为“离休”，与他广交朋友有关。宁波刚解放不久，就有人为他安排工作，这家公司是地下党为解放区购买药品等物资开的，他算是建国前参加工作的老革命。还有一位姓吴的专员，是当年的麻将搭子，他特地找到小舅，说当年你不畏艰险，为我们望风，是有功的，所以你可以算离休，还为他开了证明。小舅没想到他当年不分青红皂白交朋友，还交到了地下党，为革命做了贡献！于是，他享受“离休”待遇，不过不算离休干部，是离休老工人。尽管待遇不如离休干部，也是莫大的荣誉，至少，医疗待遇大大提高，退休工资也比同龄人高一大截。

小舅喜欢新生事物，讲究生活品质，在我们还不知空调这些电器时，他早装上了，什么取暖器、按摩椅、高清电视机……他都早早享受起来了。一直到老，他总穿得山清水绿，头发整齐，出门皮鞋锃亮。他个子瘦小却很精神，学历不高，却勤于看书看电视，天下大事他都了然于胸。

他恪守传统，很早就宣布，只有儿、孙才是陈家人，嫁出去的女儿泼出去的水，娘家所有东西，一把草都不会给她们。三个女儿从小就习惯了父母的“偏心”，一点没怨言，照样天天来照顾，对阿杰宝也爱护有加。从不管家的小舅，真是好福气！

在非常时期，小舅没受冲击，很奇怪的，解放前他那段历史似乎并未写入档案，也许因为他没加入过任何党派，也没担任过什么职务，即使别着手枪，也只是好玩，故似乎没人往他头上泼脏水。再者，后来很多年，他只是个工人，不算干部，也没有职位，老老实实地做自己的工作，他生性不喜欢管闲事，也不爱与人交往，在单位里连话都懒得说。所以，他没有朋友，也不可能有敌人。那段日子，外公的子女只有他没吃过一点苦，没人来找麻烦，安然度过了。

小舅一向花钱如流水，解放后“油水”没了，他仅靠工资过日子，手头当然很紧，子女五个，再不管不顾，他这个当爸爸的也得负担家用。大舅、二舅早在上海落地生根，几十年里从来不回宁波去。外公家产分后，在土改中，因他是资本家，地被分了。乡下的祖田、坟田，本不该分，但仍分了。西马弄房子卖了，只有菱漕头房子在。房子里值钱东西早分的分，卖的卖，但瘦死的骆驼比马大，还剩下不少“屋肚肠”——房里的家具。上海的舅舅不回去，这些东西他们也不要，于是就剩下小舅可以去收拾残局。听乡下族人说，那几年，小舅时不时回去，把“屋肚肠”装船，一船船运出去卖了。虽说不值大钱，但那时物价便宜，卖掉的钱还是很可观的。

小舅最后一次运东西，大概在困难时期，船上已没有大物件，只有破破烂烂的杂物，箩筐，锄头，铁锹，簸箕什么的。乡人说，屋里已搬得“精光滑特”，连一根草也没剩下。三位舅舅的菱漕头房子后来都卖了，那时房子不值钱，每间只上百元。从六十年代起，菱漕头已不再属于外公家，都住进了外姓人。只有对面原属外公弟弟陈莲生家的房子里还住着阿华舅舅一家，一直到这次全村拆迁，阿华舅舅还住在这里。

前几年，因造植物园，菱漕头拆迁，按理拆迁与小舅已没有任何关系，但我听同村的益美姑姑说，小舅回去大吵几次，有次还拍桌子，差点把拆迁办桌子掀翻了。他的理由是这田、这屋都是陈家的，房子虽没了，根还在，外面晒谷场，前后通道，廊沿……都没分过，仍姓陈，怎么可以说拆就拆？要分！小舅说的这些当然是歪理十八条，本无可能分房，但村支书说，陈家还有祠堂、菱漕在，崇本小学也在，总是陈兰荪的功劳，还是照顾他们，分套房子吧。

支书怕上海两位舅舅的后人也来吵，要小舅让这两家人写好保证。说只分一套房，已是照顾，为的是陈兰荪为村里为宁波做了许多事，是乡里的感恩，分房子不是“明份账”，其他人不好来吵。姑姑说分了一套房给小舅，但后来我问小舅，他不承认，说分房要办很多手续，要东跑西跑，家里没人做这些麻烦事，没分到。按小舅脾气，不分房给他，他肯定要吵到底，不罢休，不可能半途而废。而分房要人跑，办手续麻烦，特别要上海两位舅舅后人写保证，实在也是难事。我没有去深究，分析下来，房子肯定没拿，应该是拿到了现金补偿，这次拆迁分到房的还有现金补偿。小舅打死不承认，自有他道理，无非怕上海几家人知道了来分钱，干脆说没有，少麻烦。其实上海两位舅舅后人都不见得会为此事去宁波吵，即使知道了，大概也不会去宁波找这些麻烦的。所以小舅是得益多的人，他运气好。

几年前的国庆节，小舅来了上海，阿杰宝用车送他来沪，住在三舅女儿小华家。小华从小与小舅关系好，很亲，当他是“上客”，让出了自己卧房，每天好菜好点心招待，还陪他去寻旧。

小舅去了“三阳”，他对店里人说旧事，店里人一头雾水，那天负责人不在，店员忙做生意，没人理会这位老人。小舅一肚子“淘古”没处说，心里很不爽。他又去了国际饭店，在那里喝咖啡吃蛋糕。他坐了轮椅逛南京路，说：“不认得了，怎么那么多人！”九十多岁的小舅穿得山清水绿地逛街，真是好兴致。那年他身体挺好，人也清爽，只是不能走长路。因为怕有闪失，他住了两夜就回宁波了，说还有“百乐门”没去，不尽兴。

近日听爸说，小舅危在旦夕，我正好有事去庄市，特地多留一天去看他。小舅妈去世后，他的三个女儿周一至周五来家里照顾他，他不肯用保姆，几个女儿来，他也“一毛不拔”，近两年才有点像个父亲了，谁来，每天给一百元，除了吃饭钱，算是给点补贴了。自5月开始，他觉得腿上无力，不再起床，起先吃饭、如厕还会下来自理，最近三个月，慢慢地连翻身都不行了，最后只能被困在床上。

小舅拉着我手问长问短，问到妈，那时妈已不会说话，但我没如实说，骗他说是妈要我来看他。小舅说，带信给四姐（我妈），都老了，时节介嘞（就这样了），和众自顾自（都自管自），好好过一天是一天了。他说，等好起来，还想再去上海一次，最后去一趟，看看四姐，看看老朋友。我向他保证，等天暖和了，春天到了，他能走路了，我开车去接他，陪他去百乐门跳舞。小舅笑说，舞是跳勿动了。我说，可以请个美女陪着聊天。他很开心。其实，我们都明白，不会有这么一天了，但都假装相信。

墙上挂着外公外婆的照片，我没见过，拿下来看，是外公和两个外婆的画像翻拍成的照片，三人都穿清朝服装。外婆很清秀，三姨特别像她。我拍了照，这是很珍贵的资料，我第一次见到。我和小舅拍了合影。我扶他坐正，他身上是皮包骨头。他靠在我身上，记忆中我从未亲近过他，连握手都未有过。这是唯一也是最后一次，我离他很近，用双手抱他，用我的肩让他靠着。他的白头发凌乱，身上有老人味，被子床单也不干净，但我仍然让他紧紧地依着。娘舅驮（大）来头，他的身上流着和我同样的血脉，尽管几十年很疏远，但仍是我的亲人。

临别，小舅握住我的手说，望望（问候）四姐。我走勿动，勿会去看伊了，欧伊（叫她）好好吃饭。我没敢说，妈已不会吃饭了。我们再没说去上海……我向他挥手告别，最后说的一句话也是，舅舅，侬好好吃饭。舅舅望着我，说，月丽，节末（今天）我交关（非常）开心，侬来看我。侬走好，慢慢走。我不敢说话，走了。生离后面就是死别，舅舅知道，我也知道。因为小舅一直住宁波，我们与他的关系比较疏远。不像三舅，一年之中好多次不是他来就是我们去，很亲。妈除了阿娘去世，几十年再没回到老家。小舅在解放后有了正式工作，也没处可“野”，孩子多，家累重，他很少来上海。印象中，从记事起，我与小舅没见过几次。

不能忘记的是，我来上海上学是小舅带我出来的。其余事都记不清了，只记得与他在轮船上住一个小房间，墙上有圆圆的窗。船开了很久，远远的看见岸上有人，很小，我奇怪地问舅舅，那些人为什么那样小？他说是小人国。现在想起来，这个回答很有童话意境，真不大像他的为人，居然挺会哄孩子的。这个“小人国”的回答记忆深刻，后来我看到了巨人国、小人国的童话，很长时间相信，世界上的确有小人国。

在船上，大多是睡觉，没留下什么有趣的记忆，只记得他给我吃橘子，小小的，很甜，他说是黄岩蜜橘。那时宁波到上海，傍晚上船，到第二天下午才到上海，二十多小时。好像没饭吃，阿娘给我带了灰渍团，吃了好几个。

20 世纪 80 年代，爸妈在宁波住，我常回去。有次妈过生日，舅舅、舅妈一起来了，买了蛋糕。小舅在姐姐面前，似乎很放松，不断笑，话也多。舅妈却板着脸不大说话，那时她的脾气已变坏了。有一次，我与爸妈一起去他们家，舅妈已变得很古怪，不肯用保姆，也不准女儿做家务，家里乱七八糟，厨房连下脚的地方都没有。我拿抹布擦桌子，抹布油叽叽的，弄得手上黏哒哒，再看碗也没洗干净。他们留饭，爸妈不好拂面子，坐下了，我也只好坐下。这顿饭怎么吃得下！是饿着肚子回家的。妈妈好心劝舅妈，自己做不动，用个保姆帮忙。舅妈勃然变色，说，你们知识分子，我们搭不够的！用不起什么保姆！弄得妈不知说错了什么话，尴尬极了。

后来，妈在宁波过七十岁生日，我特地回去，小舅一个人来的，三姨也来了，很开心地一起吃了一顿饭，气氛极好。宁波还有小姨，那时她已生病不认人了。否则四姐弟聚在一起，多好！这是唯一的一次在宁波我见到妈和姐、弟在一起吃饭。他们说了很多小时候的事，一直笑，一直笑。不管长得多大，变得多老，兄弟姐妹都是血脉相连的亲人。

爸妈回上海后，小舅时不时打电话给妈，妈常说“现在雩庭像一个人了（意思是他知道问候姐姐了）”。妈有时也打电话去，姐弟俩倒比以前亲多了。前年小舅国庆节来上海，特地来看妈。小舅坐了轮椅，妈坐在靠椅上，两人拉着手，泪光闪闪的。妈说，我没坐轮椅，侬哪能（你怎么）先坐上了？小舅说，平时不坐的，走长路不行了。妈笑他，你坐轮椅，怎么“蓬嚓法（跳舞）？”大家都笑。那时，小舅身体不错，只是寂寞，舅妈走了，虽然女儿们天天轮班来，总没有共同语言。再是怨偶，总还可以吵吵架，现在说话的人没了，要吵也没人理了。小舅说他早上起来，打开门，就坐着看门前走来走去的行人，还好是一楼，否则连人影都看不见一个，“啊要闷煞”！那天，小舅坐一会儿就走了，没吃饭，他急着要去南京路。妈送他到门口，两人拉着手，妈说，九十多岁了，路上当心哦！小舅说，四姐，侬也当心，下回再来上海望（看）侬。妈一直送他到电梯旁，电梯门关上了，小舅喊了一声：“四姐！”妈流泪了。这是他们最后一次见面。

八九十年代，我去宁波的次数很多，但想不到去看小舅。除了本来就不亲，主要是怕舅妈，她脑子不好使，说话“没轻头（乱说话）”，我怕自讨没趣。一直到2016年，我因想写外公家史，两次去看了小舅。他是我唯一活着的舅舅，因一直住宁波，他知道不少外公家事，给我说了许多我不知道的事。只可惜他当时很年轻又不当家，许多事没参与，因年代久远，有些事也记不清了。他不仅说，还把一些人名写了下来。很遗憾以前我没想到去采访他，许多资料都不复存在了。

就在那天，德胜表弟正好回来，知道我在找外公墓，自告奋勇于第二天带我去找。总算在九龙湖公墓找到了。我第一次去看他时，小舅怎么也想不起来外公葬在何处，第二次，才在德胜表弟帮助下，千辛万苦地找到了。

妈能讲话时，小舅时不时打电话来，两人七搭八搭地讲讲话。后来妈不能讲话了，小舅与爸没什么可说，电话也不来了。10月7日，我去庄市参加庄市祠堂祭祖仪式，去看了小舅。当时他已不大能动。11月3日，我回老家参加“镇海籍名家故乡行”活动后，又去看了小舅，他的状态已不大好，但思维清晰，还想起外婆姓吴，我问过许多陈家人，他们都不知。

舅舅拉着我手说，想吃老母鸡吊的鸡汁，要吃大闸蟹，可惜吃不下了。他床头柜上放着一瓶可乐，饿了喝一口，还能吃几口粥。世上最痛苦的事，是思维清晰，意识清醒，但身体却先罢了工！本来他三个女儿轮流来家里照顾。最近，大女儿美君摔跤，脑骨骨裂，躺倒在床。二女儿身体弱，一不留神就要昏倒，一向由二女婿来服侍丈人，但二婿现患前列腺癌已转移至骨，不能尽责了。只有三女碧君二十四小时侍候，没有替换又不肯用保姆，实在吃不消也只好硬撑着。

老人到人生末路这个难题，是个死扣，无人能解。临走，我暗暗祈祷，上苍善待舅舅，让他好好地走吧，别受折磨了。

11 月 11 日妈离世，我给小舅电话，小舅没哭，只是说："哦，四姐走了？叫伊好好交走（叫她好好地走）！"然后关照送两只花圈，一只写"小弟敬挽"，一只是四个子女"德庆、美君、惠君、碧君敬挽"。

2019 年 1 月 1 日

湿漉漉的念想

要过年了。我心里的许多念想，都与水有关。

老家院子里，有几口大缸。当年乡下没自来水，四周屋檐挂着长长的白铁皮管。雨天，水从管里往下流。淅淅沥沥的春雨，浩浩荡荡的夏雨，缠缠绵绵的秋雨，都化作“天落水”，我们一年到头都有水喝。冬天，水缸穿上稻草衣，木盖上也铺了厚厚一层，但仍会结冰。小孩不许去河边，但抢水缸里的冰凌吃，大人不会管。因为抢不过大孩子，我的手划破了，嘴角出了血，一生气，我就霸在水缸盖上大叫：“这是我家的缸！”阿娘说：“几块冰，介小气。不像叶家的囡！”

腊月初，新轧的“水底清”米在阿娘的竹箩里摇啊摇，河水被晃得时而浑，时而清，惊得小鱼四处逃。淘净的米浸在缸里。几天后，大灶头从早到晚蒸米，蒸熟的饭晾在竹匾里，油汪汪，香喷喷，引得人直淌口水。我走进走出捞饭吃，阿娘骂：“小娘怎好介相貌！”我不怕，照吃不误。

年糕师傅来了。稻桶里倒进一锅锅饭，木榔头声声敲，饭团舂得粘粘的，韧韧的。师傅边舂边说笑：“这米没淘干净，酸膀气！”阿娘也笑：“你人没汰清爽，肉夹气！”稻桶边围满了孩子，一不留神，粉就被抢走一块……白胖胖的粉团排在长搁几上，一会儿，就变成年糕堆得小山样高。干透的年糕用腊月的雪水浸在缸里，放几个月，水仍是清的，吃到第二年夏天也不会坏。

除夕上午，“送娘子”来了。她舀一盆热气腾腾的水，毛巾敷在阿娘脸上，一遍又一遍。等脸“开”了，她拿出两根线，中间咬在嘴里，两头系在手上，仔细地为阿娘绞脸。绞完脸，阿娘把头倾在汤锅上，水气氤氲，阿娘的脸一下子变得红粉细白。“送娘子”说：“看，二嫂的脸像剥出鸡蛋了！”我吵着也要“绞脸”，“送娘子”说：“黄花闺女开了脸，将来谁要你？”她只顾用刨花水为阿娘抿发，一会儿，一个横爱司头梳好了，乌黑锃亮，上面插着绿簪。

下午，阿娘穿上皂色毛葛罩衫，提着供品，烫好黄酒，领我去祭祖坟。阿爷的坟在我家的田中央，高高的碑像一堵墙，好多年了，纹丝不动。阿娘摆好供品，就跪在供桌旁哭：“梦飞啊！你走得早，丢下我一个人啊！”阿娘的泪像珠子一串串滴在衣襟上，落在泥土里。我还小，听不懂阿娘的数落，也不明白阿爷为什么“住”在这里。夕阳西下，坟头只有阿娘和我孤单的影子，看阿娘哭得伤心，我跳起来敲着石碑大叫：“阿爷，跟我们回家去！你来陪阿娘啊！”阿娘哭得更厉害了，我一吓，也哭起来。一老一小的嚎啕，在空落落的田头久久回旋。

一年年的，那些亲近过的事和面容，那个热闹又忧伤的除夕，都成了湿漉漉的念想。故乡绵长的“天落水”，阿娘滚烫的泪，如一泓清泉，一直为我涤荡着人生的污浊，我的路就这样一步步地踏实起来。

2008 年 1 月 10 日

无墓可扫的痛

祖母叶金氏，名宝珍，自幼父母双亡，家境贫寒，由婶母抚养成人。祖父所娶几位夫人，均无生养儿子，五十四岁那年娶了二十二岁的祖母。进门第二年，生女玲弟；三年后，生子巧生。叶家自此有后，祖母被祖父称为功臣，深得宠爱。不料巧生三岁因患麻疹而夭亡，叶家又后继无人，族人扬言要瓜分财产。幸而祖母后又生子元章（我父亲），家财得以保住。

祖母三十六岁守寡，含辛茹苦，守节育子。虽衣食无忧，但因家无成年男丁，又是年轻寡妇，族人、恶邻、泼皮不时欺凌、骚扰、明抢暗夺，祖母终日以泪洗面，忍气吞声。祖母常去祖父坟头，满腔辛酸化作声声悲嚎。幸而儿子争气，发奋读书，年年拿奖学金，使祖母脸上有光，乡人也刮目相看。

1939 年冬，父亲迎娶从小订婚的母亲，祖母有了一段舒心的日子。1941 年日军占领宁波，不时下乡侵扰，怀孕的母亲受到惊吓，仓惶逃去城里。从此，父母亲从宁波到上海，再未回乡下住过。祖母一个人在祖屋，孤独地苦度光阴，直至离世。

祖母是个老好人，她有句口头语，做人要马马虎虎！解放初期，她被戴上帽子，田地房屋，包括母亲未及带走的嫁妆，被瓜分殆尽，族人看不下去要为她出头，但她隅居小屋，心若止水。家里无田收租，生活陷于绝境，她在屋角田边种植菜蔬瓜豆。乡邻嫁女娶亲，她为之绣被、裁衣、做鞋，换点零用。儿子在上海，儿女成群，自顾不暇。

祖母在乡下独自生活，从不抱怨诉苦，族人问她怎么不去上海？其实她是无法自由行动，她却笑呵呵地回答，马马虎虎啰！

祖母恪守祖训，一生积德行善。生芳太婆的儿子不知去向，媳妇在沪帮佣，孙子、孙女尚幼，一家生计无着。祖母让出小屋，每年送其稻谷八百斤，使其全家免受冻饿。门口太婆是最早喊出要来我家分财产的族亲，后不幸连丧两子，成了无人供养的孤老。祖母不计前嫌，也每年送八百斤谷给她维持生计，直至她去世。有个流浪孤女，在乞讨途中偶遇祖母，祖母将她领回家中，先是做烧火丫头，后收为义女，取名根娣。根娣姑母出嫁时，祖母已是家徒四壁，无以为生，她夜夜纺线织布，为这个可怜的孤女置办嫁妆。临上轿，祖母摘下耳环作为压轿之物，送根娣姑母出门。那几年，祖母已是自身难保，但凡有乞丐上门，她总是尽力救助。1958 年暑假，我回去看她，就好几次见她把一锅饭全倒给乞讨者，结果，那几次我们只好以红薯糊胡乱充饥。

祖母爱儿孙，胜过爱她自己。1960 年，我回乡下养病，那时困难之风席卷中国，一向被称为江南粮仓的浙江，同样以瓜菜代粮食，人人面黄肌瘦。祖母靠父亲每月寄十元生活费挣扎着过日子，无钱购买任何额外食物，每天吃芋艿梗烧的糊。说是养病，但祖母拿不出一点营养品给我补身体。她常常带我去河边钓鱼虾，但那年月，人都没东西吃，何况是鱼！好不容易钓上一条鱼，往往只有手指大，祖母却总是欢喜得觅到宝一样，回家烧一锅汤，逼我喝得一口也不许剩下，她却躲在厨房里舔空碗！好几次，她脱掉鞋袜去河里摸螺蛳。在老家，女人不能在人前光脚走路，更不可下河。祖母为了我，不顾乡俗，一次次将她那双缠过的小脚裸露在河边，一次次地站在水里，当摸到一把螺蛳时，她焦黄的脸上现出欢欣的笑容，在看热闹人群的哄笑声中，她旁若无人地保持着冷静平和！我养病时已成年，祖母已年过花甲，可我不仅不知疼她，还反而作天作地，嫌这嫌那，朝她身上撒气！我那孤独中的阿娘见我去乡下陪她，心里不知有多高兴，对我的任性撒泼，从未皱过一次眉头！

祖母出身贫寒，嫁到叶家，当享荣华富贵，但她一生勤劳朴实。在上海南汇杜行镇，有祖传的“叶同泰”槽坊，生意做得很大。她操持家务，养育儿女，空暇时间，她在屋后开辟菜园，四时菜蔬可自给自足。她又租种几亩地，种稻麦棉花，她与女佣一起亲自打理。晚上，家人都入睡了，她纺线织布，裁衣绣花。祖父说，城里有商铺，乡下有田屋，子孙不会没饭吃，何用如此辛苦！祖母常说的话是：“有时，要想到没时，积谷防饥勿会错！”此话不幸而言中，偌大祖业，呼啦啦屋倾财灭，最后祖母困守乡下，还被扫地出门。她衣食不周，无人照顾，又不识字，难与父亲联系。但她坚守叶家古训，宁可啃菜根，不向人求告。

1962年，我有事路过十六铺码头，忽见祖母席地而坐，身边放着几张草席，我惊讶万分地过去看。祖母躲避不及，她一把拉住我，脸上满是做了坏事被撞见的惶恐。原来，她跟着族人来沪卖草席，想赚几个钱贴补家用。我拖她回家，她抵死不去。我哭叫，阿娘子孙满堂，我们会养你！她黯然无语。那年，父亲患浮肿病，死里逃生在沪养病，工资打六折。家里吃尽当光，难以为继。祖母清楚家里的光景，偷偷来上海做小生意。她要我保证，一定不告诉任何人，否则她就去跳黄浦江！我吓坏了，一遍遍地保证，坚决不说。我留下来帮着卖席子，怕碰到熟人，我战战兢兢的。阿娘说，我家祖上几代都做生意，靠本事吃饭，不伤天害理，怕什么！那年头样样缺，几条席子很快卖完了，阿娘乘原班船返甬，她说，不能让乡干部知道她来过上海。船缓缓地驶离码头，阿娘挥动的手变成了模糊的黑点。我摸手帕拭泪，一张两元纸币从口袋里飘落在地。“阿娘！”我大哭大喊，阿娘已远去，听不见了。这年，阿娘七十岁，没人给她做寿，只有黄浦江的浪涛，重重地拍打斑驳的石岸，声声击在我的心上。至今，我为阿娘保守这个秘密，同时记着的是她临行留给我的一句话：靠人不如靠自己！

1964年，嫁人不淑的玲娣姑母患绝症，祖母为错嫁女儿一生负疚。年过古稀的她往返沪甬多次，如燕子衔泥般地将乡下仅剩的物品悉数运至姑母家，最后卖掉她栖身的小屋。姑母最后的日子在乡下租屋度过，祖母衣不解带日夜侍候，未能留住爱女。姑母后事由祖母一手料理，葬在宁波九林公墓。表兄、表姐不忍丧母之痛，匆匆回沪，留下祖母独自在老家，仅几天，伤心欲绝的祖母撒手人寰，身边无一亲人，享年七十四岁。那是1966年冬，父亲不知下落，母亲好不容易获准去甬奔丧，已是祖母离世两天之后。母亲和小弟在乡人帮助之下，将祖母葬在姑母墓旁。

祖母走后几年，乡下刮起掘墓风。凡生前戴帽之人，不管葬在何处，都被挖地六尺，倒出棺木，赶出墓地，祖母也在其中。当时，老家已无亲戚，即使有善良的乡邻，迫于形势，也无人敢报信。等到我们得知此事，已是几年之后，连九林公墓都已拆毁，哪里还找得到祖母遗骨。

乡下祖田早已归于他人，祖父的坟在五十年前就已不知踪影。祖母年轻时打好的寿材，早成了别人家的屋料，那个空穴，祖母终未能去用。乡下有句老话，九子十八孙，独自守孤坟，是说满堂子孙不孝，不祭扫祖坟。而我们叶家子孙，家家敬老，人人孝顺，哪会不去上坟？但造化弄人，年年清明忙扫墓，却找不到一座可祭之祖坟！想到祖母生前的嘱托："要记得上坟，做人不能忘本！"心中阵阵锐痛。

幼时，如找不到阿娘了，只要去阿爷的坟地，准能看到阿娘趴在石桌前，一面哭，一面说。不懂事的我不明白阿娘为什么哭，为什么说。现在我明白了，亲人的墓是逝者家园，里面住着的人虽不会再回来，却依然活着。他们的灵魂洞察一切，听得见我们的哭，看得见我们的伤。否则，哭了、说了，生者怎么会觉得心安，拭干了泪，又可如常地活下去了呢！

每当清明，多少次想陪阿娘再去坟头祭扫；多少次，希望像阿娘一样，趴在坟头嚎啕。世界之大，墓园之多，哪里有这样一座坟？哪里有地方可以容我虔诚地跪下，高喊一声，阿爷，阿娘，我来了！我上哪里去找？我上哪里去哭！

清明时节上坟忙，我们却无墓可扫！这痛，有谁能解，又有谁知晓！将来，叶家子孙到了另一个世界，见到祖先，怎么交待，有什么话可说！

2011 年 4 月 20 日

节日的回味

一清早，对面楼里传来女人的喊声：“别忘了，带宁波汤圆回来！”男人回答：“知道了，今天是冬至！”一个寻常的日子，因为冬至，变得很温馨。

家乡老话，冬至大如年。这一天，家家要扫墓、祭祖、做羹饭。老祖宗的画像被请出，由家中男丁双手捧着，恭恭敬敬地挂上墙。我家只爸一个男丁，但长年不在老家。祖母每次求爷爷告奶奶地央人挂像，有次请只有十岁的志红叔挂。男孩贪玩，最没耐心做这事，画像挂歪了，祖母求他拉拉正，他早一溜烟跑了。我气不过，跳上供桌去帮忙，阿娘大惊失色拖我下来：“西（死）小娘，得罪祖宗了！”我不明白为什么志红叔挂得，我挂不得，偏要爬上去。阿娘骂：“介勿懂事！供桌拨（给）侬小娘（女孩）爬过还会好！真正是要争气，气勿争！”我哪听得懂，赖着不肯下来，阿娘在我屁股上重重地捶几记，我不明白做错了什么，便拼命地哭。望着歪斜的祖宗像，阿娘也擦起了眼泪。

时辰到了，羹饭得按时做。阿娘把碗碟、菜肴、黄酒摆上，把筷子插在饭里端上供桌，点燃蜡烛和香，还放了一碗水，然后，她行三跪九叩首大礼，一面无声祈祷。我照样行大礼，阿娘要我祈祷，我望着歪斜的像气恨地说，明朝叫志红叔变小娘！阿娘骂，祖宗面前，咋好咒人家？她对着祖宗再三拜，连连说，百无禁忌！百无禁忌！她教我，求祖宗保佑我妈快生个弟弟！我叩头大叫：求太太阿爷、太阿爷、阿爷保佑我妈快生个弟弟！生两个弟弟！

等香烛燃尽，阿娘开始烧锡箔，她把折叠的元宝一只只吹开，轻轻投入火中。我跪在火堆前，跟着阿娘一句句说："祖宗，钞票送你们，买甜买咸吃！买衣买鞋穿！买田买屋用！保佑叶家，多子多孙！"讲完这些，我还再加一句："叫妈妈赶紧生弟弟，生两个又长又大的弟弟！"仪式结束了，阿娘领我看供桌上的水，她说："祖宗来过了，水在动，侬看！"我哪里看得出来，怕阿娘说，像鸡啄米似的点头，心里着急的是肚子饿了，祖宗吃过的东西可以给我吃了！

在老家，冬至虽不必守夜，但临睡前必吃一碗汤果。宁波风俗，冬至不吃汤圆，是一碗实心的菜汤果。吃"汤果"时，我已在床上。阿娘捧着热气腾腾的碗过来，氤氲水气中，她的脸红扑扑、粉润润，"横爱司"发髻已解开，一头乌黑的长发在肩上飘啊飘，她说，冬至汤果，实实在在，团团圆圆，吃吧！我抚着屁股撒娇，这里痛！"西（死）小娘！阿娘看看，是出脓出血了？马马虎虎，加侬两只汤果补补吧！"我以为阿娘被骗了，哈哈大笑。

在城里，现在过春节都缺少年味，哪里还有人记着冬至。我妈后来真生了两个弟弟，但当弟弟们长大可以挂祖宗像时，祖母已不在了。想着再回乡下，吃一碗阿娘煮的冬至汤果；带着两个弟弟，大张旗鼓、理直气壮地去挂画像；听阿娘多骂几句"西小娘"，让阿娘重重地打屁股，哪怕用藤条抽。唉！再也不能了。

现在，一年有许多节日，希望每个节日都能给人快乐和回味，像那个冬至一样。阿娘早没了，但这个节却一直刻在我的记忆里，留下的温暖滋润着心田！

2012 年 1 月 1 日

过年要唱马灯调

起源于民间的马灯调，宁波人几乎都会哼几句。关于过年的记忆，有不少与此有关，想起来常常忍俊不禁。

乡间有“闹年”习俗，一群半大不小的孩子结伴去大户人家唱马灯调会得赏钱。大年初一，村里几个孩子找来了，要父亲参加闹年，阿娘说，闹年好啊，越闹越发，但不能去菱漕头陈兰荪家。那年，父亲八岁，刚订了亲，未过门的媳妇是这家的，按规矩不能去。领头的尚性说，菱漕头有两家“大屋”，保证不去陈兰荪家。

走到菱漕头，尚性指着右边大屋说，这是陈邻生家。马灯调唱词都是现编的，父亲开口领唱：“正月里来是新春，陈家大屋点红灯。红灯照勒锃锃亮，金银财宝滚进门！”大家一起拔着喉咙喊：“哎格伦敦哟，金银财宝滚进门！”屋里走出一个大孩子，两个小男孩，大孩问：“老鹰湾叶家格？”“是！”“喂，领唱的报上名来！”“叶元章！”“叶元章？”大孩子向屋里喊：“阿爸，叶元章唱马灯调来嘞！”走出一个老人，穿长衫布鞋，脸无笑容看着。见大人来了，小伙伴们催元章，再唱呀，多讲好话！于是接着唱：“正月里来是新春，陈家大屋喜临门，儿子孙子一大群，菱漕头村是头份！”老人摇摇头进去了，孩子们见他不发赏钱，越加吼得起劲：“哎格伦敦哟，菱漕头村是头份！”父亲喊：“哎，冒（别）走啊！赏钱还没给啊！”正闹得起劲，忽见门外有人挑着担了高喊：“陈兰荪先生，节礼到了！”父亲一听，吓得腿都软了，一溜烟逃走，引得孩子们哈哈大笑。订了亲的两家不能走动，大年初一父亲却走错大门唱错歌，被小舅子看见不算，还向丈人阿爸讨赏钱，回家被阿娘狠狠骂了一顿。这是父亲后来讲给我听的，说一回，我们笑一回。

那年，我五岁，大年初一清早，阿娘把我叫醒，昨夜守岁到凌晨才迷迷糊糊睡着，我不肯起，被阿娘一把拎起来说，闹年的人要来了！还没穿好衣服，外面大门被人敲得震天响。

阿娘三步并作两步奔去开门，呼地一下子涌进来十几个小伙子，领头的是阿宏，手里的铜脸盆是他阿娘当宝贝藏着的，被他偷来当锣敲。领唱的增福是中兴中学学生，他语文年年得第一。锣敲三下，他开口唱："正月里来桃花开，叶家大屋喜事来，二嫂福气交关好，生个孙子叫阿难！"敲锣的，顿脚的，起哄的，一起唱："哎格伦敦哟，生个孙子叫阿难！"（大弟刚出生，乳名阿难）。

阿娘眉开眼笑端出自制的金团、印糕，请大家吃。小伙子们看不上这些东西，继续唱："叶家大屋高高门，金漆樑柱红木凳，索宁（啥人）要吃金团糕，银洋勒勒（多）装满盒！哎格伦敦哟，银洋勒勒装满盆！"唱的，笑的，闹的，屋瓦都哗哗响起来。阿娘抓了一大把银角子给他们："好好好，依依吉言，都有份，都有份！"小伙子们高兴了又唱："哎格伦敦哟，二嫂好人有好报，孙子挪苏（孙女）狂狂奔！"阿娘笑得眼睛都没啦。

过年要唱马灯调，但闹年的人都不在了。没关系，我现编一个，用刮勒松脆的宁波话在心里唱："正月里来是新年，阿娘拨（给）我穿新衣，锦缎夹袄绣花鞋，好看小娘（囡）是月丽……"唱着唱着，沧海桑田，风霜雨雪，都化作了耀眼夺目的亮色，将年味演绎得淋漓尽致，直击心里最柔软的暖处。

2022 年 2 月 6 日

十年生死两茫茫

扫墓归来，一腔辛酸，还是和你说说吧。

连一抔黄土都没有，只有一小方水泥地，那么硬，那么冷。老母慈祥的笑颜，爱儿稚气的神情，栩栩如生，宛如当年。“十年生死两茫茫”，隔着无际的冥河，连“纵使相逢应不识”的机会都不会有了。我带去了老母亲爱吃的青团，带去了爱儿生前奢求而不得的巧克力和一大串香蕉，还有一束香石竹。按着老母生前的嘱托，我点上香烛，读完祭文后焚去，在墓前我垂泪久立。望着祖孙相依的合影，我不觉大恸。

老母亲活到九十五岁的高龄，无疾而终，本应无遗憾。但她死在福利院里，我未能信守儿时的诺言为她送终，不知她心中是否谅我？即使她谅我，我又怎能谅自己？她一生无子女，将我视若己出。她来我家辅助家母时，我尚未出生，是她用双手接我来到这世上；第一个抱我、抚摸我的也是她。我自小多病多灾，但只要依在她瘦弱的怀里，似乎一切灾星都会遁去。当我们穷得没有饭吃时，是她拿出了半生的积蓄，帮我们渡过了难关。当我在动乱的年月匆匆出嫁时，家母被隔离，是她送我上路。孩子出生后，是她帮我照料，操持家务。我不会洗衣、生煤炉，是她为我照料这个穷家，放米的火油箱、切菜的砧板，都是她一样一样准备的。有一段日子，她回去照顾母亲的家。每逢周日，她就站在窗口望着马路，盼我回去。我却常因为忙，因为累，懒得回家。妈告诉我，哪一个周日我不去，老母亲总是黑着脸一声不响，到晚上连饭也不肯吃。

她对我是宠溺有加，却从无半点要求。我任性、骄横，一不开心就朝她发脾气、使性子。我要吃什么，买什么，就知问她要，从来没想到她要什么或为她做什么。到了陶馆以后，由于忙得顾不上她，那时她已九十多岁的高龄，只好送她进了福利院。我以为给她找到了安身之地，为她选好了养老之处。我从来没有问过她愿不愿意去，在那儿住得惯不。我一生只知索取她的爱，而从无一点回报的念头。

她去世的那一年，我想接她回家过年，可是她已不能走路。医生告诉我，她没有几天日子了，要我天天去，否则会见不到最后一面。我却没有在意，因为我从小只知在她那儿找寻庇护，得到安慰，我没想过她会走，或者她需要我去送她。陶馆天天忙，忙得我没法喘气。我天天说，明天去，明天一定去，但我却一天天地拖着，因为忙，因为远，一直拖到了那一天！

我知道她是怀着遗憾走的，因为她一直对我说要回家。我答应一定带她回家，可是她不能走路，连吃饭都要人喂，我怎么去带她？我为自己找了千百条理由，我没去，在明知她来日无多的时候，我仍在陶馆起劲地讲课，一次也没去看过她。

站在她的灵前，我只有愧疚，只有泪。今天，我在祭文中写道："愿有来生，仍当母之爱女，能颐养天年，同享天伦之乐。"真有来生？今世如此，何云来生？

生前，我认她为母亲，但没有尽过一点为人女之责，连叫一声"妈"都不曾有过。我从小叫惯了"窠娘"，改不过口，不肯叫她"妈"，她还说："不要紧，'窠娘'就是娘。"我给她零用钱，她从来不肯花，总是给孩子买东西。她唯一的要求就是在她身后，我要准备"六七羹饭红缎被"，使她不致成为无后的孤魂！

我为她造坟、烧纸钱、做羹饭；为她立碑、写祭文，按她的嘱托，每年清明来坟上哭祭。她说过，只要这样，阎王就会让她转入轮回，她才不会成为孤鬼游魂四处飘荡。

是否真的如此？是否真的有用？这些我都不知，也永远无法知道。唯有一点，我明白，老母亲对我，已成了永远无法还清的灵魂债。如果真有来世，我愿跪求她的宽恕。但我更知道，不管我做错了什么或没做任何事，她一切都原谅，一切都无求，一切都宽宏大量……只有一件事，也许她会很快乐，因为孩子和她葬在一起。孩子是她一手带大的，只活了四年零一个月。现在，在她的照顾之下，一定很平安，很健康。想到此，我稍感一些安慰。

死者已逝，不知是否真的有灵魂？对于活着的人，世上永不能再现的一切，宛如零刀碎割，几十年无法挣脱。但对于死者，永久的安息，倒是最好的解脱。

窗外，细雨霏霏，“清明时节雨纷纷”，“欲断魂”者怕不止我一个。写此，希你会同感这无法追悔的生死界，是世上最残酷的利刃！我们会因此而更珍惜生命和情谊！

1990 年 4 月 4 日

只要心儿不长草

每年四月，我都会去浏河“看”娘。娘叫陈阿成，我为她立的墓碑上刻着“先母陈阿成之墓”，但她不是我亲娘。她是伺候母亲月子的保姆，宁波人叫“出窠娘”。我未出生，她就来到我家，我出生时，第一眼看见的是她，第一个抱我的也是她。从此，她留在我们家，带大了两代人。她无儿女，妈让我认她为母，于是，我有了另一个娘。驶过岁月的航道，二十二年前彻骨的痛已化作淡淡的思念，扫墓便像一次探亲。祭拜毕，我喜欢坐在“娘”身边看风景，探寻她“左邻右舍”墓碑下藏着的故事，常会感叹：墓亦如人生。新坟落葬，大队人马浩浩荡荡；以后，来的便只有至亲；再以后，只剩下荒草、残树、断碑相伴；最后，归于寂寥……正如人生轨迹，自繁到简，到衰，再化作乌有。

“娘”前面那坟立于 1989 年，碑上是“爱妻 ×× 之墓，夫率子泣立”。当年这位二十八岁的少妇撒手人寰，定给亲人以惨重的打击，伤痛自是出于真心。“爱妻”是身份，“泣立”是情份。二十年过去了，“夫”该有了另一半，“子”也许已远走他乡，所以，一年年地，不见有祭扫的痕迹，照片也模糊不清了。墓地里这样的坟不止一两座，我常因此想起“富不过三代”这句话，其实，“墓”何尝能过三代！

先祖父在南汇杜行镇去世时，父亲才七岁。祖母抚柩南归，临行一把火烧尽了祖父的遗物，希望他下世做人还可享用。可以想象，葬礼一定极尽哀荣。祖父的墓在老家祖田中央，小时候在墓区与同伴藏猫猫，半天找不到人是常事，可见其大。1958 年我回乡时，墓还在，祖母带我去祭拜。跪在墓前，听着沙沙的风声，看碑上陌生的“叶公梦飞”，心里升起一种敬畏感。

祖母在动乱中受惊吓而逝。只有母亲和她的小弟两人回乡奔丧。虽是动荡的年月，乡人淳朴之风却未改。他们敬重祖母一生行善，按乡规“七七敲，八八念”，送这位公认的好人入土为安。

先祖父母膝下儿孙满堂，但我们全家却从未有回乡祭祖的福份。祖父的坟虽在，父母却视回乡为畏途。不知何年，乡下平坟造田，祖父遗骨从此没了踪影。祖母去世没几年，公墓里的坟悉数被挖，待我们得知此事，遗骨已无处可寻。雨过天晴，我们都已长大成人，但不到三代，家乡已无墓可扫，祭拜祖先成了奢望。

在老家，骂人最毒的话是“你家坟头长青草”。娘是孤老，在我家辛勤劳作一生，她对我，对我家从未有过任何要求，她一生视我们为亲人，日夜操劳，呕心沥血，直至把所有的积蓄赠我们渡过难关，救全家于急难。但她从无所求，唯一要我做的，是在她身后，依俗为她做羹饭，送红缎被，做坟立碑，每年去看她，在坟头，以女儿身份哭祭、烧纸。她认为，这样她在地下便不是孤魂野鬼，不会受欺侮。我答应过她，所以年年去。我的儿子由她带大，相信在我身后他仍会去。但我的孙辈，对从未谋面，只存在于碑上的老人，将来会去、肯去吗？答案基本是否定的，坟上长草只怕是早晚的事。

坟上会长草，但子孙的心不可长草，做人切不能忘本。我家先祖无一座墓，但祖父的“静观书屋”，祖母的“积德行善”，娘的“默默奉献”，通过父母亲的身教言传，已深深流在叶家子孙的血脉中。我家四世同堂四十余人，读书人多，教师多，参加慈善活动的多，被邻里、单位称作“好人”的多，这正是叶家家风的传承，也是对先祖最好的纪念。

只要心儿不长草，祖上的好家风就会代代相传。从这个意义上讲，“无墓可扫”或“墓不过三代”，就可泰然处之了。

唯有记忆不会老

上了一点岁数，总会抱怨一年年过得太快，到了过年时，心里就慌慌的。虽然本是个俗人，却不喜欢过年的俗事：走亲访友，请客送礼，婆家娘家等事，烦不胜烦。一个年过下来，弄得手酸脚麻心更乱，比上班还累。这样想来，最好不要过年。但只有记忆真的不用“过年”。

记忆中常有鲜活的人跳出来，他们不因一年年地过去而走远。常想起的有老校长马侣贤。那年我十二岁读初二，漆黑的冬夜，轮到我提着小马灯走二里路去农民家看朋友。这是陶行知留下的传统，每个学生要走向社会，与农民交朋友。农民只有晚上有空，所以只好晚上去。乡下没路灯，路边还有坟墓，“鬼火”点点，只听见草丛中窸窸窣窣的声音，还有远处传来的狗吠，伸手不见五指的土路，似乎到处都躲着莫名的怪物。我吓得哭。马校长站在校门口笑眯眯地问：“你怕什么？”“路上会碰到鬼！”他大笑：“没有人见过鬼。万一你碰上了倒是一大发明，打得过呢，抓一个带回来让我瞧瞧，我奖励你。”鬼可以被我抓住？那肯定不凶的，于是我去了。从此，我再不怕走夜路，也不怕任何一种“鬼”。

还有一位是窠娘。窠娘是我家保姆，其实就像妈，我人生明理的启蒙都是她带来的。她说的宁波老话，每一句都是做人的道理，简直像个哲学家。有孩子不学好，老偷东西，她说：“门北后柴焐（大便）天要亮。”果然后来此人是几进宫。有个老太仗着子孙多欺侮弱小，她叹道：“九子十八孙，独自进孤坟。”三十年后我们回老宅，当年历害的老太孤身住厨房，晚景堪怜。我发表了第一篇文章后，在她那儿吹牛，她当头猛喝：“过头饭好吃，过头话冒讲！”有个女邻居患病天天哭，她去劝：“六七羹饭红缎被，红脚桶里钻一遍，又是一世为人！”窠娘是文盲，但她用宁波话说出的哲理，我永不敢忘记。

那时，每天早晨上班最紧张，要走了，孩子撒尿拉屎，哭天喊地……为此，窠娘住在我家来帮忙，她抱过孩子有时在小屁股上拍两下，孩子竟会格格笑。如果不是她，那几年真不知怎么过。

春节，家家磨粉做汤团，窠娘要加做酒酿饼。她发酒药做酒酿，两天后，楼道里弥漫着酒香。馋得大人小孩都咽口水。年三十晚，她在楼下厨房做饼，炉灶烧得旺旺的，火苗窜得高高的，忙得汗直滴。她用锅干烘，那个香呵，引得孩子们连鞭炮都不肯去放，把厨房挤得满满的，一只饼好了，大家都抢，抢到了就往嘴里塞，笑的、骂的、哭的、叫的，还有噎着的……那份热闹，那份热火，这才叫过年。多少年过去了，想起这种情景，心里还是湿湿的、软软的。

很多人离去了，走远了，不见了踪影。一年年地过去，一个个春节，不知不觉人就迈向了岁月的秋天。人生因为忙觉得累，过年因为俗觉得烦，但日子总能过下去。这是因为记忆不“过年”，所以记忆不会老。记忆中有这么多虽平常却温暖的人和事还活着，不时地与我一起抗击风雨，这年，才有盼头吧？

团圆是福

鞭炮像炒豆似地响了一夜，空气中弥漫着浓浓的年味，久远的记忆又飘来了。

那是20世纪60年代的一个春节，我们家有过一次人最齐全的大团圆：祖母从宁波来，父亲从西宁回，孩子们都未到谈婚论嫁时，家里十个人都在上海过年。

妈希望祖母高高兴兴地过个年，但实在是有心无力。什么东西都凭票：糯米定量供应，猪油薄得像纸，没有绵白糖，只好把仅有的半斤白砂糖放在石臼里捣细。宁波人最看重的猪油汤团（我们不叫汤圆）也只能将就。

石磨是借的。小年夜，弟弟们去搬，不小心摔断了磨把，修了老半天。因为超过了限定时间，糯米粉只磨了一遍。妈教女孩们做馅："要捏到不粘手了，味道才好。"我捏到手酸，还是粘，原来油、糖都不够。

我们学包汤团，妈会包"色子"团，小得像黄豆。她说："宁波小囡不会包汤团，让人笑话。"我们哪有耐心，越包越大，扁的、长的，乱七八糟。妈说："要'撑船'的！"我们笑着逃走。

排队买来一块肉，祖母爱吃红烧肉，妈决定奢侈一回。家里已几年没吃红烧肉，那个馋呵，我们做什么都没了心思。大人赶我们走："年三十，太婆都要帮忙。做事情去！"我拣黄豆芽，没拣几根，家里的"总管"窠娘大叫了："如意菜，咋好摘掉根！"二妹洗发芽豆，窠娘叮嘱："'元宝'不能弄断芽！"三妹洗橡皮鱼，窠娘骂："笨人！这鱼不剥皮怎能吃！”小妹做蛋饺，窠娘又赶去了：“少倒点蛋，做小一点！”几个“笨人”被她盯得晕头转向，一个个扮着鬼脸溜走，剩下她独自收拾残局。

在弄堂里玩得浑身是汗的我们，终于盼来了“吃饭了”的喊声。年夜饭开席了，最吊胃口的是那碗红烧肉，油汪汪，香喷喷，可惜每人只有一块。妈说：“我不爱吃肉。”她的一块给了祖母。祖母说：“我牙不好，一块够了。”给了父亲。父亲还给祖母：“阿姆，侬吃！”祖母又把肉给大孙子：“吃下去，长得壮壮的。”正在长发头里的大弟一口吞下还嫌少，眼馋的我盯着这块转来转去的肉，喉咙里要伸出手来。窠娘说：“我咬不动。”肉到了我碗里，我啊呜一口，似乎没嚼就吃下去了。我们敲着碗说：“没劲！”妈安慰大家：“还有汤团呢。”大海碗端上来了，热气腾腾的，汤团滴溜滚圆，晶莹透剔，汤却是浑的，因为有好多“撑船”了。男孩们明知故问：“谁撑的破船？”当然没人承认，笑声震得窗户嗡嗡响。

晚上，妈赶做新衣，缝纫机欢快地转。祖母哼着马灯调絮棉花，窠娘撬“立头”盘钮扣。那边，爸发压岁钱，他问：“拿了钱做什么？”小妹抢答：“养猪！”“为什么？”“烧红烧肉给阿娘、窠娘吃。”全家都笑了，祖母、窠娘的脸成了一朵大菊花。

这以后，老人离去了，家里人千里、万里地走，姐妹们也都出嫁了……等我们懂得“团圆是福”时，这样齐全的欢聚已成绝响。原来，浓浓的年味只是“团圆”两个字，而“团圆”有时是稍纵即逝的。唯有这些细节，化作岁月的回声，把心缠得很柔软，很温馨，有时，也有些痛。

夜，静悄悄

去年农历七月初，我在故乡。因造植物园，我们世代居住的“老鹰湾叶家”将从地球上消失，割舍不下那份牵挂，我想在老家住一夜。

那夜，住在连升太公的小儿子家。第一眼见到那小儿子，我吃了一惊，他和连升太公像一个模子刻出来的！小时候，因体弱，阿娘总在夏天的清早带我去采集芋艿叶子上的露珠当药引。每次，总看见太公或拾草，或锄地，或捡田里小石头，总在忙。有一天，我们起得特别早，我在河边捡到只鸭蛋，还没来得及高兴，阿娘就一把夺过去放在原处。连升太公走过来了，他说：“小娘（女孩）吮没用场，又生病了？”太公把蛋塞在我手里说：“露水炖鸭蛋，补的。”太公家养鸭，还雇了“养鸭郎”，族人怕鸭子乱下蛋，分不清谁家的，干脆都不养鸭。可见家大业大的太公有点霸气，但我从未看见他凶的样子。他，布衣布鞋，整天忙个不停，完全像个“田头”（农民）。今天，他亲切的面影和他小儿子的重叠在一起了。

按辈分，我该叫那小儿子“公公”，他说叫“叔”吧。叔坐在小凳上烧火，烧的是一根长木头。以前，乡里都烧稻草，现在老家不种水稻，当然没了草。叔的脸被火映得红彤彤的，他说起阿娘生前事。农忙时，他的儿女无人照看，阿娘自告奋勇代他们带。有时午饭来不及做，孩子就在我家吃。那时粮食有定量，孩子吃了阿娘口粮，她就只好喝菜糊糊。稻草也定量，不够烧，阿娘自己喝生水、吃冷粥冷饭，但孩子总有热饭热水。婶想要给你阿娘一点钱，她从来都死活不肯拿，真正好人哪！阿娘已走了四十六年，还有人记得她，我心里热热的。

晚饭后，他们打麻将。听着哗啦啦的洗牌声，我想起阿娘几十年孤零零一个人住乡下，只能靠打麻将以解对儿孙的思念，心里酸酸的。她眼睛不好，常因看错牌而输钱，是十赌九输。乡人忠厚，后来都不再找她，她虽抱怨，但不再上牌桌，有时间陪我，我开心极了。当年的我太年幼，不懂阿娘的寂寞。

我站在石桥上，四周很静，只有蟋蟀在鸣唱。远处传来一两声狗吠，使夜更加空灵。天上一弯娥眉月，似曾相识，唤起我久远的记忆。那年七月初七，月亮升起来后，阿娘坐在河边，手里拿只针线箩，我和村里一大群女孩围着阿娘学做女红。阿娘说，今天是乞巧节，小娘要比穿针、绣花、剪鞋样……我使劲地捏着针，想把线穿过去，可那只针眼实在太小，线又是软绵绵的，怎么也穿不进，急得我把针扔进了河里。阿娘叹着气说："小娘咋能十只指末头并拢！将来呒没人家抬（娶）侬去！"我哪懂此理，还老三老四（小孩装大人，强说大人话）："勿要别人来抬，只要阿娘抬我去。"几个女孩在月光下"晒"自己的手艺：绣花鞋面、枕头套、盘纽、织带、婆婆帽……我拿起这样，放下那样，穿龙灯似地奔来奔去。阿娘做裁判，忘了她说谁的手最巧，也不记得谁得了第一，只记得阿娘摇头，笑骂我："侬迭（这）只笨贼佬，将来啥人要！"我撒着娇："阿娘要，我就跟着阿娘！"小小的我，怎会懂阿娘有一天会走得不见踪影，不会女红的我，再无处去寻会绣花做鞋的她来帮忙。

夜，静悄悄。水，清幽幽。抬头望月，恍如昨日。几十年未在故乡住过，今晚，站在桥头，坐在石阶上，夜凉如水，人影皆无。我的眼前闪过一幕幕童年往事，熟悉的气息扑面而来：阿娘在河埠头洗衣；连升太公的牛掉进河里；阿根公公疯疯癫癫地走过田梗；阿香姐挑着担芋艿去庄市镇卖；呒下巴阿姑忧郁地站在黑漆大门口；"门口阿娘"又在哭两个生痨病死去的儿子；生芳阿太拔着喉咙骂"失踪"的儿子阿宝……月儿弯弯照故乡，一切如旧：两只老鹰嘴依然守卫着小村；洋房依然屹立在村东头；纺织娘依然唱着歌；小河依然默默地流；乡音依然高亢脆亮……但是，所有的记忆已无法续旧时的梦，故乡将被连根铲除，我的灵魂再无所依。抬头望，只有弯弯的月亮，远远地注视着这片土地，无语凝噎。

2012 年 9 月 28 日

我的老家

我老家在宁波市镇海区庄市镇老鹰湾叶家，一个安静的江南小村。据记载，因战乱，叶姓祖先从河南辗转南下，经秦岭后分几路，有的去了广东、福建等地，有一支来到浙江，在镇海几个地方落脚。来到老鹰湾的是名为忠、恕的叶家兄弟二人。两人在老鹰湾住下后，在东、西两边造屋居住，繁衍子孙。我家是老大，在东边，称“忠房”，有堂号叫“世德堂”；西边为弟，称“恕房”。据说此村已有四百多年历史，全村人是同一个祖先的后代，都姓叶。

从我懂事时起，村里的房子一直未有再造，是一式的二层砖木结构楼屋，大多为明清建筑。我家“世德堂”被族人称作“东边大屋”，除两幢楼屋，还有一排小屋。另有很大的“堂前”，是我们“忠房”祭祖的地方。20世纪五六十年代，我几次回乡去，与阿娘住在楼屋里，房子还保存完好。楼上原是父母的婚房，四壁是红漆护墙板，同样的红漆地板，历经几十年，依然熠熠生辉。上楼梯进了二楼，有一扇门可放平锁上，十分安全。

二楼朝南有木格窗，以前应是糊窗户纸的，我去时，纸当然没了，不记得是否有玻璃。每扇窗下部是大块木板，上部是细木雕刻的格子，格子细而小，很精致。关上窗后，房里光线不大好，但乡下吃饭、做事、待客都在客堂，楼上房间白天没人上去，故光线明暗基本不影响生活。我在乡下时，一直在楼下与阿娘住，好像从未在楼上住过，后来回去几次，也没在二楼住过一天。只记得二楼没什么家具，只有一两条春凳，墙上挂着妈十八岁时穿旗袍的照片。因为族人说我非常像妈嫁过来时的模样，我还特地取下照片让大家比较，阿娘说简直是同一个人，连酒窝也同样在右边。我对这张照片印象深刻，对二楼已记忆模糊。

楼下当中是客堂，左右两排放着靠背椅、茶几，靠里墙放长搁几，左右两只大花瓶，有一只整年插着鸡毛掸帚。墙上挂着画，两边是对联。因为年幼，我对画一点没印象。阿娘祭祖时，画取下来换成祖宗画像，都穿清朝官服，头戴有顶珠的官帽，我一个都不认识。客堂两边为厢房，幼时记忆中的厢房很大，但很暗。因母亲受了日军的惊吓，从我出生后，父母便迁往宁波市区，再没回乡下住过。老屋因人少，又少修缮，日渐破败。

客堂后来作为公用，灶间仍独用。灶间很大，一只大灶头占去小半间。灶上有两只锅位，一只炒菜，一只烧饭，中间是汤锅，烧水用。灶间堆满稻草、毛豆秸秆等柴火。好像那时柴比米紧张，阿娘走在路上，看到稻草、树枝，总是当宝贝一样拾回家。二妹受她影响，刚会走路，看见一根草也会捡回来。灶前放只小凳，阿娘引着了柴，接下去的事就交给我。我后来会娴熟地把稻草扭紧，盘成结，塞进炉内。如火不旺，我知道用火钳拨，三拨两拨的，火苗会窜得很高。为节省柴，一定要看着稻草全部烧完，才能塞下一把柴。等锅开了，不必用柴，灶里余烬足够烧熟饭菜。我从小就知道米可用钱买，但柴无处买，是要以米换的，好像是一担谷换二担柴。一担谷轧出米，一家人可吃很久，但两担柴，却用不了多少天。以至我长大后，很多年里看到农民把秸杆白白烧掉，还觉得太奢侈了。有时，想起阿娘一次次弯腰，为的是捡起一根草，心里忍不住酸酸的。

房子前有庭院，不很大。屋檐下放着三四个大水缸。老家有收集雨水的传统，乡下不筑井，用河水浣洗，吃的是天落水，用明矾打一下，烧饭喝水都可以。庭院中间有棵高高的梅树，树旁有凤仙花、满头红花。爸说我们的庭院有暗门通往花园，花园里有夹弄。当年日军来找花姑娘，阿娘和妈躲在夹弄里才逃过一劫。但我没看到过，我记事后，花园好像没有了，暗门、夹弄早不见踪影。那片本该是花园的地方，变成了晒谷场。秋后收了稻谷，阿娘把谷晒在竹帘上，用竹耙翻，我也去耙着玩。那稻谷黄灿灿的，可真香。

屋后有片竹林，春天下雨后，阿娘拎着竹篮去找笋，总有收获。竹林旁是宅边田，阿娘种了蚕豆、毛豆、山芋等各色蔬菜，一年四季收获不断。我最喜欢跟阿娘去田里捉虫、浇水，即使浇粪，也觉得好玩，从来不嫌臭。还记得阿娘边劳作边哼的儿歌：“萝卜开花白似银，蚕豆开花黑良心哪！人人欢喜油菜花，一片黄勒赛似金。”山芋收上来，阿娘一点都不舍得丢，她用山芋藤做菜，老的藤晒干了当柴烧。大部分生山芋切丝晒干，少部分煮熟去皮后，拌上芝麻晒成片，这样，无论当主食或我的零食都可以吃很久。田梗边，阿娘种上米苋，一直不采摘，等秋天，米苋长得比我还高，杆子有铜钱般粗时拔出来，择掉的根和叶可晒干了当柴，杆斩成一两寸长，放进“老臭卤”里，过一两周，屋里弥漫一股又臭又香的味道，就好吃了。盛一碗放在饭锅里蒸，当“下饭”真是妙不可言！许多老宁波，不管离家乡多久，想起这个菜，都像我一样，馋得会落泪！

我家自成一个院落，客堂高且大，地上是方方正正的青石板。四壁皆红漆板壁，天花板也是木板刷红漆。客堂只有门没有窗，每扇门下部是整块木板，上部是雕花格子，好像无玻璃，是镂空的。几扇门总开着，从来不关。春天将到时，阿娘常用手搭凉棚向天空看，如下雨，她就不断念叨：“雨龙王，好回去了，燕子要飞不动了。”燕子每年会飞回我家，客堂屋梁上那只窝，很多年了，一直悬挂着。燕子没来的日子，阿娘一遍遍用长竹竿绑牢鸡毛帚拭擦房梁。如别人家已有燕子回来，她会急得六神无主，天天拜灶王爷，祈祷“我们家燕子平安回来”。每年，燕子总会来，只是日子有先后。阿娘认识每只燕子，会说，小燕子长大了，它们来了，不知老燕子还活着没有。因为有燕子飞进飞出，阴暗的客堂有了生气，阿娘如有空，总会与燕子说说话，一脸欢喜。我从来没怀疑过燕子能听得懂话，长得很大了，还相信燕子有灵性，否则，它们怎么年年知道回家！住在上海后，很多年里，麻雀都少见，何况燕子。隔了几十年，那天在同里罗星洲，看到上千只燕子在我头顶上下飞舞，我相信，其中一定有我们家燕子的后代，因为它们盘旋一圈又一圈，不肯离去。“似曾相识燕归来”，可是，堂屋早化作一片废墟，那只燕子窝，连同懂燕子的阿娘，再不会回来了。

楼屋朝南，庭院地上铺青石板，多少年了，石板仍平整如初。屋右是大门，很厚的木头，用“门栓”，不锁。平时进出走旁边小门，也不锁。阿娘出去时，在外面关上门，用根长铁钉从“门栓”上的小洞穿过去，把门栓上。谁都知道用此法很容易就可开门。原来乡下民风淳朴，夜不闭户是常态，拴门只是防鸡鸭、野狗。楼屋山墙即是围墙，一楼朝外墙上有两扇“石架窗”。窗是红色花岗岩上雕的龙形图案，二窗大小一致，雕花不一，非常精细，那么多年了，一点没走样。回乡很多次，想过不少办法夹取下这两扇窗，根本动不了。

我家大门外有一排平房，五六间，我们叫“小屋”。这屋原是给丫头、佣人住的，但从我记事起，那屋一直住着生芳太婆一家。她是叶家媳妇，辈分很高，只是命苦。她年轻守寡，好不容易拉扯大的唯一的儿子阿宝不知下落。

一家生计无着，媳妇改嫁，三个孩子尚幼，阿太哭瞎了双眼。我们村遵循祖训，族人合力帮孤寡，阿娘每年送八百斤稻谷给他们，屋子当然也白住。平房每间不大，大概十一二平方米，砖瓦结构，木窗较小，也是雕花木格。除阿太一家住，还有间堆柴，一间放农具。

大门对着小河，河边也是青石板路。阿娘一天去几次河埠头，淘米、洗菜、洗衣。大门开着，阿娘看得见我，我也看得见她。如一时看不到我，阿娘就会高声喊：“月丽，月丽！”有时，我故意不响，阿娘先是骂：“西（死）小娘，西到啊里去了？”我再不做声，她会三步并两步地奔回来，一面用青布围裙擦手，一面说："看我勿掼（摔）煞（死）侬！"见到好端端的我，她放下心，却还会在我屁股上拍几下，一面说："吓勒我胸官头（口）别别跳，魂灵拨侬吓出勒！"我不怕她打，照样顽皮。

据父亲回忆，我们家在老鹰湾叶家村最起码生活了五六代。祖父在上海南汇杜行去世，是20世纪20年代，我们家传的杜行"叶同泰"漕坊已有一百九十七年，而我们的根仍在老家，祖父灵柩由祖母送回祖坟安葬。这样算来，祖屋有超过二百年的历史，是真正的老屋。如今，我家的房子、宅基，早已易作他姓；我家祖先建造的"堂前"，虽从未易主，因年代久远，无人主张而成了族人的公产。祖先为老家所作的贡献，我家行善的家风，那曾庇佑了几代人的"世德堂"，连同那饱经风霜依然精美的石架窗，都已成为历史。记忆中的小村将成为一片荒芜，多少年后，是否还会有人记得这个美丽的"老鹰湾"？很难说了。但至少，我会常梦见她。还有，我们家的燕子，即使找不到回家的路，一定还认识我。它们还会在春天徘徊不去的吧！

村中还有不少人家，我因年幼，都不记得了。沧海桑田，无法磨灭爱的痕迹。其实，人总是在不断地丢失珍爱的东西，无论是价值连城的钻石，还是夹在旧书中的一片枯叶，都不可能永远为己所有。但人在无尽的失去中，往往会有隐隐的芬芳伴随，才有勇气一直走下去。现在，老家将成为废墟，往事会如风吹去，但总有点什么会留下来，比如阿娘，比如楼房，肯定，不仅是记忆。

2012年10月4日动笔至10月10日完稿

找不到的家

这个梦，清晰、凄恻。

我去老家看阿娘，背着、提着三只包，其中一只塞得满满的都是阿娘爱吃的东西，但现实中，除了红烧肉，我从不知她爱吃什么。我气喘吁吁地到了老鹰湾叶家，却找不到自己的家。东问西问，经人指点才找到。我赶去，远远地看见阿娘坐在竹椅上，一头短发，不是她梳了一辈子的“横爱司”发髻。不识字的她低头在看报纸。我大哭，哭得声嘶力竭，向她奔过去，可再怎么跑，就是到不了她跟前。我哭，我叫，我挣扎着跑，可阿娘低着头不看我。过了好久，好不容易到了她面前，我高喊：“阿娘！”刚才还坐在竹椅上的她，没了！四顾茫茫，漆黑一片，周围一个人都不见了。

忽然听到有人说，阿娘在楼上。我背着包上去。楼很矮，人刚能站直，黄色泥墙，无窗，没家具，连凳子都没一只。我觉得奇怪，我家楼上四周的红漆护墙板哪里去了？花格木窗呢？阿娘不在这里，我觉得透不过气来，赶紧下楼，又听人说，阿娘在另一幢楼。我正要去找，发现我的包不见了，两手空空怎么去见阿娘！我急得大哭。忽然，我惊觉，阿娘早死了，哪里还有她的身影！我又急又痛，拼命哭，这时，我醒过来，泪沾湿半只枕头。

妈说过，死了的人，过了百岁就投胎了，或做人，或转世为畜，或为蛇虫百脚，全看活着时的为人。阿娘一生行善，早应转世为人。她不会再回来，我哪里还找得到她呢！

日有所思，夜有所梦。故乡已化为平地，最近，我常常想起那个小村庄。清澈的河水，清一色的两层楼房，平坦的晒谷场，会发出吱吱声的小竹林，屋后的“天菜地根”（种菜的宅边田），天井的大水缸，屋檐下的落水管，清晨芋艿叶上的露珠，阿明的大水牛，太公轧米厂的机器隆隆声，河边石凳上的蒙眬睡态，水底清稻谷的芬芳……忆不尽的故乡，处处有阿娘的身影；忘不了的童年，时时有阿娘的故事。在她生前，我未曾给她一丁点儿的回报，连一块糕、一粒糖都没给她买过。在她死后，我无处去祭扫她的孤魂。由于习俗，作为孙女，我不可为她做羹饭、烧纸钱，连上炷香都因成了“外姓人”而没有用处。阿娘生前，我无力尽孝，阿娘死后，我连焚香的资格都没有。不仅是我，我们全家，都愧对她。尽管是客观原因使她独自住在乡下，去世时无一亲人送别，最后遗骨不知所终，但是，从父亲、母亲到我们六姐弟，几十年里，难道真的一点不能作为？我们，有谁想过孤身一人在老家的她，日子究竟怎么过，是否比我们更难熬！

去年，因拆迁已定，村里决定将叶氏祖先牌位恭送进汶溪净圆寺，我代表全家去了。那天，全村及从港、澳、台地区及海外赶回来的叶氏宗亲三百余人，排着队，擎着香，在诵经声中，将列祖列宗及十六代祖先牌位送进慈孝堂三厅。男丁在前，女眷在后，按辈分排列，磕头跪拜，焚香祈祷。礼毕，我心有所动，去问住持，我能否给先祖父母上块牌位。住持问，你是叶家媳妇还是女儿？是女儿。他说没这规矩，只有叶家人才可为祖宗上牌位，女儿嫁出去已是外姓人，不可以。族人见我哭，纷纷求情。住持沉吟许久，阿华叔乘机劝，现在新社会了，儿子女儿都一样。住持总算破例同意了。写着先祖父叶尚熊、先祖母金宝珍的牌位红彤彤的，下书我的姓名。虽由我出钱，又写了我名字，我却没资格捧牌位，族长请同为“良”字辈的一男丁代我捧起牌位。六个和尚唱诵“心经”二十分钟，全村人列队敬送，辈分最小，又是“外姓人”的我，排在队伍最后，与大家一起，将“阿爷、阿娘”请入三厅叶家祖先边上。从此，失去安魂之地的祖父母有了“家”，我们有了祭祀之处。

灵魂之说本不可信，但我们总要有个地方安顿自己的良心。我们做错了的事，泼出去的水，即使无法挽回，也需要有个去处可咀嚼刺骨的伤痛。立了牌位，做了梦，对于阿娘，实际上毫无意义 ，但对生者，也许是煎熬后的自我救赎。很想问阿娘，我做的，真的有用吗？唉，上哪里去问！

2013 年 9 月 11 日

母亲的大衣

很久以前，妈有一件山猫皮的大衣。黄灿灿的毛，咖啡色的小圆点，开到胸前的西装领，一只同样颜色的暖手袋。儿时，冬天妈出门的时候，我们总是小心地用手去摸毛茸茸的皮，还用嘴使劲吹，大衣上的毛会根根竖起来，在太阳下闪着光。妈梳好一络络的卷发，穿上紫红的驼绒旗袍，外面再套上这件大衣，一下子变得像女皇般漂亮气派。

这件山猫皮大衣，是妈的嫁妆。多暖和多气派的大衣啊！妈有时说，将来谁最像她，这件大衣就给谁穿，我就拼命照镜子，希望快长成一个大姑娘，长得像妈，可是照来照去，我还是那么小，真使人丧气。

一解放妈就去了妇联工作，虽说是尽义务，但妈干得起劲极了。妈穿上了列宁装，山猫皮大衣从此再也不穿了，我们逐渐长大，对这件大衣也就失去了兴趣。

因为妈经常要在外面跑，特地做了另一件大衣，是爸的一件长衫改成的，棕黄色的花呢面子，里子是山羊皮的，很暖和，但一点也不好看。妈搞的是调解工作，整天为吵架的夫妻、婆媳们劝解，变得又会说又会劝，道理一套套的。经常刚端上饭碗就有人来找，有时候半夜三更，还有人哭到我们家来。有一次，晚上十点多了，一个被撕破了衣服的妇女找妈来告状，后面追来穿着短裤的气汹汹的大汉。妈从床上爬起，随手披上山羊皮的大衣，只说了几句话，那男人就认错了。妈穿着这件列宁装式的大衣，既威风又严肃，简直像电影里的女首长。

1956 年，妈当了小学教师，每天很早就得赶去上班。由于父亲放弃了高薪，选择去大学教书，家里的经济情况不大好，保姆也辞了，妈每天四点多就得起床，去菜场拎回一大篮菜，等她回来，我们总还赖在床上。妈大声地嚷，一个个去揪耳朵，掀被子，谁再要赖准得挨揍。妈匆匆吃完早饭，一手拎着包，一手拎着马桶，一面连奔带爬地下楼，一面还不断地叮嘱。妈一路小跑，用手捋着散乱的头发，还不断地回过头来喊，声音传得很远很远。不论多冷的天，她总是忙得一头大汗，从来不穿大衣。

在三年困难时期，我们家老人和孩子都嚷吃不饱，孩子们放学一回来就翻菜橱找吃的东西。妈到处打听买黑市米或黑市点心的地方，一件件首饰、一幅幅字画，都卖去换成了粮食。妈越来越瘦，头发越来越白。每个星期妈总要去旧货店变卖衣物，终于轮到了那件山猫皮大衣。

妈从衣橱里取出大衣，她坐在沙发上，一遍又一遍抚着金灿灿的毛，半晌不发一言。妈拆下了衣领和袖口，留下了暖手袋，用一块布把大衣包了起来。小妹得知妈要去卖这件大衣，哭喊着赖在地上："我当妈妈时要穿的……"妈含泪拉起了小妹柔声说："等你长大了，买件貂皮大衣给你当嫁妆，现在，吃饭第一要紧，你们都在长身体啊！"在旧货商店收购处，变卖衣物的人排成长队，轮到我们时，妈抖着手把大衣递过去。"三十五元！"卖东西的人太多了，一件黄狼皮大衣也只给四十元。我想把大衣取回来，妈摇摇头接过了钱。那件黄灿灿、金闪闪的大衣，被扔进了一大堆衣服中，死气沉沉地躺在那儿。我最后望了它一眼，觉得我的童年、少年时代都随它而消逝了。

1964 年，大弟赴新疆前夕，妈把那件山羊皮的大衣改成了男式派克大衣。从此妈就再也没有大衣了。每年冬天，妈只穿件棉袄，里面只有件旧毛线织成的绒衣，连围巾都没有一条。六个孩子都要吃要穿要上学，父亲又出了事，妈顾了这头顾不了那头，哪儿还顾得上买大衣！她总说不怕冷，可我知道，冬天的傍晚，因为风大天寒，妈总是跑步回来。妈患关节炎，极怕冷，她总说背上像浇冷水一般。由于没有大衣，她除了上班，冬天哪儿都不去。

一直到妈五十岁生日的时候，我们六个孩子才凑了三十元钱，为妈买了一件两用衫式的短大衣。那年家里的境况尚未有多大的改变，我们掏遍了自己的口袋、抽屉，省下了看电影买早点的钱，攒了好几个月才凑满了三十元。我们无法为妈买一件像样的大衣，跑了好多家店才买了这件黑上装。妈穿了这件大衣，她照着镜子，笑着笑着忽然流下了泪，妈说，终于穿上孩子们买的衣服了……

如今，妈有满橱的衣服，当然也有大衣，但白发苍苍的妈，已老得不再需要华服，也穿不了大衣了。望着街上近年来流行的裘皮大衣，我总会想起多年前妈那件山猫皮大衣，想起我们儿时做过的许多梦。总会想起妈为了我们全家，在寒冬腊月，没有帽子御寒，穿着旧衣，佝偻着身子，一面往楼下奔，一面高声叮嘱的情景。愿天下的儿女都能懂得母亲的心，不要相信在寒冷的冬天，妈会不需要一件大衣。

1986 年 11 月 15 日

世上最痴情的人

世上最痴情的人是谁？可有多种答案，但都太私人化，不能被每个人认同。只有一位，无论男女老少都一致点头赞同，这个人是谁呢？

小时候，怕黑、怕夜、怕熄灯、怕单独待在屋子里，怕到极致，就放声大哭，泪如瀑布，声似铜钟。那个人急急地奔上楼，脚步如炒豆子般急促翻滚，轻轻一句："怕什么呢？"便云开日出，天下太平了。

及长，去上学，最怕老师课堂提问，明明会答的题，站起来却一个字说不出。也怕英语朗读、古诗背诵，其实已烂熟于心，就是发不出声音。老师气极了骂，聪明面孔笨肚肠！那个人站在办公室门外，幽幽地说，孩子胆小，应该哄，不能骂。我立刻有了底气，笨肚肠变成了聪明罩一世的气场。

读中学住在郊区，我从来不知上海的蚊子那么凶，半夜打电话去讨救兵，连哭带喊，怪她没给我带蚊帐。第二天清晨，校门尚未开，门房伯伯跑来叫，去看看，校门外那人谁认识？赶紧去看，那个人坐在地上睡着了，怀里抱着一顶蚊帐。仔细看，是用几十只口罩手缝成的蚊帐！从此，再凶恶的"蚊子"能奈我何？

十七岁，我闯荡异乡，举目无亲，住在芦席棚里，看着搬砖磨破的手指，望着破屋顶外闪着泪光的星星，忽然想起临行时那人的话，人总要长大，宝贝，咬咬牙，一转眼，再大的难处也像风吹过。天边残月，立刻化作圆盘，盛满了月光。

将为人母，一窍不通，不知来的是祸是福，不懂柴米油盐如何调配，不明布料怎么变鞋袜。临盆危险，痛不欲生时，那个人来了，手提大包，肩挑竹篮，背驮杂物。她来不及拭汗，一面对着医生作揖打躬，一面握着我的手，理着我的乱发，眼泪哗哗倒出来。凭借她带来的神力，我脱胎换骨成了一个母亲。

那年住院，医生说我积劳成疾，无药可医。半夜，床头亮起柔和的灯，灯影下站着那个人，浑身被雨淋湿，白发扶疏，双眼红肿，我大叫，这么黑的天，您不该来，不该来呀！她擦了一把泪静静地说，我怎么能不来呢？病魔惶然而退，我又活蹦乱跳起来！

人在江湖，危机四伏，走在路上，常入陷阱，微笑示人，曾获冷眼，胼手胝足，屡交厄运……伤了，跌了，苦了，累了，被欺负了，受委屈了，想哭、想跺脚骂人了……只要那个人在，就有地方好躲，就有肩膀可靠，就有手抚我的背，就有手帕为我擦泪。那盏灯总亮着，那扇门总开着，那叮咛的话总在耳边响着。走得再远，我总能找到回家的路。长得再大，总觉得自己还是个稚童。天塌地陷，山倒水流，因为那个人盼着我，我不会怕，我不退却。我天天有所长进，我年年努力奋斗，因为那个人以我为荣，我怎能使她失望！

那个人，生我，养我，爱我，疼我，护我，教我，却从不要回报。那个人，视我为宝，含在口中怕化，顶在头上怕摔，把我贴在她心尖，还用双手护着。即使全世界都视我为草，那个人，仍当我是心头肉。我饿了，冷了，热了，伤了，痛了，心碎了，她都知道。即使她已年迈力衰，心智不全，只要见到我，她的双眼仍会发光。如果哪一天，地球毁灭，世界末日，诺亚方舟只能坐一个人，那一定是我！因为那个人，会冲锋陷阵，力排众议，粉身碎骨飞来救我。她是我母亲，世上最无私、最傻的那个痴情人！今天六月初六，是她九十二岁生日，母爱深重，无以为报，写此文，祝福我至亲至爱的母亲，平安，健康，长寿！

2011 年农历六月初六深夜

我有一个最美的妈

那夜，朦胧中见有个身影闪入。她穿绛红锦缎旗袍、高跟黑皮鞋，一头“长波浪”飘呀飘，大而亮的眼睛含着笑，多美啊！仔细瞧，我大叫，妈！真的是妈！我跳起来，拼命想留住这个美丽的形象，身影却消失了。我惊醒过来，凌晨三点半，妈离世后的“二七”。

芳姑说，妈是菱漕村出名的大美人。阿娘也说，妈嫁过来，红盖头一揭，屋里一片赞叹声：“新娘子好看煞勒！咋会介好看！好看得呒告话头！”我看到过妈出嫁时的照片，五官精致，面容秀丽，脸上有一个小酒窝。族叔对我说，侬也好看，但比起侬姆妈，差口气。我认同。

有个美女妈妈，是幼时与小伙伴吵架的资本，但人美，是上苍造就的，妈心美，才真使我们骄傲。妈乐于助人，一生不知帮过多少人。三姨父去世后，佩姐来我家住。那时家里很困难，我们三楼的房子出租了，只剩二楼两间房，家里有十口人，佩姐来后更挤了，每晚地板上睡满了人。佩姐起夜，总有人被她踩醒。我们少不更事，常恶言相加，每次都被妈骂。妈介绍她到毛巾厂做工，又给她选了复员军人当丈夫，佩姐出嫁，妈准备了全套脚桶、马桶、被子、枕头……最使我们羡慕的是一条绣花软缎被面，是妈的陪嫁，簇簇新闪闪亮，也给了佩姐。我们几个女孩气不过，准备去“抢”回来。妈说，阿佩没了爸，多可怜！说得我们无力动手。

佩姐的事我们气还没顺，又来了阿玲。姑母去世姑父续弦，后母不待见孩子，阿玲哭到我家。爸要我给她补课，让她考我读的中学。我只比她大一岁，哪会补什么课。怪她搅了我看书时间，心里怨气冲天，就没好脸色给阿玲看。妈又说那句话，阿玲没了妈，多可怜！说得我心软，乖乖地当小老师。阿玲和我一起住读，我不大回家，她倒好，每周都回我家，吃、住不算，妈还给她零用钱，回学校时，书包里塞满了零食、点心。阿玲大学毕业后，妈把她抚养过的天聪表哥介绍给她，帮两个丧母的孩子成了家。我有时说妈偏心，她总说："你倒试试没爸没妈的日子！"说得我没了脾气。

六七个表兄妹，似乎都不记得妈的抚养之恩，这还是小事，最吃亏的是她的工作。妈是中华人民共和国成立前参加革命的，在提篮桥区妇联工作，不拿工资，是真正的"倒贴工钿白吃饭"。有人不止一次提醒过她，这里没编制，妈却干得欢天喜地。后来，妇联一次次为她安排工作，第一次是恒丰纱厂幼儿园，去当领导，工资开得很高，妈没去，让家里困难的人去了。后来连续几次，妈都把机会让给了别人，说她们都比她困难。一让让到了 1956 年，妇联没编制的人都安排了，她才去了学校。妈是个好教师，但她的工龄只能从这年算起，比起同龄人，工资、退休金都特别低。

妈帮人从不求回报，她生性豁达，故烦恼少。相由心生，妈到老都很美。最后一天，她安卧在鲜花丛中，皮肤白皙，神态安详，脸上没老年斑，无眼袋，皱纹都不大能看见。化妆师说没见过这么漂亮的老太太。想起以前有人说她未办离休吃了大亏，她说"吃亏就是占便宜"。想起我们抱怨受她恩惠的人"没良心"，她说"自己有良心就好"。她什么都不计较。人在做，天在看，谁说妈无回报？妈活百岁，无疾而终，子孙满堂，福寿双全。

送妈走那天，早晨还细雨蒙蒙的天，忽然出了太阳。我们有一个最美的妈，上苍都为之开颜。即使从此再没人会对我说"路上当心！"，我的心里仍是满满的、暖暖的。我愿静静地记着这份美丽，我拼命忍住，我咬牙节哀，我不哭，真的！

2018 年 12 月 6 日

谁解春晖寸草诗

五月中最温馨的日子是母亲节。美国的安娜贾维斯为完成母亲遗愿，并纪念一生从教的母亲，提倡设立母亲节。1914 年，美国认定每年 5 月的第二个星期日为“母亲节”。这个节日不久就被世上无数儿女接受，成为感恩母亲的日子。安娜母亲生前喜欢的康乃馨成了母亲节的象征。

1994 年年初，我成立了工作室，正考虑以何种形式遍告诸友，忽然想到了母亲节。那年正是母亲节设立八十周年，我策划了感恩母亲、纪念母亲节的活动。我设计了念慈卡，卡上有诗、文、雕塑和画，作者阵容也相当“豪华”：有诗词名家叶元章先生的《念慈》诗，法国文学翻译家张秋红的十四行诗《母亲》，著名画家司同的画作《相依》，市油雕院副院长赵志荣的雕塑《母与子》，还有我写的短文《最傻的人是妈》。当然，也详尽地介绍了母亲节的由来。我东拼西凑了两万元，制作了几万张卡，要在母亲节这天向全市学生签名赠卡。

那时，知道母亲节的人不多。我怕没人来，特地写了上百封信给曾去讲过课的学校，希望他们能组织学生来领卡。我还答应，凡组织学生来的学校，我将上门义务去作报告。那时没电脑，信都是由我手写，每天写至深夜。这样仍不放心，我还亲自上门去跑学校，挤公交或走路，把宣传资料送去，累得够呛。幸好很多单位都肯接待我，宣传效果不错。

5 月 12 日那天，长宁路上的工作室门口，一早就排起了长队。还有很多人不断赶来，队伍见首不见尾。除叶元章先生在宁波没来，我们四个志同道合的朋友都参加了签名赠卡。这几位都是惜时如金的大忙人，我估计不会有很多人来，向他们保证只要签一个小时就可以。谁知签到中午十二点，队伍仍不见缩短，除了学生还有很多成人，他们说，我们也有母亲！那天，一直到下午近两点，我们几个连一口水都没喝过。我觉得抱歉，几位名家却说，我们都少年丧母，好羡慕你有妈妈，能帮着为母亲做件事很开心。他们不但拒绝了报酬，连饭都不肯吃就走了。

每年母亲节，我都带着鲜花去看妈妈，唯有2016年，家里没有我送的康乃馨。那年妈九十七岁，因脑梗住院了。在救护车上，她再三嘱咐，病再重也不可插管子，要我监管医生。医生怎么会听我的，但为了让妈安心，我每天一大早就去医院“站岗位”，让妈一醒来就能看到我。我给她洗脸、擦身、喂早饭、喊口令，让她动手脚，帮她翻身，用空心拳为她敲背。我笨手笨脚，她却每次都笑盈盈地说：“每天一早看到我最喜欢的囡，我一整天就老开心格。”母亲节那天，我为妈穿好衣服鞋袜，让她坐在椅子上。为她梳头时，竟发现妈有不少黑发，她高兴地说：“我返老还童了。”那天，一直卧床的妈坐了一个多小时。她目不转睛地看着我，我去打开水、倒垃圾，她的目光也追随着我。那个母亲节，我没空买花，把自己当礼物送给了妈。

今年母亲节，我一早起来，习惯地去买康乃馨，发现附近的花店都关了。我急起来，没有花怎么过母亲节呢！忽然，耳畔响起那几句诗：“记得灵前拜母时，肝肠痛断泪似丝。世上多少娇儿女，谁解春晖寸草诗！”在街上团团转的我，一下子就清醒过来。妈不在了！妈曾说我“无所不能”，但今天，即使采来最红最大的康乃馨，我本事再大，也没法送给妈了！花再美，唤不回妈睁眼来看了。几十年来一直是妈妈的“宝”，在这一天，才真真切切地感到，自己竟变成了一根草！从此，母亲节与我绝缘。

2019年5月25日

没有妈的母亲节

今天是母亲节，我想妈妈了。她走了两年，不知道在那边过得怎么样？

妈出身大户人家，外公是宁波商会会长、钱业公会理事长，开钱庄、开银行、办厂，在沪、甬两地是多家大企业的股东。妈从小衣食无忧，不知柴米油盐。她性格温厚，遇大事却极有主见。

她先是读私塾，后来在外公办的崇本小学读高小。毕业后，按外公一贯的主张，女孩认几个字就可以，没让妈继续读书。妈坚持要读初中，外公不予理睬，让她安心待嫁。妈求外公，与外公吵都没用，一横心，把房门一关，开始绝食。一天两天，水米不进，听见外公脚步声，她大声哭去世的妈，闹得外公心烦意乱，只得让她去上中学。妈是外公家唯一上过中学的女孩，也是因为有了这点底子，后来她当了小学、幼儿园老师，是外公家唯一能自食其力的独立女性。

她九岁与我爸定亲，那时祖父健在，我家有田有屋，上海还有百年老字号叶同泰槽坊，与外公家旗鼓相当。到谈婚论嫁时，我们已家道中落。孤儿寡母艰难守业，乡人觊觎我家财产，造谣生事，流言四起，传到外公家，外公信以为真，想悔婚。妈得知后，毫不犹豫地说，我嫁的是人，又不是钱！外公问她，将来你吃苦，不要后悔。妈说，我信元章这个人，嫁了，永不后悔！就这样，妈和爸相守八十年，历经磨难，她咬紧牙关，从没有一句抱怨。

上海刚解放，妈就出去工作。误打误撞，去了虹口提篮桥区的妇联，她干得欢天喜地，家里还另用了小保姆带孩子。一个月后发工资，才知道没有她的份，原来她是没有编制的义务工。亲戚都说，倒贴工钱白吃饭，有毛病啊！爸也劝她，别干了。她说，为人民服务，没钱也干！这一干，从1949年5月干到1956年7月，没有一分钱报酬。后来去了小学工作，因为工龄短，她退休金很低，中华人民共和国成立前参加革命工作的她，因为没正式编制，算不上离休。别人都说她亏大了，她却从不后悔。

1959年，爸去青海，领导要我们全家一起去。爸不会照顾自己，也希望我们去。妈说，等一等，让我打听一下。她跑到爸的老师祝荫榕先生家打听情况，他已在青海两年，正回沪探亲。祝先生头上有帽子，不敢告知真相。妈说，你不用讲，我来问你，你点头或摇头就可以了。妈回家什么也没说，只是把打包的行李都解开了。爸一个人去了大西北，我们全家留在上海，逃过一劫。

妈上敬老人，下疼子女，对爸的照顾更是无微不至，亲戚、朋友、邻居、同事都赞她是个好人。平时看上去柔弱温和的她，每当关键之时，却有非凡的魄力和勇气。因为有妈，我们家才躲过了一个又一个灾难和陷阱。如果没有妈，我们一个个是否能毫发无损地活下来都是问题，怎可能有如今四十一人的美满大家庭！妈不仅是个好母亲，她更是我们家的大功臣！

没有妈的母亲节，到今年已是第二个。今天我特别想她，可是我不敢哭，因为妈会心疼。我不能哭，因为没人再为我擦眼泪了。

2020年5月18日

妈妈，生日快乐

每年这一天，我总会手捧鲜花和礼物说这句话：妈妈，生日快乐！

六月初六，狗溷浴，一个有趣的日子。这天是妈的生日。

2016 年，妈大病一场，医生说预后不好，她却挺过来了。先是拔了导尿管，有了自行小便能力；再是能靠枕头坐起；再后能下床挪动几步，坐到桌边吃饭。她思维清晰，认得每一个人，说话如常，很久无法吞咽的粥也能吃了。这年生日，妈在医院里过。

2017 年六月初六，这年的生日，我送她一束花——红百合与大红玫瑰。我还送她一只高科技枕头与枕套，据说可以使头脑恢复功能。庆幸我们又可以为她庆生，为她唱生日歌，为她精心挑选礼物，为她送去她最喜欢的花。全家开开心心地过了一天。

我庆幸，妈健在，又过了一个生日，我们全家围在她身旁，看着她欣慰的笑脸，感受她关注的目光，听着她的叮嘱，心里好暖。感谢上苍让妈活了过来，感谢妈为我们坚持活着。我们高喊：“妈，生日快乐！”

这天也是我生日，感谢妈生养我，爱我。能和妈每年在一起过生日，是幸运。愿上苍垂顾，让妈好好活着，让她年年能和我一起，在六月初六一起吹生日蜡烛。妈，保重，加油呵！

2018 年，妈躺了一年多，生日这天，她意识模糊，我们围在她床边静静地吃了一碗面。秋天，妈走了。

今年，又是六月初六，我想买一束花，我想去店里选礼物，我想拥抱妈，把脸埋在她胸前，我想拍着手唱生日歌，我想与弟弟妹妹一起争着像小时候一样，抢吃凯司令的栗子蛋糕，弄得满脸都是奶油，被妈妈骂："馋佬坯！"可是，妈不在了，她走了，再也不会说："这么大人了，还要抢蛋糕吃，羞不羞？"世上再好的礼物，再动听的生日歌，她都不需要了！年年的六月初六，都是与妈一起过。虽说因妈在，我的生日便成了陪衬，大家只记得为妈祝寿，往往忘记我也是寿星。那有什么关系，我宁愿不过生日，不要礼物，没人为我点生日蜡烛，只要妈在，生日会多热闹！如今，六月初六，只剩下我一个人，我不要过生日了。2018 年妈去世后，我决定不再过生日，把这一天当作全家的纪念日，大家庭几十人聚在一起，感谢母恩，纪念母亲。

可是，我多么希望回到从前，我们围在一起，笑着，闹着，唱着，把妈吵得捂住耳朵笑骂："都有孙子外孙的人了，还这么吵！肖蟹了（越活越小了）。"

没有这一天了！六月初六，只能在心里默祷，妈妈，生日快乐！

2022 年 7 月 4 日

爸爸的书桌

每当我走过家具店的时候，常常不由自主地停下脚步向里张望。吸引我的不是式样新颖的家具，我是在寻找，寻找我记忆中的一张书桌。

那是几十年前的事了。当解放上海的炮火刚刚停熄，市民们在人民政府的领导下，开始过一种前所未有的新生活时，我们家从长乐路的小屋迁至虹口的新居。

爸爸当时在一家企业工作，晚上读夜大学，他梦寐以求一张书桌。搬家时，他的三位好友买了一张写字台作为贺礼送给父亲。这张奶黄色的写字台真大，左右各有四个小抽屉，中间一个大抽屉，桌面足有一张半八仙桌那么长。那天爸爸下班回来，看见这么一张漂亮的书桌，像孩子似的咯咯笑出声来。

爸爸当时还不满三十岁，已经有了六个儿女，家里还有祖母和姨妈，生活担子非常重。但因为解放了，他整天乐呵呵的。一到晚上，他不是去上大学，就是在单位里搞宣传。回到家里，他就坐在书桌前，写着、吟着、翻着书、啃着俄语……这张书桌上的东西，妈妈从不让我们碰，也不要别人整理。当时，我们虽然很小，却懂得当爸爸坐在书桌前的时候，我们要乖一点，不能大声嚷嚷，免得妨碍爸爸用功。淘气的大弟经常因想在书桌上做功课而挨妈妈的打，我们只能在方凳上做作业。我们六个孩子经常望着书桌上堆得像小山一样高的书，暗暗为爸爸担心：他什么时候能读完呢？

爸爸一有空就坐在书桌前，苦读了四年，念完了夜大学，又在这张书桌上整晚整晚地写，写了许多杂文、评论，成为上海一个小有名气的业余作家。

1959 年，爸爸到西北去了。我们还年幼，不知道其中底细，只知道他是戴着大红花敲锣打鼓支内去的。爸爸一向教育我们要“好儿女志在四方”，他带头走了，我们只觉得骄傲。

不久，爸爸的工资被减，孩子们住的三楼只好退租。大弟没有地方睡，就睡在这张书桌上，一直睡到长成了一米八的大个子。

爸爸忽然没有了消息。妈妈经常坐在书桌前，给方方面面的人写信，询问消息，请求帮助，但都如石沉大海。爸爸仿佛从地球上消失了，我们再也找不到他的踪迹。妈妈的头发一下子白了，她经常手抚书桌，整晚呆呆地坐着。

六个孩子都在上学，加上两个老人，只靠妈妈一个人工作，这副担子实在太重。妈妈开始变卖衣物、字画和首饰。大弟去新疆前夕，她从书桌的抽屉里取出最后一个红宝石戒指说，这本来是给大弟结婚准备的，现在先给了他也一样。妈妈把保存了二十多年的嫁妆戒指卖了给大弟添行装。在锣鼓声中，大弟也要走了。走的前一晚上，妈妈说，大弟好多年没睡床，这一夜让他睡在大床上，妈去睡书桌。大弟不肯，还是在书桌上度过了他在家的最后一夜。他一面顽皮地将脚伸在桌外，一面说，家里没有像他那么高的人，以后不论谁睡在书桌上，双脚都不会乘风凉了。

自小调皮捣蛋的大弟走了，家里一下子变得清静起来，但同时也失去了欢乐和生气。妈妈经常坐在书桌前给大弟写信，一封信往往写几个晚上，沉甸甸的。

1975 年，小弟要结婚了。仅有的一间房要隔成两半，妈妈犹豫再三，终于决定把占房间四分之一的书桌卖掉。当调剂商店来车拉东西的那天，几位已经出嫁了的姐妹都回来了。我望着这张已经脱落了油漆，把手都已损坏，历尽沧桑的书桌被人重手重脚地抬下楼时，我的耳畔响起了儿时爸爸对我们的唤声："丽儿、痕儿，来写字！手腕举平，手肘不许放下！"我似乎看见了大弟耷拉着脑袋站在书桌的左角，因为学生手册上开了红灯，受到爸爸的严厉批评；我似乎看到爸爸在难得有空的周末，从书桌抽屉里拿出一张精美的邮票，我们高声地欢呼；我想起每当学期结束，我们在书桌上摊开各自的学生手册，爸爸脸上露出了欣慰的笑容；我似乎看见在除夕，吃完年夜饭后，爸爸吹起口琴，我们围在书桌边，大声唱着："长城外，古道边……"现在书桌被人搬走，爸爸依然音讯全无。我看见妈妈和姐妹们都在哭，我们似乎在送别一个多年的老朋友。流逝了的岁月伴随着辛酸的回忆，在每个人的心头激起了汹涌的波涛。我们哭书桌的变迁，也哭全家人被扭曲的命运。

随着春天的到来，失联多年的爸爸回来了。他到家的第一件事，就是找房间里的书桌，连声问："写字台呢？我的写字台呢？"望着爸爸急得通红的脸，我们谁也不敢出声。妈妈的眼角，闪动着痛苦、歉疚的泪花。

我和小弟跑遍了上海的家具店，想找一张像我们家原先那样大大的、奶黄色的写字台，还给我们亲爱的爸爸，可一直无法如愿。爸爸依然在西宁工作，他拼命地写文章、作诗、上课、讲学……每次回家，他就坐在八仙桌旁，整夜整夜继续着他心爱的工作。偶尔有空，爸爸就会望着原来放书桌的西窗边，发出深深的叹息。

望着爸爸鬓边的银丝和他在八仙桌旁低头疾书的身影，我总在想，奶黄色的写字台，你在哪儿呢？

这一天终于来到了。爸爸回到了故乡，在一所新建的大学任教。他有了一间明亮宽敞的书房。在窗口，一张崭新的书桌，成了他晚年拼搏的场所。

他在这张书桌上写诗，成了有名的诗人。他写文章、备课、回答青年们的各种问题。与儿时一样，每次走过爸爸的书桌，我总踮起脚尖小心翼翼地绕过去，免得打扰正在埋头工作的爸爸。有时我仍会怀着敬畏和忧虑的心情，望着堆成小山一样的书和稿纸，担心爸爸何时才能做完这许多事。

爸爸的书桌已和他融为一休，好像是一艘劈风斩浪的船，它带着爸爸一生的追求和希望，执著地航行在人生的海洋中，永远向着太阳驶向前方。

1988 年 3 月 21 日

父亲教会我读书

父亲一生爱书。祖父仙逝，留下的产业，因无人打理而衰落。七岁的父亲却不懂心痛，依旧埋头读祖父留下的书。祖母见他整天念念有词，怕落下什么病，决定全家迁回祖籍去。出门所带行李有限，满屋书画只能任人哄抢去当柴烧。父亲号啕大哭，眼睁睁看着一座书山倾刻化为乌有。他只留下了一本《石头记》，上面题满祖父的眉批，还有，父亲第一次为书流下的泪水。

父亲从此视书如命。来上海后，白天上班，他下班后当《商报》夜班编辑，为的是读更多的“书”，又另兼一份职，为的是多赚钱可自由支配购书。从我记事起，家里已是满地满架的书，走路都得侧着身子。

父亲在家的时间很少，也不大管我。他若在家，只顾看书或写文章。童年的我十分寂寞，便拿书当玩伴。我先是找书上的画，后来便学着读，不识的字问父亲，他常听不见，或答非所问。问多了，他会很不耐烦地说：“查字典去！”吓得我再不敢问，只好跟他学查字典——那时我大约只有六七岁。

上小学后，每逢寒暑假，父亲天天带我去福州路，他上班，把我“扔”在书店里。那时，福州路的书店真多，一个个书店看过去，真像闯进了大宝库。从《俄罗斯童话》到《简爱》，从《镜花缘》到《红楼梦》……我还小，不懂书是否适宜，只知好看不好看。有时看到精彩处，父亲下班了，他并不催我，会和我一起待在书店里，直至打烊。

回家的路上，最爱听父亲说书的典故。他说得最多的话是，“此生若与好书错过，人便会缺胳膊少腿”。牵着父亲的手，带着一身书香回家，成了我童年时代最美好的回忆。

上中学后，我在校住读。因为爱看书，常很久不回家。父亲有时来看我，先要翻我床头的书。他见我偏爱西方小说，并不阻止，只是来信说，一定要把中国古典文学的底子打好，要熟背唐诗宋词，精读四大名著……有一次，我正在看《十日谈》，见父亲来，问了一个我一直不明白的问题：“手握夜莺是什么意思？”父亲大笑，却不回答。他只是说，读书并无禁区，但心里要设防，有了眼力，不明白的将来总会懂。

十五六岁时，像别的女孩一样，我也喜欢照镜子，偶尔见到一个小疙瘩，便急得大叫。父亲总嘲笑我：“镜子能变出美女来？”这时，他就会塞过一本书：“书中自有颜如玉，还是多读书吧！”

出嫁时，父亲在远方不知踪影，我的嫁妆中也就没有他答应送我的书，只有父亲的诗响在耳畔：“寒斋剩有诗三百，传与女儿作嫁妆。”尽管家里已无一本书，我心里却暖暖的，我底气足足地出了门。

我不知道父亲是否曾望女成凤，也不知道父亲是否对我去研究陶行知而没能接他的班感到遗憾。我编著的书虽不少，却没有他希望的巨著。但我相信父亲一定颇感安慰，因为他教会了我爱书、读书，不论我在什么岗位，我是一个像他那样的读书人。

因此我确信，父亲爱我，犹如我爱他一样。

2004年12月23日

父亲留下的家训：为善最乐

父亲长期漂泊在外，在我们成长的重要阶段，他都缺席。后来他退休回沪，但在我们心中，他还是很模糊，我们从未走近过他，许多时候，甚至有误解。

我们一直觉得父亲小气。比如，过年，他从不发红包；去做客，从不带礼物；满橱的食品，谁吃了，哪怕一块糖，他都会生气。他老是哭穷，似乎“夜饭米勿落锅”一样，我信以为真，常送钱去。可是，我们全错了。在整理遗物时，我发现了好多汇款单、感谢信、捐赠证书……从四十多年前的到他去世的前一个月的，一个个故事，重现在我面前。

有个女子，是他在西宁教书时的学生，结婚后，本有一个幸福的家，谁知丈夫突然离世，儿子只有两岁。日子没法过了，给当年的班主任写信哭诉。父亲一诺千金：“孩子的费用由我负责。”这一帮，就是二十年！从最初的每月五十元、八十元，到上大学的每年一两万元。一堆来信，讲述着这个雪中送炭的故事。

曹其清叔叔是父亲的老同事，十多年前，叔叔甩手而去，婶婶没有工作能力，生活陷入困境。父亲挑起了这副担子，每月给一千元生活费，过年再寄三五千元，直到曹家女儿能养家了才停止。父亲去世后，我接到婶婶电话才知道，这十多年，父亲拼力养着兄弟的家！而他的退休金，那时才三四千元。

有一张今年二月他给奉化大堰学校的汇款单五千元，附言写着：

“给孩子们买点图书。”去年，我在《宁波日报》上看到父亲被评为“宁波市十大慈善之星”，文中说到父亲捐了五万元给这所学校，让学校购买铁床，以保障孩子们的安全。今年我特地去了这所山村小学，我带去作家们捐赠的书，学生兴高采烈地围着我喊：“谢谢叶爷爷，谢谢叶老师。”我看到宿舍里崭新的铁床，听到孩子们真诚的感谢，我明白了父亲此举的意义。

杜行是父亲牵挂的第二故乡，我们家祖传的叶同泰槽坊开在老街，他在这里度过了快乐的童年。2015 年，他捧着十万元现金寻根而去，在杜行中学创设叶同泰奖学金。直到学校邀我讲课，我才知此事。一叠叠学生来信中，有一封这样写道：“在我被南墙撞得头破血流时，是您的奖学金为我打开了希望之窗。”感动于这份情意，我答应父亲，会把奖学金继续下去。

父亲从来不是有钱人，他助人的钱，都来自他的工资、退休金，更多的是稿费。父亲一个个字都是用笔写的，几十年里，几千、几万、几十万元，要写多少字，费多少神！原来他并非吝啬，而是省下每分每厘去行善。

父亲留下了家训：“为善最乐。”这句话沉甸甸的。

父亲背影已远，我想夸他几句，爸，你真好！他永远听不见了。

2019 年 11 月 10 日

很想再挨爸的骂

一直知道六月有个父亲节，但我老是记不住，总被爸骂。今年记住了，可爸不在了。

去年春天，妈走后不久，爸开始交代后事，不久全身浮肿面色发黄，去医院查，说癌指标高了几倍。他患前列腺癌已多年，医生说，这病对老人没多大影响，发展很慢，吃药能控制，因而我们一直瞒着他。这回，医生说，年纪这么大，没法治了。爸一天天吃不下饭了，他常常看着妈的照片说："你那边人多，热闹，我太冷清了！"我们非常担心，但能做的只是每天轮流去看他，别无办法。

他一次次对我说，还要出本书，但又迟迟不把稿子给我，直到六月中旬，我再三催促，他才把一堆"乱七八糟"的手稿交我。那些纸已泛黄发脆，字迹模糊，有的字用放大镜都看不清。我几次整理，觉得无从入手，想先放放，等爸好点再说。

去年 6 月 28 日晚饭后，爸忽然失去意识，等全家赶到，他已在抢救室。医生说，油灯燃尽了，如要救，需切开气管……想起爸再三关照的"不折腾、不抢救"，我拒绝了。爸一动不动地躺着，吸着氧气，手脚温热，眼睛紧闭。我叫他，他的手用力握了一下，眼泪流了下来。

6 月 29 日，医院连发病危通知，我心惊胆战，一张张签字，但心存希望，祈祷爸能闯过这一关。深夜，我通知全家赶到医院，我们围着病床，看着监视器上代表生命体征的曲线缓缓地变平，终于变成了一条直线。30 日凌晨零时十二分爸去了，我握住他仍温热的手，想说几句话送他，却一个字也说不出。

爸曾不止一次说，你的妈如果走了，我也活不下去了。我一向觉得，爸是闯过大江大海的人，与妈分离也不是一次两次，不至于吧？可爸真的活不下去了，儿女再好，代替不了老伴。他坚决地、毫无留恋地追随妈而去了。

妈走了以后，我常哭，梦里哭醒好多回。我以为爸没有妈亲，他走了，我一定可以平静地接受。可是，整理爸的遗物，看着他的照片，摸着他的衣物，读着他的诗，还有我不了解的那些来信里叙述的故事，他的捐赠……我一次次哭，哭得难以抑制。

爸活着，写了诗给他看，只要有一字不入他眼，就会骂："狗屁不通，去改！"文章发在报上，他也会挑出错了的标点符号骂："你是小学生？"出了书，有错字，他又骂："你还算是个作家？"那时觉得好委屈，如今，谁会对我这么挑刺呢！

整理他的遗稿，里面有好多人名，每次想问，这是谁，但没人可问了。重阳、元旦、春节、清明，买了糕点水果，无处送了。中秋夜，望着圆月，想起爸教我的第一句诗"举头望明月，低头思故乡"，泪如泉涌。

花开花落，已一年，爸妈的墓在太仓，新墓是要祭的，可今年去不了。他们的英灵不知飘在何处？人活着，总以为一切都是该得的，总以为，父母子女都会年年相守，总以为，想爸妈了，一迈腿就去好了，有难处，喊一声他们就会为我化解了……

只有当所有都烟消云散，才惊觉长长的人生，随时会有尽头。很想再挨爸骂，哪怕被骂得无地自容！不能了，曾是那么易得的东西，现在却成了奢望。

仰望苍天，无语凝噎。

2020 年 6 月 18 日

最后的纪念

过年了，要给长辈和朋友送礼。礼物不在贵贱，重要的是心意，每年我都会精心准备。习惯性地想着给爸送什么，正巧，文汇出版社送来了这本书——《叶元章评论集》终于出版了。抚摸着散发油墨清香的书，我喜滋滋地猜，这礼物，爸肯定喜欢。

2010 年底，父亲的散文集《静观流叶》出版。由于时间仓促，精力不济，也因限于篇幅，此书只收了散文、随笔，父亲最看重的评论、杂文等未收入，他觉得很遗憾。这以后，父亲一直想再出本评论集，也一直受到多方鼓励，但不知什么原因，他迟迟未动手。一年年过去，出书成了他一桩心事，常在我面前提起。我理解他，曾不止一次对他说，你把稿子交给我，我来做这件事。好几次，我要帮他把稿子找出来，以便让他分类筛选，他却置之不理。

前年年初起，我每次回家，他总要提起此事，但不管我怎么催，他仍无动静。春节我去拜年，又催他，他总算同意了。听他的指挥，我从橱里、抽屉里、纸箱里及各个角落，找出一大包一大包文稿，堆在地上有一人之高。我翻看成稿日期，有的还是 20 世纪五六十年代的。那天本想初步整理一下，可爸不让动，说，放着，他要自己先看一下。

这样，又拖了几个月，每次去，我都催，他总是说，不急，但他自己不看，又不肯交给我。就是这几个月，他的健康状况急转直下，眼看他瘦得脱了形，我心急如焚。因为，万一他不在了，我自知，无论如何我是编不成这本书的。

直到那年的六月初，在我的再三坚持下，他总算把一大堆文稿交给了我，嘱我编评论集。想到年近百岁、身体日渐衰弱的父亲，肯定无力再过问这堆乱七八糟的稿子，我虽勉为其难，还是答应了。眼看他一天天消瘦少语，我感觉非常不好。在我一再催促下，他写了书的“自序”，还用毛笔题了书名。我计划快点把稿子理出来，让爸可以参与编目选稿。但稿子实在太多，时间跨度有半个多世纪，内容又杂，根本没可能在短时间里理出来。我暗存希望，也许过一阵，爸会好起来，我又正忙着赶一部书稿，想先放放。不料，他一言不发，6 月 30 日撒手离去。面对文字难辨、纸张黄脆的遗稿，我束手无策，欲哭无泪。

可我答应了爸，要为他完成这个心愿，再难，还是要做。看着文稿，我有许多不明白，人名辨不清，事件理不顺，文章读不通，像以往一样，我时时想请教爸，但世上再找不到他的踪影。我只能咬着牙独自整理，有时看不清字读不懂句，又无处问，急得只会哭。近一年时间，我天天坐在书桌前理稿、阅稿、分类、取舍、直到成稿、三校……真正是殚精竭虑，精疲力尽。最后，我总算拼力完成。过年了，送礼啦！这本书，作为春节大礼送爸，他拿着，一定会呵呵呵地笑。我想对他说，好歹，我完成了任务。爸，我做得这么辛苦，您夸夸我，或者奖个压岁红包，好不好啊！唉，还是不说了，因为爸终归是“小气”，他惯于“装聋作哑”，红包别想了，夸奖的话他一句也不会说。编得水平如何，挑剔的他是否满意，没人告诉我。我只能安慰自己，作为最后的纪念，我交稿了。

2021 年 1 月 28 日

错失一位好老师

别人都说爸是好老师。他在西宁马坊中学当班主任，把不爱学习、成绩惨不忍睹的学生都送进了大学。学生几十年记着他，他去世还来沪送别。爸在宁波大学开选修课《红楼梦》，理科、外语，甚至外校学生都来抢座，窗台走廊门口都挤满了人。家有这样一位好老师，应是大幸，可我对爸一直心存芥蒂。

五岁我来上海读小学，一看屋小、弄堂窄、马路吵，心里一百个不愿意，更难熬的是爸要我学诗。我不识字，爸读一句，我跟一句，读了几遍，就要我背，我不理解，怎背得出？他骂："侬咋介笨！"我哭着要回乡找阿娘。说到阿娘，爸眼圈红了。他说："你看，今夜月亮又大又圆。上海有月亮，乡下也有月亮，你在想阿娘，阿娘也在想你，这就是'举头望明月，低头思故乡'。"我忽然明白了诗的意思，马上背出来了。这是爸教会我的第一句诗，他边讲边擦泪。我不明白爸为什么哭，但我牢牢记住了诗意，诗把故乡和我连在了一起。那时，爸要上班，又兼职当记者，还常去看戏、票戏，十分忙，但只要有空，他就教我背诗，不过再没有了像教第一首诗那样的耐心。诗中的字我大多不认识，更不明白意思，常常是爸读了一遍又一遍，我还是背不出，他总是骂我，有时还要打我手心。我怕挨打，非常专心地学，学着、背着，脑子里会出现一些场景，说给爸听，他却总是板着脸说，胡说八道，诗哪里是说这些，好好动脑子想！妈常和他吵，你不好好教，只知道打骂！爸说，你懂啥！诗是没法教的，只有熟读诗词，才会懂诗，作诗便水到渠成。他常常吼，脑子要转起来！要用功！哪一次背慢了、错了，还是要挨打。学诗，成了很可怕的事。

上小学了，爸又教我写毛笔字。他说人有两张脸，一张是天生的，另一张脸就是人的字。见爸买来毛笔、大楷本、字帖，我兴高采烈，谁知一上手，又是苦！每晚临帖，爸都站在我身后。握笔不对，手肘没放平，字写得不好，都会被他打。因为怕挨打，我越发紧张，字歪了，墨不匀，甚至把纸扯破，墨汁滴在桌上……爸还会突然拔我的笔，如被他拔走，不仅要吃“毛栗子”，还要提笔罚站，直到他再拔不走笔为止。学写字时，不知被爸打了多少次。结果，一提笔，我就紧张，甚至频频上厕所，爸拗不过天天和他吵的妈，只好任我的字“野蛮生长”。

后来，识字多了，我自己能看懂诗了，学诗便不再那么难。到小学毕业，我背了至少上千首诗，但因为爸总说我笨，骂我不用功，我对古诗产生了抗拒。我上寄宿制中学后，爸再没法逼我学诗写字，我欢欣鼓舞，从此只读、写新诗，也再不写毛笔字。爸回上海后的十几年里，他品评我的散文和诗，总是遗憾，说我有童子功，却没成为他那样的诗人。见我龙飞凤舞的字，也常摇头叹息。只有我偶尔写了格律诗给他看，他嘴上说你总是不肯用功，脸上才笑成一朵花。昨夜月细似眉，诗涌如潮，吟成一首七律，结尾押不好韵，随手拿起电话请教爸，“你拨的电话是空号！”我呆若木鸡。原来世上最远的距离，并非生与死，而是爸天天在眼前，我却看不见他的苦心。弯月晶薄，清露晨流，我，错失了一位好老师！

2021 年 6 月 20 日

兰碧人素

我们的护花师

老同学告诉我，赵毛弟去世了，由于癌症，他在 1986 年 3 月永远地走了。

赵毛弟是我母校上海市行知中学的花匠，赫赫有名的赵家花园人。我们这些分散在全国各地的校友，没有得到他去世的消息，也就没有人去送他。赵毛弟太平凡了，平凡得没有人想到为他发讣告，但是我相信，凡是在行知中学生活过的人，没有一个会忘记他。

1952 年 9 月 1 日，十一岁的我，由妈妈陪着，怯生生地走进了这所由著名教育家陶行知创办的学校。由于陌生，又由于将寄宿于此，我吓得惶惶然，泪水直在眼眶里打转。走进校门，我看见一棵高大的柿子树，墨绿厚实的叶和艳红光亮的柿子使我的眼前亮成一片。一架竹梯竖在树旁，有个灰色的人影在树顶忽隐忽现。从市中心来的我，见到了一棵真正的柿子树，立刻忘记了刚才的恐惧，惊喜地大声嚷起来："妈妈，看，大柿子！"我站在树下不肯走了。那个灰色的人影停住了，我见到了一张和善的脸，脸色有点黄，很瘦，夹着银丝的发像刺猬似地竖着，看不出他有多大年纪。他朝我望着，咧开嘴笑了。我觉得他的笑就像他头边油亮的大柿子，满蕴着灿烂和满足的光，使我即将离开父母的惶恐和不安一下子全扔到了九霄云外。这就是赵毛弟。

我们的校园里到处都是花。宿舍的篱笆上爬满了紫色的牵牛，池塘边倒垂着雪白的绣球，教室大楼前有金黄的桂子，校门口的泥墙上布满水红的五角星花……校园里每一个角落，每一块空地都栽满菖兰、月季、杜鹃……一年四季，天天有花。赵毛弟的工作就是侍弄花，照看我们的校园，使它拥有陶行知先生提倡的“诗化的环境”。

读初二那年，植物老师教到了嫁接，于是我忽发奇想，要将各种花嫁接到一根主干上。下课后，我找到老赵，将自己的想法告诉他，他听了憨厚地笑笑说：“老天有眼，你可别糟蹋我的花！”我不听，晚上趁他不注意，在一株绣球的茎上，切了六个口子，“接”上了六种不同的花，用布条扎紧，又用泥巴糊住“伤口”，就心满意足地去睡了。第二天，我满心希望自己的杰作会变成世界上又一名花新品，一大早就兴冲冲地跑去看。老赵正站在我的“新品”前，见到我，他抓抓头皮，好似想说什么又忍住了。我仔细一看，绣球花一夜之间已枯萎了，用泥巴糊住的“伤口”干裂了，六枝不同的花全都垂着头。老赵看看我，又看看他的花，用手抚着花干深深叹了一口气。他沉默着，蹲下身轻轻拔起绣球，抖去根上的土，双手捧着这支曾有过丰盈生命、现在却干枯失色的花，向河边走去。我像被雷击似地呆立着，望着老赵瘦削的背影，歉疚涌上了心头，我觉得自己简直是一个可恶的刽子手！从此以后，我再不敢去碰老赵的花，也不敢去碰任何一朵花。

一年秋天，被我们称为校花的两株广玉兰结籽了。老赵告诉我，校园里是雌雄两株，好多年了，从来没有两株一起结过籽。今年一起结了籽，一定是雌雄两籽，要守着将它们捡起来。他每天空了就到树下去守，好多同学听说了也去，大家都说如能同时捡到两粒籽，一定能交好运。我根本不信玉兰树还有雌雄之分，也看不见籽结在哪根树杈上，但我想交好运，也挤在树下去守着。最后两株玉兰的籽忽然在一夜之间从荚里蹦走了，谁也没有守到。一清早，老赵就在树下拿着扫帚四处找。由于惦记着这两粒籽，我做好早操又奔到树下。老赵见了我，笑得满脸皱纹舒展开来，他伸出手掌，掌心里有两粒鲜红发亮的籽，扁扁圆圆的，如指甲般大。我想摸摸，他赶紧捏起拳头，随即用纸将籽包起来揣进怀里。直到现在，我也没弄明白广玉兰是否有雌雄之分，但每当我在炎热的夏日，见到硕大洁白的玉兰花时，总会想起老赵有趣的话和那一脸孩子般纯真的笑容。它使我想到生活中的温馨，人生的纷繁在这一瞬间远去，心头流过一股安宁的涓涓细流。

上高一那年，几何课上到了“椭圆”这一章。一向对几何深感头疼的我，怎么也画不好椭圆，也弄不明白面积该如何算。数学老师彭姐在课后教了我老半天，什么交弧、长轴、短轴，我越搞越糊涂了。彭姐说：“你去找老赵，问问他。”虽然我不懂花匠与几何有什么关系，但我还是去找了他。老赵将我带到办公大楼前的花坛旁，要我仔细地看。花坛正中有一棵雪松，四周是含笑和栀子花，最外圈是矮冬青，全修剪成圆形。我凝神注视，忽然发现这圈矮冬青正好组成一个其大无比的椭圆，圆心就是雪松。椭圆左右两边，矮冬青组成的弧线光滑浑圆，比例对称，与彭姐在黑板上画的一模一样。

“老赵，快教教我，怎么画的？你有这么大的圆规？”我大叫起来。老赵抓抓头，莫名其妙地反问：“什么圆规？”他拿来了一根长绳，一把卷尺和画线用的粉斗。他把长绳在雪松上系住，将绳头牵在手上，左右各画了一条线，又画了大小两个圆。沿着绳头转动，粉斗在地上画出了十二个等分……“这就是用同心圆作椭圆！”这个印象是如此鲜明和强烈，一向使我烦恼的几何，忽然变得容易起来。我的几何作业本上第一次出现了彭姐潇洒地批出的5分。我将本子拿给老赵看，他小心地摸摸这个鲜红的“5”字，眯着眼说：“要用功！”

在我们每天漱洗的古井旁，有几株高大的杨树，树上有几只鸟窝，是老赵用稻草、泥巴做成后挂上去的。许多不知名的小鸟在这些安乐窝中生活。每天早晨我们在操场上锻炼时，婉转清脆的鸟鸣，似七弦琴为我们伴奏。有一天，不知从哪儿飞来了一群乌鸦，“哇哇”的叫声喑哑嘈杂，使人心烦。晚饭后，几个调皮的男同学爬到树上要将乌鸦摔死。老赵正在操场上为梧桐治虫，一见有人捣鸟窝，赶紧奔过来，一改他平时慢吞吞的样子，大声嚷着：“你们谁敢摔？”一个男同学，手里捏着只小乌鸦正要往下摔，老赵冲他跺着脚大喊：“你给我放回去！快下来！”那同学被他一吓，手一松，乌鸦掉了下来。老赵急忙用手去接，可是没接住，乌鸦摔在地上抽搐了几下死了。老赵捧起身上光秃秃的小乌鸦，狠狠地瞪了那同学一眼，又望了望站在树下吓得不敢出声的学生们，双手抖抖地捧着乌鸦走了。从此，再也没人去打扰乌鸦了。日子久了，它们和许多不知名的小鸟安然相处，“哇哇”的叫声，大家也听惯了。

在母校度过的岁月是难忘的。幽静的校园里，小径、花丛、池塘、草舍……如诗似画，深深印在每个人的心中。绘出这幅画、创作这首诗的就是我们的花匠赵毛弟。直到现在，我也不知道他有没有自己的家，有没有妻儿老小。我只知道谁要找他，就到树丛花坛中去，别的地方不会有他。有几个周日，我没有回家，老赵的身影总是出现在我的眼前，清晨、傍晚、深夜，哪儿有花，哪儿就有他。在校园里，即使是秋风瑟瑟的季节，也不容易见到一片落叶和一朵败花。每一朵花都是水灵灵的，每一片叶都是嫩生生的。

六年的中学生活一晃眼就过去了。毕业前夕，我在校园里缓缓走着，抚摸着一棵棵树，一朵朵花，向它们作最后的告别。在广玉兰树下，我遇见了正在锄草的老赵。教导处的灯亮着，老师们正在为我们明天的远行而忙碌。一缕灯光漏在广玉兰树和老赵身上，使得周围变得金灿灿的。老赵向我笑笑，满脸皱纹似小池塘的涟漪那么柔，那么密。我不知该说什么，呆呆地站在树下。老赵从怀里摸出一个纸包，塞在我的手中说：“这是一包花籽，带走吧！”我有好多话想说，我想说，多多照看我们的广玉兰、河边的丁香、沙沙的梧桐，我想说，当心那窝乌鸦……但是，难以名状的依恋，夺眶而出的泪水噎住了我。终于，我什么也没有说。老赵抓抓他满头竖着的已有大半白了的硬发，嗫嚅着说：“要用功！”他扛起锄头向我望着，似乎还想说什么。最后他颤着嘴唇，向我挥了挥手，转身向花丛深处走去。

几十年过去了，当我回到母校时，人们告诉我，老赵已经永远不在了。我至今不能相信这是真的。

那个教给我许多知识，教育我爱树、爱花、爱乌鸦的老赵；那个把生命融入了行知校园的护花师；那个使我一生爱美、追求美、珍惜美的老师——赵毛弟，是永远不会死的。不信，请到我们母校去走一走吧，那儿玉兰洁白，雪松挺拔，桂子清香，梧桐离披……老赵和春天一起，永远留在了我们美丽的校园，永远留在了每个“行知人”的心上。

1987 年 4 月 1 日

此去黄泉无归路——祭王必范老师

王老师：

刚接您报平安的信，却传来您的噩耗！

1988年10月23日，在大加利酒家，我们聚餐送您。因为人多，我和您无法酣谈，所以我送您一张照片，希望以此将所谓的“旧账”一笔勾销。从此，您能谅解我过去的决绝，我能对您，像对所有的老师一样，尽弟子之谊。

几十年来，我和我们班的很多同学误会了您。我们把账算在您的头上，我们不肯原谅您，甚至不给您一次解释的机会。因为您是我们的班主任，我们以为您应该对我们负责。那七个“合一社”的成员，每想到这件冤案造成的后果，就咬牙切齿咒骂您。自强等几个没能上大学的同学，一想到当年被剥夺了的权利，就以为一定是您的责任。我们在听到您因痔疮出血、生命垂危时，居然“恶毒”地拍手称快！

隔绝了二十多年的校友们的聚会上，每一个班级都以当年的班主任为核心，笑语融融，别情依依。唯有我们班，看见您进了教室，却只有一片沉默和敌意。正良激烈的责问，自强愤懑的表情，还有我，满腔辛酸的泪水，都使你深感难堪。您想说，但我们不让您说，您想解释，但又如何解释得清！所以在以后的返校活动中，您只有以缺席来表示自己的清白了。

王老师，您有没有原谅我们的无知？在历尽坎坷数十年以后，您也许以宽厚的胸怀，理解了我们对您的态度。当历史的旧账无人可以算得清、无人肯负责任的时候，我们满腔的怒火和不平都指向您，这是很不公平的。但请原谅我们的愤怒，因为我们中有不少人，莫名其妙地被打入另册二十多年，连平反也没有资格！还有几位，直到如今才知那些冤屈原来完全是莫须有，自己倒了霉，却没有人知道究竟为了什么！

直到那一次，我才真正地知道了您的为人。我为杨宝兴的困难发出了呼吁信，原没指望您会有反应。我以为您是一个冷酷的人，这封呼吁信寄给您是多余的，所以给别人都寄了，却没给您寄。您从别处得知了此事。我没想到我收到的第一笔救助款是您寄来的，第一封回信也是您。看了您要我转给杨宝兴的信，我流泪了。

我突然感到，过去我和同学们对您的误解是多么错，成见是多么深！一个富有同情心的人，怎么会对自己的学生“下毒手”！随着各种事实真相的澄清，我更加知道，当时的您连自己都保护不了，还怎么来保护我们！

所以，在得知您即将赴港，我组织了同学们送您。那天，我想求您原谅，我想代表班上所有的老同学，祝您一路平安，我更想说，等您从香港回来，我会组织我们高三乙班的全体同学来欢迎您。我们要尊敬地发自内心地叫您一声：“王老师！”可是因为人多，因为我们实在生疏得太久，我实在说不出口。

后来，我还知道，您临走前，曾托永康照顾我，您说，您最放心不下我，要他常常代您来看我。您知道我喜欢写作，还特地托金先生与我联系，他已打来了电话，说可以把文章发表在《中学生科技报》上。您得知我有一些麻烦，还托了您的律师朋友，以便让我在需要时去找他……

王老师，这一切您都给我安排好了。您走以后，我才知道，您对我，对所有的学生都倾注了深厚的感情，并没有因我们的误解而冷了心。您早已原谅了我们，您过去爱我们，现在仍爱我们。您并不需要解释，您也不需要我们的原谅，因为真正的爱，是不会因任何挫折有所改变的。

可我还是希望能亲口对您说，王老师，我们错了，求您原谅！王老师，我们爱您，希望您晚年幸福！您怎么可以这样突然地不发一言地去了呢？

也许，因为您太伤心了，您的心因经受不住几十年的伤心而碎裂；也许，您太劳累了，您在退休以后，还在讲台站了十年；也许，您也渴望我们能叫您一声王老师却没有等到，所以您因失望而去。不管是什么原因，何种理由，这一切都已随着您的离去而永无答案了。

王老师，让我叫您一声，让我代表所有的老同学叫您一声："王老师！"让我以迟到的理解，无穷的悔恨，在这里真心实意地叫您一声。王老师，我们的班主任，今生已无缘再见，今世已无缘再叫。香港很远，我无法前去送行，就从窗口洒下白菊花，伴您同行。这是我的信，生死相隔，您已无法读到，我付之一炬，伴您西去。这是我的泪，发自内心，出自真情，代表我们所有的同学，伴您永生！

王老师，前路遥远，您孤身一人，多多保重！别了，王老师！此去黄泉无归路，您慢走，慢走！

1988 年 11 月 22 日

老师的恩情没齿难忘——致夏英岚老师

夏大姐：

今天是教师节，我向您致以节日的问候，并代表所有的老同学祝您健康长寿！

这一条线毯送给您，区区薄礼，不成敬意，只是我对您的一点心意。彭姐、王姐、汪澄老师等都有一份礼，今天我派人一起送去了。

老师的恩情我没齿难忘。记得您工作的图书馆，我从初中到高中，天天都要去，有时周日不回家，也赖在那里不肯走。记得每次您要下班了，我总坐在阅览室不让您锁门。那时我很小，只知道要看书，不知您住在四川路，家里还有五个孩子要管。您见我耍赖，每次总是温和地笑笑，对我说："再看一刻钟，好吗？"于是，我自顾看书，又忘了您还等着下班，直到您再提醒我为止。

记得那时候借书有规定，每次只能借一本。我看书速度快，一本书一个晚上就看完了，几乎天天要来您处换书。后来您特许我一次借一堆书，只要我拿得动，都借给我。就这样，在中学时代，我几乎读遍了图书馆的所有中外名著，获益匪浅。有一次我在代数课看小说，被彭姐发现了，她生气地收去我的书，还到您那儿告状，威吓我说您再不借书给我了，我信以为真，吓到哇哇大哭，要知道，对我来说，读书比吃饭还重要呀。您向彭姐去求情，又来宿舍看我，只是和善地说："下次上课可别再看了！"就这一句轻轻的话，以后我上课的时候再不看小说，我怕伤您的心，更怕您生气了不再理我。

书使我了解外面的世界有多么精采，书使我增加了许多教科书里没有的知识，书教会我去认识、追求、创造真善美……我一生爱看书，后来又拿起笔写书，这都来源于您的教育，您的图书馆给我的熏陶。您虽然没有给我们上过课，但您和母校所有的老师一样，是我永远要感谢的人。

听说，陶研会要写马侣贤校长的传记了，我十分高兴。马校长一生追随陶先生，继承他的事业，为教育，为母校，为我们这些不懂事的孩子呕心沥血，真正做到了鞠躬尽瘁，死而后已。陶研会有人写了，再好不过。如果他们不写，待我空一点，我很愿意做这件事。写马校长，写我们母校的大哥大姐，写您，都是我应该且非常高兴做的事。

向马海学弟问好。他生性忠厚，埋头苦干，但现在陶风不盛，有时也未免受气。请向他转达我的良好祝愿，他腰伤未愈，要多多保重！

1993 年 9 月 10 日

夏英岚，安徽人，陶行知同事，马侣贤校长夫人。为育才学校、行知中学图书馆教师。全校师生称呼她“夏大姐”。2022 年，夏老师在上海去世，享年一百岁。

人生无处不美

刘积彦老师教了我三年美术。那时他很年轻，上课总是西装笔挺，皮鞋铿亮，头发溜光，口袋露出的手帕白得耀眼。他的宿舍同学们常去，却从不敢坐，因为太整洁。傍晚他站在小池塘边欣赏落日，成了一道悦目的风景，也成了一些女学生们崇拜的偶像。我却是个“美盲”，对老师的“美术”一窍不通。

我读书不用功，除了语文，其余的课不是看小说就是写诗，是全校出名的“书篓子”。老师拿来石膏像，说这是“希腊鼻”，那是“贝多芬”，要大家照着画。我看着，脑子里就会编起故事来，于是画纸上常是胡诌的诗句。有一次老师带我们去孟家巷写生，他指着袅袅的炊烟和映着晚霞的水牛，用醉了似的口吻说：“好一幅牧归图！”说着，他自己先画起来。同学们也在挥笔，我却捧着《简·爱》看得出神。下课回校后，老师查画稿没见我的作业，又四处找不到我，吓得他一边报告教导处说我一定掉在河里了，一边带着哭声喊我。待找到我时，我正捧着书在为自尊的简爱掉泪。老师一把拉起我大喊：“一个爱好文学的人怎么能不爱美术！”

我就这样度过了初中。毕业典礼上，我意外地被通知需要补考美术。老师竟然给了我“59”分。我气咻咻地去找老师，老师说：“人生无处不美，只有用心去观察去感知，你才能拥有美的生活。”我垂下头，一声也不敢吭。

离开校门后，我飘泊人间，老师戴上吓人的“帽子”去了大西北。

从此人海茫茫再无联系。在后来的校友聚会上，不少人已面目全非，唯有老师依然西装革履，风度翩翩。岁月在他的脸上留下了痕迹，却没能改变他的心。第二天，我感慨万千地给他写了一封信，顺便提到了那个令我终生难忘的“59”分。

老师很快就来了，竟然一躬到地说：“对不起。”然后他正色道：“我看过你写的书了。我仍然遗憾，你当年没好好学美术。文学与艺术是相通的啊！”

老师画得一手好画。我成立艺术工作室后，曾代人向他求画。他寄来两幅山水，却对我付的润笔气愤异常：“你以为人人都嗜钱如命？我虽穷，但从不卖画。”我送的礼老师也一概退回。

老师只有四百多元退休金，常连宣纸都买不起。他却拒绝我任何形式的帮助，只有收到我节日的贺卡时，他才高兴地回信：“你还是那个小良骏！”

1997年11月22日

天高日月长

陶行知先生说："教师之好坏，简直可以影响到国家的存亡和世运之治乱。庙小乾坤大，天高日月长。"教师的人格对于学生的影响是终生的。

母校行知中学（原育才学校）自渝迁沪时，陶行知已去世，但他的办学精神得到发扬光大。陶先生倡导让最优秀的人来当教师，所以，母校的好教师比比皆是。

母校的校长马侣贤是陶行知的嫡传弟子，他温良宽厚，他叫得出每个学生的名字，还了解学生的特长。上初二时，我的数学成绩开了红灯。一次我碰到马校长，慌得把书藏在背后。马校长问："你拿的是《安娜·卡列尼娜》？"见校长一眼就认出了这本书，我惊异极了。他说："你爱看书是好事，以后你写出书，别忘了送给我看。但现在，还是要用功，叫数学老师给你多讲讲课，好吗？"校长没有一句重话，却使我羞愧万分，以后我上课用心多了。当我写的书出版时，马校长早已离世，但我相信他一定知道我这半生是用功的。

教导主任林力锋刚柔相济，大家有些怕他，我却知道他从不训人。上高二时，我为琐事与班主任大吵一场，满腹委屈地去找林先生。他顾左右而言他："你看，这儿有篇散文写得真好！"爱文学的我立刻被文章吸引了。他幽幽地说："生活不会像散文那样美，会有各种风浪，要做生活的强者！"当我长大后，这几句话常在耳畔响起，使我勇气倍增。

班主任金韵藩典雅娴淑。1957年的一天，她如常为我们上历史课，依然是神采飞扬，对历史倒背如流。忽然她迅急地走出去，一会儿她进来了，神态自若地继续上课，没想到这竟是她为我们上的最后一堂课。这最后一堂课，除了这短暂的间歇没有一句多余的话。金先生处惊不变的坦然，连同她美丽的神韵，牢牢地定格在我的眼前。我在痛感人生沧桑之余，从金先生那里获得了许多温馨。

语文老师励天予爱心无垠，他救助过众多孤儿，其中包括我们班的好几个孤儿同学。美术老师刘积彦教导我："人生无处不美！"闵克勤老师曾谆谆告诫："今天的事一定要做完，不能等到明天！"还有爱生如子的汪澄，多才多艺的饶国琛，才华横溢的刘椿生，兄长般的章学漪……这一群优秀的教师，对我们一生的影响是无法用语言来表达的。

今年4月，我们五十年代的行知各届校友代表为我们的老师庆祝八十九岁和七十九岁大寿。当生日蜡烛点燃时，我们像孩子般唱起了"祝您生日快乐"。泪眼盈盈中，我的眼前闪现了许多健在的和不健在的老师们高大的身影。我感谢他们以自己的人格魅力影响了我们的人生——无怨无悔，永远向前的"行知人"！

2001年9月8日

文中的老师都已去了天国。其中只提到一句的刘椿生老师教我们物理，他不修边幅，才华横溢，不仅会拆装各种电器，还精通德语，于1967年离世。

在共和国的基墙上

爱满天下杯教师教育论文大赛要举行专家终评会议。写通知时，我犹豫再三，不知该不该请毛蓓蕾老师。

毛老师患重病已三年，无休止的化疗、住院，已耗尽了她的心力。现在，她是一个不该受打扰的人。但我们实在希望她能来——无论是作为评委还是前辈，哪怕来坐一坐，我们也会觉得心定许多。电话通了，那头传来带着笑意的声音，仍十分清晰，她说，没问题，一定来。

她真的来了，来得很早。她说已吃了药，可以镇痛几个小时。她与袁瑢老师一起，审阅小学教师的来稿，还逐篇写下意见。市教育党委秘书长董金平感谢两位德高望重的老专家为我们的大赛压阵，毛老师说："只要有一口气，我都应该来，因为陶行知爱满天下精神太感人。"

会议结束时，下起了大雨。也许怕药力将退，毛老师急着要走，我见她站在雨中等车，就请她进屋来等，她说："大风大浪都过来了，这点雨怕什么！"车在风雨中远去，毛老师的话一直响在我的耳边。

20 世纪 60 年代就闻名教育界的毛蓓蕾，是我年轻时就敬仰的老师。我多次看过她满堂皆活的公开课，听过她生动的报告，参加她从教庆祝活动……但一直未有机会认识她。

1986 年一个温煦的冬日，毛老师随虹口教育局领导来参观陶行知纪念馆。听完我在展厅的介绍，毛老师拉着我嘘寒问暖。因为一些纠葛，当时我的心情很坏，又生着病，见到仰慕已久的老师亲切的长者风范，我如见到了亲人，满腹的疑虑一吐为快。听完我的诉说，毛老师请我和他们一起去行知中学继续参观。在几个小时的参观过程中，毛老师一直拉着我的手。

几个月后，毛老师的丈夫周老师忽然来我家，要我写一份材料。我不知如何写，毛老师打电话说："只要属实，想怎么写就怎么写。"我虽然不信写了会有用，但不忍拂毛老师一家的好意，还是写了。

后来我才知道，从写材料到我正式调入陶馆这段时间，毛老师不知跑过多少部门为我申诉。直至在人代会上，毛老师将我的材料作为提案直接送到了市委领导手中，问题得以解决。为了我这个素不相识的小人物，她费尽周折，只为了给我一个机会。她帮助我，就像在她一生中帮助其他人一样。

因为毛老师的不懈努力和有关部门的协调，我在陶行知研究事业中找到了人生的新支点。毛老师却不许我说一个谢字，她说，要谢，应该感谢我们的党，我们的政府。她也不要我去看望。但她始终关心我的一切。每当报上有我的文章或听别人谈起我，她总会打电话来鼓励我。她还写信来说："希望你坚持不懈，不断提高，在宣讲工作中取得最佳效果。"

这么多年来，我很少见到毛老师。我怀着对她，对所有关心我的朋友的感谢，努力尽我的本分。时间飞一般地消逝，最终传来毛老师患重病的消息。

毛老师却心静如水。她说，生命对于她已是以日计算，但她自己并无遗憾。她只有两个心愿未了：一个是两本书尚未完稿，一个是她无法继续资助她已资助多年的三个特困家庭。毛老师还说，她以后将放弃化疗，因为太痛苦，也因为负担太重。

我无资格评判放弃是对还是错，但我相信她未了的心愿定会有人帮她去完成。虽然人生没有长相守，好人也未必一定有好报，但我敢说，在共和国的基墙上，一定会留下毛老师以爱和心血铸成的砖石，上面虽无字无迹，却会永存。从这个角度看，生命之短长也许已不重要。

2003 年 9 月 2 日

“以爱育心”的毛老师

春雨，峻急而绵密，挟着风势，沙沙地打着窗。我仰望阴沉沉的天，心里空荡荡的，因为就在昨天，毛蓓蕾老师走了。虽然早就知道会有这么一天，我却仍然忍不住自己的泪。但我不该哭，因为毛老师对我说过“让我静静地躺在海里”，不要用哭声去打扰她。

近廿年来，毛老师对我的关爱始终感动着我。那一年，在那座陶行知汉白玉像前，我与她初识，她用温热的手拭去我的泪，对我当时的困惑表示了深深的理解。从此，在宣传、研究陶行知事业的漫漫长路上，我的背后有了一双关注的眼睛。

那几年，由于讲课忙，接待任务重，更由于各种纷扰，我顾此失彼、内外交困。毛老师给泄气的我写了一封信：“我听了你对不同职业听众的几盒录音；看到《儿童时代》上的‘大教育家的小故事’；听家乡来的教师，说你在宁波讲课很成功；你写在《联合时报》上的‘一品大百姓’很感人，你可以写书呀！我等着你更多的好消息。”我惊异毛老师怎么知道那么多关于我的事，原来她一直牵挂我。她用她广博的爱，及时地为我送来了鼓励和期望。我猛醒了——为了这份爱，我要更加努力！

于是，我勇气倍增。1991 年，我的两本陶研著作出版了，毛老师非常高兴。她出席书的首发式，参加我的签名售书，她为我给许多校长写信，她带着书的征订单出席各种教育活动，担心着我垫的书款能否收回……她逢人就说我的书，以至大家以为毛老师是我的亲人。其实，我只是毛老师一生帮助过的无数人中的一个，她与我素昧平生。这么做，只是因她对我从事的陶行知事业的深情和厚爱。

近几年，中国陶行知研究会、新民晚报等单位联合举办爱满天下杯系列大赛，毛老师说，这是学陶、师陶的新形式，“要我做什么事，尽管说”。她连续几年担任我们的评委。那年，她听说赞助商未守诺言，使大赛难以为继，她比我还急。她要给有关方面写信，要去找她的学生，还坚决拒绝我给她任何形式的报酬。她一再打电话来问：“窟窿补上了吗？”她一遍遍地说：“看到你这样子，我真是寝食不安。事情要做，但以后决不要再去做这种超过自己能力的事。”

直到病倒在床，毛老师还是时刻牵念着我。2月17日上午，她在入院前，一定要为我写一句话。她不顾别人的劝阻，要我压着她颤抖的手，在纸上写下了“以爱育心”。她觉得还不够，又十分艰难地写下了“以爱育的心！给良骏我的好同志”。她因巨大的疼痛战栗着，又一字一顿地对我说了最后的话：“我爱所有爱孩子、爱教育的好同志，所以我把你放在我的心里。”她双手抱拳，向我致谢。

望着毛老师含泪的微笑，我忽然明白了。她的“谢”是对我，对所有的教育工作者的重托。毛老师的生命画上了休止符，但她的言行会永远鞭策着教育工作者。

生与死，原只是如蝉翼般的一层轻纱隔着，平时看不见更捅不开。毛老师昨天拼尽了她最后的力气捅开了。她临走交代我：不要有任何仪式的悼念，请为她笑一笑。

好的，毛老师，我不哭，我为您笑一笑，因为您太累，您可以永远休息了。在这灿烂的春季，我望着远去的您，心里留住了一片阳光。我相信，在天际，仍会有一双挚爱的目光关注我，这样就够了，我不哭，真的。毛老师，您一路走好。

2004年2月28日

点滴师恩润心田

“出生便是破蒙，进棺材才算毕业。”这是陶行知提倡的终生教育。凡大俗了，花鸟虫草，固然皆可为师，但在授业的老师中，可以“一日为师，终生为师”是大幸事。我便有这样的幸运。

那年，励天予老师来教我们语文。在好老师成堆的母校，我们对新老师是很挑剔的。第一堂课就有人出难题：“四声读不到位，有何办法？”励先生脱口而出：“虾仁炒蛋。”全班哄堂大笑。忽然，大家不笑了：虾仁炒蛋，每个字读到位，不就是四声？励先生说，看上去很难的问题，有时实在很简单。这堂课给我的印象太深了。

有些同学对英语很头疼，励先生自告奋勇：“我有办法。”第二天课外活动，他来了，为我们背《街灯》，用英语，口音纯正，抑扬顿挫，我们听呆了。“想不想学？”当然想学，于是大家跟着读。这首诗语文课刚教过，人人会背，现在虽是用英语来背，诗意仍在脑中，觉得美极了。这以后，励先生常把教过的诗文译成英语教我们背诵。背着，背着，有时觉得自己成了中译英的小行家了，兴趣越来越浓，学英语变成了乐事。励先生说：“熟能生巧，贵在坚持。”

新年，学校举办通宵舞会。我跳厌了“波尔卡”，希望有个新的集体舞。励先生又自告奋勇：“我教你一个。”他轻握我的手，一面跳一面唱：“左边一个圈，右边一个圈，转一个圆圈，大家来跳舞……”他极为优雅地带着我旋转，然后轻轻一推说：“这是交换舞伴。如围成大圆圈，一节音乐可换一个舞伴，可以跳到天亮。”他兴致勃勃地跳着，一面又说：“这叫学的时候学，玩的时候玩。”

后来那场“风暴”，励先生未能幸免，我想疼了脑袋也想不明白事情为何会如此，只是不敢去找他了。有一次，他和同样倒霉的郭泰嘏老师抬着一桶水迎面走来，我突然惊奇地发现励先生虽然不再西装革履，但他的头发依然一丝不乱，还搽了发蜡。他腰挺得笔直，步跨得有力，水桶微摇，扁担晃悠，不像是劳作，倒像在吟诗，那么有韵味。未等我考虑好是否招呼他，他已与我擦肩而过，只听他轻轻一句：“我看到你的文章了！”这句话和他期盼的脸在我心中永远的定格下来。

励先生每月会给班上的几个孤儿发两元钱。新年，他请这几个同学去自己家。阿瑜、阿珍她们回来说，钢琴上放着火红的圣诞花，枞树上垂着一包包礼物，她们下跳棋、吃蛋糕，听师母弹琴，临走还得了一大包礼物。我羡慕死了，吵着也要去，励先生却说，你有父母，新年应该回家。多少年了，每当新年，我陪着父母吃团圆饭，总会记起励先生这句话：有家的孩子多幸福，新年应该回家。

阔别四十年，我又见到励先生，那时我才知道他是留美博士。他这些年在华东师范大学带研究生，参与编写百科全书，与社会学的同道们为恢复中断了几十年的学科奔波。他和师母无偿地为将要出国的生教口语，一拨又一拨，不知教了多少人。耄耋之年的励先生，在许多事上依然是“自告奋勇”。每当新年，尽管我们早已长大，励先生和师母还是会为我们准备礼物。后来师母走了，钢琴上的圣诞花却依然火红。

励先生只教了我一年，以至于有关他的记忆只是点点滴滴。但就是这些点滴，汇成了一条长流不息的河，永远滋润着我的心田。好老师，教一生。祝福您，励先生，感谢您，我永远的老师。

2004 年 9 月 1 日

都是一种抢救——致童椿华老师

童先生：

您好！

寄去照片。因忙，拖下了。

口述历史是史实的补充。我有个计划，要与几位校友去采访20世纪50年代行知中学（包括行知艺术学校）的老师，以录像、录音、照片的形式记录下来。现已采访四位。下周二去朱怀新老师家（“行艺”的，已九十五岁）。

岁月无情，老人来日无多，再不做，许多记忆就都灰飞烟灭了。

能记录下来，不管将来是否有用，都是一种抢救。学校历史、国家历史，也都保存在每位参与者的人生中。希得您的理解。

能否完成计划，方案是否可行，除良好愿望外，还要有天时、地利、人和，能做多少是多少吧。

只是尽力而已。我们不是学校，只是几个校友，平民百姓做点事不易，真的。

下次去，希望听到您与飞虎队、陈纳德的故事。您为这段经历受过委屈，但您冒着生命危险为抗战尽过力，理应还历史本来面目，受到我们的尊敬，并记入抗战史中。

天热，请多保重！

2010年6月18日

注：此事做起来很难。幸而我们已采访了“行艺”留在上海的大多数老师和几位行知中学老教师，留了现已去世的童椿华（于2014年3月21日去世）、朱怀新（于2014年1月5日去世）、王瑞植老师（于2012年12月27日去世）的影像资料。

童椿华老师，毕业于齐鲁大学，抗战时期随校迁至重庆，投笔从戎，参加陈纳德组建的飞虎队，为空军副驾驶，飞驼峰航线数百次，为抗战出生入死。

因这段历史，上海解放后，一度工作无着，失业三年。后在行知中学教俄语，直到退休。退休后，被虹桥机场请去培训乘务员，八十岁才离开岗位。

诗意的告别

在一个明媚的春日，老师永远地睡去了。鲜花丛中，他依然“听”着“贝九”，唱诗声中，他脸上浮着笑容。我轻轻地走过，不忍惊醒他，却希望会出现奇迹：他依然能拉着我的手，再说一句：“你的作文又得了5分！”

老师在半个世纪前教过我。他课上教的内容，我大都不记得了，只有他儒雅的风采，记忆犹新。他总是西装领带，头发溜光，皮鞋锃亮，衬衣袖口露出一节，白得耀眼。语文是我的最爱，只因为老师讲课时无法形容的神采飞扬，还有他常常对全班说：“现在，我读叶良骏的作文。”那透着期盼的目光让我一生铭记。

老师的家在广元路，是徐汇区高级住宅区，但他和我们一样住校。在食堂，我们吃饭像“梁山好汉”，他说：“背要挺直坐，讲话要轻……”我们不懂事还强辩，这又不是吃大餐！老师说：“做人是以小见大！”冬天，老师和我们一起排队领一捆稻草，我总是胡乱地铺在床上。老师到宿舍来看，把我的稻草收起来，去室外抖一抖、拍一拍，他说：“草上会有虫子。这么简单的事，能换来一冬的安全，为什么不做？”

最喜欢傍晚与老师一起散步，听他聊各种趣事。牧牛晚归，乡间小路洒满温馨的剪影。篱笆上的牵牛花低垂着头，幽静的河边，间或有只青蛙仰头呆望。老师总在我后面一点，走过沟坎，他会扶我一把；进校门时，他会先一步推开门，站在旁边让我先走……他说：“每个人都应善待女孩，因为女孩是要做母亲的，当然，女孩要当得起大家的尊重。”我离“母亲”还很远，但我明白了如希望被宠被照顾，首先要自重。

老师只教了我一年，后来，他被打入另册，我在人间飘泊。很多年后，我去看他，我向老师诉说自己的苦闷，满腹辛酸化作点点清泪。老师一反过去的温和，一声猛喝：“你的梦尚未圆，还有时间哭？”被老师骂醒，我拾起丢了二十年的笔，与岁月角力，终于梦想成真。

那时，我才知道，老师是美国哥伦比亚大学社会学博士，他谢绝联合国有关部门聘任，放弃高薪职位回国在沪江大学社会系当教授。他和赵朴初一起办孤儿院，组织大卡车巡路搜救流浪儿，为难民送去食品衣物，为安置灾民日夜奔波……终因世事变迁，报国不得其门而入，他被贬至我们学校教书，厄运连连。风雨几十年，他不仅无法实现初衷，还连累了师母，致使他的三个孩子都止步于大学门前。老师却毫无怨言，他一再说：“人得往前看，要珍惜来之不易的当下。”改革开放后，他拒绝国外大学的好意，谢绝众多学生的邀请，坚持留在国内，他一再说，“国家是自己的，余生要为她好好服务。”在他和一些社会学研究学者呼吁下，大学恢复了社会学专业。他被交大、华师大请去带研究生，在家里义务教英语，参加编写大百科全书……老师恢复了著名社会学家的身份，一直到八十二岁才退休。

站在老师灵前，我觉得那样的依恋，那样的心痛！家属要我代表学生致悼词，一向伶牙利齿的我，满腹遗憾与感恩，竟不知如何说起。忽然，老师五十年前教我的那首诗如此清晰的喷涌而出：“浔阳江头夜送客，枫叶荻花秋瑟瑟。主人下马客在船，举酒欲饮无管弦……凄凄不似向前声，满座重闻皆掩泣。就中泣下谁最多？江州司马青衫湿。”老师，我背得对吗？老师，您听见了吗？请您为我打分。

大厅里一片寂寥，但我相信他一定喜欢这样的告别，因为老师已把最光明、最温暖、最美好的东西化作一颗种子植入我的心中，他使我懂得，人生中不管经历何种风霜雨雪，都要云淡步闲，永远诗意朦胧。

在那个阳光明晃晃的清晨，新中国第一代社会学家，我最敬爱的好老师励天予先生，永远走了。从此，我再没去过广元路。每到樱花似雪的日子，我总会听见，老师窗前的那株梧桐，绿叶沙沙沙地伴着琴声，奏出最柔最美的乐曲。那似有似无的旋律，在我心头盘旋萦绕，缠得眼里一片悲凉。

2019 年 4 月 29 日

崖畈上开花

每年，我给老师们寄新年贺卡时，心里总有点忐忑。年迈力衰的老师们是否又熬过了一年？所幸，总是能得到彭姐或电话或短信的回音。她有时去北京过年，也会与我联系。2001 年元旦，我收到的第一份祝福，便是她的贺卡，她写道："新世纪，我赶早给你寄卡，愿健康、快乐伴随你的每一天！"她还在卡上画了一个笑得要咧开来的大嘴，见了它，如见到彭姐有点顽皮的神情，在新世纪的第一天，我的心里因此贮满了快乐。

我们称呼母校的老师为大哥大姐，彭姐是我们初一甲班的班主任，大家省了"大"就叫彭姐。她当时很年轻，充满了活力。那是 20 世纪 50 年代的一个除夕，全校师生跳舞唱歌，越玩越疯。我忽然看见一向活泼的彭姐呆坐着，就去拉她。她摇摇手。见缠我不过，便说，我唱首歌吧，"崖畈上开花崖畈上红，穷苦人盼的是好光景……"一首四川民歌甜甜的，柔柔的响在草顶大礼堂。唱完了，我还要拉她跳舞。彭姐似乎怕扫了我的兴，加入了跳舞的圆圈。"唱起来，跳起来，工作完了多愉快……"一圈又一圈，我们拉着彭姐跳得满身是汗，一直到新年钟声响起还意犹未尽。

第二天，有老师说彭姐不能来上课了。我赶紧跑去看，彭姐躺着，脸色苍白。我问彭姐："你病了？"一向笑呵呵的彭姐眼泪汪汪的，原来彭姐肚子里的小宝宝没了。跳舞竟会把宝宝跳没了？我又惊又怕，觉得是自己害得彭姐流产。彭姐见我吓得哇哇大哭，连忙说："不关你的事。”很多年后，我自己做了母亲，才知道那是一件多么伤心的事！而彭姐怕吓着我们，竟从来没说过一句责怪的话。

我爱彭姐，却不爱上她的几何课。上课不耐烦听，就看小说。彭姐常轻敲桌子提醒我：“你这孩子，上课怎么看《安娜·卡列尼娜》？”但我照看不误，作业不会做，也不急。彭姐问我，要不要补课？我大叫，不要，不要！她就不再提。那天教“椭圆”，这节课倒很有趣，但我就是不会画。彭姐说，我们去找老赵。老赵是花匠，他正在办公楼前的大花坛浇水。彭姐说，你仔细看看。看着看着我忽然发现，这花坛是椭圆的。我说，老赵，快教教我，你怎么画的？老赵将一根绳系在花坛中央的松树上，用粉斗在地上划等分！我忽然看明白了，这便是彭姐讲的用同心圆画椭圆！这印象是如此鲜明，我的几何本上第一次出现了5分（20世纪50年代，成绩是5分制）！彭姐欣慰地说：“你看，几何不难学的。”

我终于还是不爱学几何，彭姐深感遗憾，却并不强我所难。她做了一年班主任就调走了，临走她对我说：“几何可以不学，文章却要常写！”那年，我十二岁。

重新联系上后，每年我给她寄贺卡，有了书，也一定给她寄，她都会回复。彭姐垂垂老矣，她有时会忘了我地址，把信寄到老地方去，害得没及时收到信的我担心半天。

终于，回复永远不会来了。她儿子告诉我，彭姐在去世前请人读我《霜露》上写她的文字，一面听一面开心地笑。她再三叮嘱的是，不要把她去世的消息告诉同学们，更不要告诉叶良骏，她最会哭……

崖畈上开花，花已落。彭姐终于可以去看她的小宝宝了。

2005年5月9日

老师捧着一颗心走了

“风来了，雨来了，老师捧着一颗心来了。”这是陶行知先生的诗。一代代教师坚守三尺讲台，续写着这首悠长的诗。

徐宏杰老师是上海宝山人。20世纪30年代，陶行知在宝山这片热土上播下的“陶”种，已长成遍地“陶”林。“陶”风劲吹的宝山，有陶行知创建的学校，有陶行知教育思想实验区……在纪念馆墙上镌刻的名言“捧着一颗心来，不带半根草去”是年轻的徐老师的力量之源泉。

像徐老师这样的好老师，在宝山，在上海，在全国各地学校有很多很多。有一年，我去云川交界的一个村校。学校离公路一百六十千米，我坐吉普车，乘小木船，又爬了两小时山才到达。可那哪儿有学校？那只有一个草棚，除了四根柱子，连墙都没有。十三个孩子光脚坐在泥地上，同样光着脚的老师用手指蘸水在石板上板书，孩子们用竹枝在地上写字。这所几乎什么都没有的学校，却在山顶上竖了一根笔直的旗杆。我为他们主持升国旗仪式，做国旗下的讲话。风吹国旗猎猎作响，老师脸上满是灿烂的笑容。老师是播撒希望的人。

我去上海一所中学，校长陪我参观校园，一位奔跑的老师迎面撞上了我，上课铃已响起，老师说声“对不起”便向教室飞奔而去。校长说，那是沈老师，她久病的老母在家里刚去世，遗体尚未送走，她不听校领导的再三劝阻，一定要赶来上好两节课再去处理后事。我走过教室，她在专注地讲课，除了双眼红肿并无异常。课后，沈老师匆匆离开，学生不知情，围着她问东问西。这时，她忍了许久的泪终于喷涌而出……老师是守责立信的人。

曾在西部地区一个学校讲课，午餐是土豆片、土豆丝、土豆汤。老师为饭菜再三致歉。我无言，怕自己会流泪。常不能按时领到工资的老师们，整年以土豆为主食。他们去县城教育局的路途很远，为了省钱，来回一百多里地都是步行。经济不宽裕的他们却捐出了三个月的工资，成立了帮困基金，为的是不让一个学生辍学。老师是守望明天的人。

我曾与浙江一位老师断断续续通过几封信，后来没了音讯，再去他们学校，才知他已走了。这位老师在体检时查出了问题，需要马上手术。老师带初三，正是关键时刻，他与医生商量，能否把手术安排在暑假。医生说，你以为是去旅游，可以挑日子！这是“日长夜大”的病！老师黯然，却仍然天天去学校上课。三个月后，全班拍毕业照，唯有老师缺席。我翻出他的来信，发觉信的开头常写的是“太忙，回信是迟了”。老师是死而无悔的人。

听老师的故事，心里常沉甸甸的。都说学生读书苦，要减负，谁知老师负担更重，压力更大。但老师们坚忍、宽容而快乐，因为“在老师的手中操着幼年人的命运，便操着国家和民族的命运”。就凭这句话，老师穿上的红舞鞋就再也不愿脱下。也许正因为这句话，徐宏杰、晏才安、李肇正……“课比天大”，老师捧着一颗心走了。

伟哉，老师！

2005 年 7 月 8 日

八千里路云和月

夜已深，电话铃骤响，接起电话，传来一阵爽朗的笑声："猜猜，我是谁？"是谁？是她！我欣喜地跳起，又颓然坐下。不会的，她不是已经……她大笑："怎么，以为我是鬼啊？"真的，是金先生！我们已分别近半个世纪。她说，明年将回来探亲。探亲？她哪里有亲？她继续说，我来看你们，你们没忘掉我吧。忘掉？怎么能！

金先生是我高中时的班主任。那时她很年轻，爱穿毛蓝布外套，里面的毛衣每天不同。她无所不能：在文学组朗诵"海的女儿"，在联欢会弹奏"少女的祈祷"，教我们溜冰、游泳，参加我们的乒乓球、羽毛球比赛，她的备课笔记用英文写，她思维缜密又谈笑风生的历史课，更是我们的最爱。我们是快乐的集体，金先生是我们的大姐姐。这样的老师，我怎会忘记！

快乐却很短暂，那是高二学期即将结束时的一堂课。金先生走进教室却迟迟不开口，只是像被追逐的蝴蝶那样浑身颤抖着。我们面面相觑。忽然她急奔而去，再回来时已神情自若。她合上课本说，今天讲岳飞。不顾全班的疑虑，她铿锵有力地讲起了岳飞，那十三道金牌……"八千里路云和月"，下课铃响了，课在这里戛然而止。她一反往常的干练，慢慢地理书，慢慢地擦黑板，又擦讲台。班长的口令响起："起立！"金先生深深一鞠躬，然后，决然地一转身，走了。那最后一课，怎能忘记！

从此，讲台前再无她的身影，教室里再无她的笑声。在准备高考的日子里，我们埋头读书，很久以后才得知她经历的一场炼狱。这场风暴的余震，也殃及了我们班的同学，有十多人因此被关在了大学门外。毕业前我偷偷去与她告别，因为失望，我泪水涟涟。她说，人生不知有多少为难的事在等你，你那么爱哭，泪水将淹没你的一生，你将一事无成！我们不敢开灯，黑暗中，她毛衣上的别针熠熠生辉，那抹亮色连同她对我说的那几句话，永远留在我的记忆中。

和金先生在电话里聊了很久很久。她说，要寄两盒巧克力给我，有两件漂亮的衬衫正配我的长辫子，问我喜欢米老鼠吗，会带一只回来……我没有去纠正金先生的错觉。在时光倒流的遐想中，我又成了那个爱哭的小姑娘。无儿无女，终生未婚的金先生又有了可牵挂的女孩，这是多么难得的温馨。所以，我什么都没说。

我们曾送过一本影集给金先生，上面有全班同学的签名，扉页上写着：送给我们亲爱的老师——金韵璠。深深感谢您用知识、青春和挚爱浇灌了我们的心田。五十年间尘与土、八千里路云和月，不变的仍是这份感激，难忘的仍是这份情。谁说您无亲可探，金先生，我们是您最亲的亲人。

2005年8月31日

金韵璠老师，毕业于南京金陵女大，1957年陷入风暴之中，改革开放后去香港教书，直至退休。我最后接到她电话是2018年，后再无音讯。她唯一的弟弟金圣昭是我同班同学，于2011年去世，之后无处再去打听老师的消息。

功夫在课外

母校行知中学自渝迁沪时，地是农民捐的，故校园不大。学校的饭厅以稻草铺顶，音乐室是铁皮活动房，厕所只有几只木桶，冬天师生都睡草垫。最冷的天，我曾裹着被子去上晚自修。校园条件很简陋，我们却很快乐。因为老师们“把整个的心捧出来献给小孩子”，他们的“一举一动，一言一行，都修养到不愧为人师的地步”。

闵克勤老师被大家称作“闵妈妈”，其实他的原则性特别强。1954年，两个初中班，只他女儿因两分之差未考取本校高中。同学都向学校求情，老师们也说，孩子从小丧母，待在家里怎么办，让她进来算了。闵先生不允，教导主任的女儿居然无书读，当了社会青年。他女儿哭着要求当旁听生，闵先生依然拒绝，他说：“教育是纯服务、纯贡献的事业，无丝毫谋利可言。”每见他女儿偷偷地在窗外听课，我们心里都痛，闵先生却仿佛视而不见。直到第二年，女儿考分合格才进了高中。闵先生曾在我的纪念册上题词：“千万不要说，明天总会有的。今天的事今天一定要做完！”闵先生早已化作清风白云，但我对这句话连同他当年的“不合常情”仍记忆犹新。

生物教师郭泰腵平时很古板，我们敬而远之。有一天，我看见郭先生在绣球花丛忙，便走过去看。一走近，不得了，正在分群的蜜蜂黑压压地向我冲来。我抱头鼠窜。他挥着纱网兜住乱飞的蜂，一面低语：“吓着小姑娘了！她又没惹你们，快回去！”蜂群飞远了，我奇怪地问：“蜜蜂听得懂话？”“当然。万物都有灵性，你善待它，它就成为你的朋友。”正说着，他忽然大惊失色，原来大队蚂蚁咬着一个个“小点”在走。他大叫：“偷走了我的蜂卵！”他趴在地上与蚂蚁抢，我手忙脚乱地帮忙。蚂蚁小，蜂卵更小，哪里抢得过来！他奔去找饼干，弄碎了，与蚂蚁“换粮”，但蚂蚁却不理他。我急得用脚踩，郭先生一把拉住我说：“每个生命都有生存的权利。放它们走吧！”郭先生早已变成高山流水，但他那句从心里发出的话一直打到我灵魂深处，至今不忘。

数学老师饶国琛，他爱打领结，又教“三角”，我们叫他“无穷大”。他是圣约翰大学经济学硕士，我们喜欢他，不仅因他课上得好，还因为每年迎新化装舞会，他总会带来几大包衣服，因此，我们才能打扮成绅士、淑女、大侠、猎手等形象翩翩起舞，使得晚会充满了异国情调。有一年，一男生看中了燕尾服，怕别人抢，早早地穿上。晚饭时，一盆汤倒翻，衣服上汁水淋漓。同学们七嘴八舌，最后决定去河里洗。谁知油渍没洗净，衣服变成了“百叶结”！班主任说，这是进口的，要几千元！我们都吓傻了。晚会开始后，平时最活跃的我们再也乐不起来。饶先生得知后说：“燕尾服是最正规场合穿的。你们给它喝汤，还让它去河里游泳，倒有创新精神。既然有勇气开服装风气之先，为何弄得这般灰头土脑？”说得大家都笑。他又唱起了“我的太阳”。他用意大利文唱的这支歌，一向是晚会的高潮，今天，他唱得格外动情。他说，即使是金衣银衫也没什么了不起，快乐才是最重要的。如今饶先生已不能再出门，但他的气度，他的美妙歌声，依然在阴霾的日子给我带来阳光。

功夫在课外，不愧为人师。岁月流逝，母校老师们已渐行渐远，但他们对真与善，爱与美的追求，通过不经意的点点滴滴，建筑了一个永久的气场，使我时时浸润其中。一步步地走来，烦躁与俗妄丝丝褪去，清逸与雅纯缕缕袭人，老师们改变了我的一生。

“教师的手中操着幼年人的命运。”好老师功德无量。

2006年9月9日

闵克勤老师，陶行知学生，南京晓庄师范第三期毕业，与马侣贤校长一起把育才学校从四川迁沪，任教导主任。1958年，闵老师去福建农场，平反后继续为母校服务。

郭泰嘏老师，陶行知同事，四川育才学校老师，改革开放后，在行知中学退休。

饶国琛老师，毕业于圣约翰大学经济系。

出自本真的红晕

春天，老同学们去看望五十年前的老师楚瑾华。我吃惊地看到耄耋之年的她竟没什么变化，依然身材苗条，语调柔和，神态沉静，最动人的是她的双眼，经过岁月浸润，依然有脱俗的清澈。更令我惊异的是，她像半个世纪前一样，仍然会脸红！那曾经是当年课堂上的一道好风景。

那年，她从抗美援朝前线归来。年轻的她，带着翻译官的精干，第一次给我们上地理课。她一开口，居然全部是英语。她一面滔滔不绝，一面却十分紧张地盯着坐在第一排的我看。她似乎忘了全班有五十个学生，只是对着我讲，又盯着我提问。我被她看烦了，又怕英语听不明白会答错，终于忍不住打断她："这是地理课！"楚先生一愣，停住了。慢慢地，红晕一团团化开来布满了她的脸，连额角也红了。她的眼里满是小女孩般的惶恐。这第一堂课，本该由学生配合她完成，却被我搅了。

楚先生未怪我，也没有从讲台消失，没多久，她的课就越上越好。地球仪在她手里飞转，地图在黑板上随手画出，她的谐音记忆法，诸如"玻璃木梳眼泪水"（布宜诺斯艾利斯）实在太有趣了。班上有几个男生上课时却不安分，小顾是其中之一。有一次，小顾正"开小差"，被楚先生点名答题，他乱说："贝加尔湖。"楚先生有点生气："问你伊拉克的河！""幼发拉底河。""还有一条呢？"小顾强词夺理："没有了。你要我到伊拉克再去挖一条河啊？"楚先生的脸上像水墨画一样，红晕从脸颊渗开去，连耳根都红了。她的眼里满是自责，学生不用功，似乎全是她的错。

后来楚先生怀孕了。我们几个小女生，很想解开这个谜：宝宝从何而来？我们悄悄地讨论：男女生牵手、讲话、跳集体舞，会闹出宝宝来吗？我们决定去问楚先生。她沉吟许久，才酌字斟句地说："人长大了，女生就像是土地，男生就是播种人。只有在属于自己的土地上，播下适宜的种子，才会有宝宝。"我们还是不明白，再看楚先生，她白皙的脸已变成一块红布，连脖子都红了。她的双眼溢满了少女般的羞涩。我们不敢再为难她，却安心了：原来只要没成为"土地"，我们就是安全的。这是多么艺术的一堂启蒙课啊。

在看望楚老师时，小顾站起来，他恭恭敬敬地深深一鞠躬，为那条他没答出的"底格里斯河"向老师表达迟了五十年的歉意。楚先生说："从前线回来，我想做英语老师，谁知学校只开俄语课，我只好教一窍不通的地理。是我误人子弟，误人子弟啊！"她又脸红了，似雪的白发，映着布满红晕的脸，我们又看到了当年清纯、腼腆的她。

世上好老师很多，但八十多岁了，依然会脸红的，也许只有楚先生一个。这出自本真的红晕伴着如水的双眼，是一幅最美的画，它曾温情地指引过我们稚嫩的心，至今，仍在我们的记忆中熠熠生辉。

2008 年 9 月 11 日

谢谢老师教我的

五十年了，转了一大圈，他们又回到了老师面前。当年的风华少年，都成了两鬓如霜的古稀老人。他们唱着、跳着、说着，又变成了孩子，向自己的老师表示无尽的感谢。

1953 年，张鸿馥考取了陶行知创建的行知艺术学校。第一天教导主任吕长春就对他说：“要珍惜时间，好好读书，好好做人。”后来这句话成了他的座右铭。“文革”期间，别人忙“革命”，他偷偷学画。去美国后，画画成了他最初的立身之技。他开的饭店离“911”撞机处仅四百米，一瞬间店毁人伤，十多年心血化为乌有。来不及伤心，他把家里能凑的钱都买了食品，冒着危险参加救授。事后，当地市长代表美国政府登门道谢，张鸿馥在心里悄悄回答：“这是老师教我的。”

秦连生从小学画，进了“行艺”如鱼得水。他最难忘的不是跟老师学的素描、色彩，而是朱怀新老师本人：她总是那么优雅，浑身散发美的气息。老师说：“做人，心灵美，外表也要美。”秦连生一直记着这句话，即使在最不堪的年月，他仍是“山青水绿”。有一年，一所名校要调他去，他头发溜光，皮鞋铮亮，衣冠楚楚地去面试。校领导却说，这“大包头”怎能“为人师表”？他竟因“爱美”丢了饭碗。但他初衷不改。他教秦怡之子金捷学画，每次去，总是对镜整装。后来，思维混乱的金捷不仅爱上了绘画，也爱照镜子了。秦怡老师说：“秦老师把‘美’带进了我家。”秦连生在心里悄悄回答：“这是朱老师教我的。”

张家令现在已是桃李满天下，他的学生常惊叹老师怎么懂得那么多！他总是自豪地说：“我是‘行艺’出来的。”那时，校园里总有名人名家来。1951 年，美国友人文友章赴朝回沪，他拿着炸弹片来看“陶行知的学校”。学生们抚着战争纪念品懂了和平之珍贵。他夫人看学生跳“打莲香”，忍不住也舞起来。1950 年夏，田汉穿着圆领汗衫，手摇芭蕉扇步行来校，马校长问：“你的车呢？”他风趣地答：“田汉来看‘田汉’，岂敢坐车！”1951 年、1952 年，俞云阶先生常来上课；梅健鹰从美国回来，成了“行艺”教师；贺绿汀、姜瑞芝、周小燕等都曾在“行艺”任教。名师出高徒，这是必然的。

那年世界和平大会纪念四大文化名人。刘文西画的“达芬奇”，陈达清画的“果戈里”都挂在南京大戏院里。全上海文艺工作者开大会，看了画像都赞不绝口，没有人知道这是“行艺”十多岁的孩子画的。如有人问现在已是大画家的他们是如何学习绘画的，相信回答仍是：“这是老师教我的。”

行知艺术学校早在50年代就撤并了，但母校播下的真善美的种子，却在学生心里长成了参天大树。上百位来自海内外的校友，今天唱起了当年的歌，他们最想说的只有一句话：“谢谢老师教我的！”

借此，也谢谢天下所有的老师。

2009 年 9 月 10 日

坚守

上海解放初，行知艺术学校沿袭陶行知的办学传统，请来众多名家上课，美术组有马三和、王琦、梅健鹰、周方白、费彝夫、杨祖述、俞云阶、朱怀新……每个名字都如雷贯耳，但留到最后的只有朱怀新一人。

1952 年，朱老师奉调来“行艺”。这之前，她在“上海市美专”教大学生。她来“行艺”之前听闻那里美术组的学生个个身手不凡，所以颇为忐忑。学生也想不通：“从来都是男老师教，怎么来了个女的？”第一堂课，她未开言先挂出了素描“自画像”，全班同学被镇住了，连最爱挑剔的学生也瞪大了眼睛说：“画得如此细致，功底深啊！”学生们服了。

她的教法很特别，上课，她带来经典画作、画册，有的还是油画原作，让大家开拓视野；她请名家来开小灶，请得最多的是她丈夫——著名油画家俞云阶，俞先生的现场炭精素描，笔触造型，一笔不改，画作博采众长；其余的时候朱老师就是与学生同堂作画。有几个“尖子”颇为自得，朱老师总不动声色地指出他们的不足：“鼻子长了，眼睛小了，对比度……”指导学生时，她的范作放在旁边，一比较，学生再不服也不行，这叫快马要用响鞭催。学生的专业水平突飞猛进。

一年后，“行艺”改为“艺术师范”，老师大多调往各地高校。朱老师选择了坚守，她舍不得那些学生。两年后，学校撤了，美术组学生到“第一师范”借读。同济大学闻讯来调她，她没多考虑，婉拒了。

她说，这些学生还没毕业，我不能走，跟着学生去了“一师”。

“一师”培养小学教师，美术成了“小科”，七个美术老师只剩下一个。“行艺”学生对此很不适应，他们办起《胡椒报》，以漫画发泄一肚子怨气。课间，操场上，学生三五成群嚷着要去教育局请愿。领导要朱老师一起躲在楼上指认哪几个是领头者：“是那个胖胖的？”“不是，他不会画漫画。”“是戴眼镜的那个？”“不是，那人出名的胆小，哪会闹事！”领导火了，朱老师百般辩解：“小孩子只是好玩，没什么事，有问题我来负责。”她像老母鸡一样冒着风险卫护着少不更事的“小鸡”，一场风波总算过去了。

朱老师的爱心如春雨，润物细无声。当年小吴被允许参加高考（师范生不允许考大学），他怕考不取，违心地填了冷门的“版画”。朱老师劝他说，你的画富有诗意，色彩、流动性都好，应该学中国画。小戴擅画小孩子，教室里常见他画的长卷，朱老师提醒他，你要多画画大人，这样题材广多了。小范后来去了贵州，朱老师把当时很难得到的进口素描铅笔送给他，鼓励灰头土脸的他重拾信心。小陈曾围攻过老师，后来他鼓起勇气来看望，朱老师不等他开口，把话题岔开了……这些学生后来大多成了国内外的名家，但他们逢人就说：“最基本的东西是朱老师教的。”

朱老师是中央大学艺术系、杭州国立艺专高材生，是林风眠、徐悲鸿的弟子。她却坚守在一所普通的中专，一辈子做一个“普通的美术教师”。她从不后悔，她在我的采访本上题词：“我一生是个普通的美术教师，我教过各类不同的学生，我享受到人生无限的友情，做教师是最幸福的。我一生非常非常快乐。”

2010 年 9 月 9 日

老师是不能忘记的——致张永烈老师

张老师：

您好！

上次与几位学长一起去杭州看您，您送给我们两幅老版画，我们如获至宝。

今年陶行知诞辰120周年，上海各界人士将在上海图书馆举行纪念大会、纪念书画展和论坛，特寄去请柬。我知道您年事已高，出门不便，不能亲临现场。寄去，是为了让您了解盛况，共享我们对陶行知的缅怀之情与崇高敬意。

您的版画，我们将在纪念书画展中展出，并推荐到报上发表。画很珍贵，您的情意更珍贵。我虽没有直接受您教诲，但我在行知中学就读六年，同样感受到陶行知精神的伟大，同样感觉到老师的爱，对我来说一生受益匪浅。

老师是不能忘记的，谢谢您对我们的支持和理解。请多保重。下次如去杭州，一定再去拜访，重听教诲。寄去我的书，请老师指教。

敬祝秋安！

2011年9月20日

张永烈老师，著名版画家，曾在行知艺术学校任教，后为杭州中国画院教授。2011年春，我专程去杭州拜访张老师，为陶行知诞辰

120 周年书画大展征稿。张老师没教过我，对我这个素不相识的学生却非常热情，选出两幅早期画赠我参加纪念展。我写信致谢，未得回复，打去电话却再无人接听。

永远的马爸爸

母校行知中学七十华诞庆典，最温馨的一幕是“马校长”回家。当张步华校长把这尊铜像赠给校友代表时，众多年近古稀的校友热泪盈眶地轻声呼唤：“马爸爸，马爸爸！”

我进校时，听说学长们称马侣贤校长为“马爸爸”，觉得很新鲜。因为胆小，却从未问过为什么。那天，同班的小佩奔进来，脸因高兴胀得通红，她大喊：“马校长说我语文考了5分（当年5分为最高分），总成绩是班上第十五名。哈，校长认得我，他还奖了我一枚书签。”她手舞足蹈地转着圈。从此，她像变了个人似的，每天一清早就起来读书，晚上在路灯下背英文。我很奇怪，学校里那么多人，校长怎会认得不声不响的小佩？我还十分羡慕：什么时候，校长也会认得我呢？

那天我在小池塘边看书，有人问：“看什么书？”我回头一看，是校长。我赶紧站起来，他摆摆手，拉我一起坐在石阶上。“你有一个秘密？”我不知如何回答。他说：“你的一篇文章在报上发表了？”我大吃一惊，那是我的处女作，用的又是笔名，他怎会知道？他从上衣口袋取下钢笔说：“你真了不起。这是奖你的。”他圆圆的脸上满是笑容，眼睛眯成一条缝。从此，每当我拿起笔，就觉得那双温暖的眼睛仍在注视着我，使我一生都不敢懈怠。

后来我才知道，校长叫得出每个学生的名字，还了解所有人的情况。丁是孤儿，儿童保育院送他来读初中，毕业时他满十六岁，按规定国家不再负担他的生活，他打算去当学徒。马校长在校门口拦住他说，国家建设急需人才，你应上高中，将来考大学。丁没有亲人，是校长安排了他的生活，除了助学金，马校长自己每月再给他三元零用钱。丁顺利地上完高中，考取大学，后来在教育部任职。他每次去基层学校视察，总要说这句话："老师要有一颗仁爱之心。"马校长改变了他的一生。

至今记着"马爸爸"的还有已白发苍苍的桑。当年因特殊原因，桑写了十一次入团报告都石沉大海，他变得十分沉默。马校长却一次次在校会上表扬他读书用功，是全校少有的"全五分"，还请他上台讲话，要大家向他学习。

桑家里非常困难，马校长常去家访，三年自然灾害时，马校长还常送去粮票和钱。桑初中毕业时打算考免费师范，马校长不舍得这棵好苗，劝他考本校高中，答应免去他的全部学杂费。桑品学兼优，脸上阴霾一扫而光。后来，马校长因为树了桑这个"白专典型"而受处分。他却据理力争："为国培养人才，不分贵贱，有教无类！"因这件事，马校长被罚去看管自行车。他自身难保，却多次托人捎话给桑，给这个风雨飘摇的家庭送去希望。

这样的故事，在母校很多很多。陶行知说："和气地对小孩子说话吧，这样必能得到小孩子的爱。"马侣贤校长是陶行知的传人，他信守先师"以爱待人远胜于以威吓人"。他打心眼里疼我们，他的笑容才会像父亲那样温厚，那样打动人。

在这个绚烂的秋日，"马校长"回来了，他那曾经令我们动容的目光里依然充满期许。我们想说的千言万语化作了一句发自心底的呼喊："马爸爸……"

2009 年 12 月 2 日

各就位，预备，跑！

当年在母校行知中学，我们最初叫老师“大哥、大姐”，不知从何时起，我们开始称新教师为“先生”。后来，从上海体专毕业的宋尧来当体育老师，我们叫年轻的他“宋先生”。他有点不习惯，说那些老师都比我大，倒是“大哥、大姐”，我怎么成了“先生”？叫“宋大哥”！但没人理他，他还是“宋先生”，这一叫，几十年过去了。

别看宋先生是教体育的，他可是全校最威风的人。每天早晨太阳刚升起，广播喇叭就响起“托儿所的早晨”，全校师生跑步去锻炼，没一个敢迟到。如慢了一步，就会被领操台上的宋先生目光如炬地盯着。最吓人的是他正喊口令时会突然停下：“全体立……”那个“正”字要等迟到者进了队伍才喊出来，引得全场都朝那人行注目礼。这样的“礼遇”谁受得了，再没人敢慢半拍。冬天，他带我们跑步，一面跑一面吹哨子、喊口令：“一二三四！”他在队伍中，一会前一会后，见到跑不动的男生会问：“休息下？”对女生，他只是善解人意地劝：“你可以请假。”但没人会从队伍里出来，寒风中，跟着宋先生在煤屑路上跑步，成为我们青春岁月最温暖的记忆。

上初二时，宋先生教跳高。他说，跳高有剪刀式、跨跃式、滚式等，目的只有一个，看到挡住你的沟坎，想办法跳过去。他认为“滚式”（背跃式）最好，但我们学不会，不是先抬腿，就是头碰竿，一根小小的竹竿把我们弄得毫无办法。他一次次示范，看我们灰心丧气的样子，他提高声音说了一句至理名言：“臀部团拢翻过去！做任何事，要顾头更要顾尾。跳高时，不但头、背、手要协调，臀部同时要使劲，全身才能过去。”我们屡战屡败，宋先生一次次为我们加油：“勿来三（不行），再来！”终于，我们个个成了跳高能手。这句话，何止是说跳高，它成了许多人一生的座右铭。

上高一时，我参加学校体操队。因为想通过劳卫制考试，除了规定动作外，我加练腾空翻。宋先生劝阻我：“这很危险，自己不能练。”我初生牛犊不怕虎，非要练。他没办法，每周六下午来当陪练。前滚翻、后滚翻、侧手翻、打虎跳……这些动作练得滚瓜烂熟后，我终于可练腾空翻了。当时学校没体操房，也没体操垫，我们在饭厅里铺两只草垫，放块跳板就开始冲刺。按照他的指导，我跑步、加速、左脚上跳板、弹起、弯曲身体……每次都来不及翻我就摔下来。不知摔了多少次，鼻青脸肿的我想要知难而退。宋先生却不许我放弃，他说：“做事要按照计划，依限完成。不能自己打败自己。”于是，再练，再摔，当第一次腾空翻起时，我落地没站稳，宋先生赶紧接我，没来得及，他顺势滚在地上，让我重重地摔在他身上。没等我道歉，他一骨碌爬起抓住我四处查看，没发现有伤才笑着说：“天天磨，月月磨，你看，总会成功！”那枚劳卫制二级运动员章是我最珍贵的纪念品之一，摩挲着它，耳畔常响起宋先生的话，从此再不敢偷懒。

在春寒料峭的日子，宋先生悄悄地走了。我望着照片上熟悉的笑容，忽然觉得这么多年，他从未老过。真的，他总是健步如飞，再远也是骑自行车，到八十岁才从岗位上退下。这样的人怎会死？他一定是到天堂去吹哨子了：“各就位，预备，跑！”但这回，队伍永远解散了。许许多多人来送他，我们喊“宋先生”时，他一定听到了。

2012 年 3 月 24 日

老师的话

小时候，我最相信妈，她说的话句句记在心里，事事照着去做。上小学第一天，妈牵着我的手，送我去离家百米的民治小学。一路上，她千叮万嘱，说得最多的是，要听老师话！还吓唬我说，妈的话不听没关系，如不听老师话，要被打手心的。我上小学时，只有五岁，哪懂老师是做什么的，听说要挨打，吓得眼泪汪汪地不肯去。妈说，做个听话的孩子，老师喜欢就不会打。可怜的小孩，上学第一天就对老师有了误解，所以，我特别胆小，也非常听话。事实却是，上了十多年学，我从来没见老师打小孩，还不断遇到好老师。但每天去学校前，妈总在窗口不断地重复那句：听老师话！结果老师的话在我小小的心里犹如圣旨，一句都不敢违背。有时老师发脾气，骂得调皮捣蛋的男生面红耳赤，敢怒不敢言，别人都觉得老师太过分，只有我总是帮老师辩解，气得男生来揪我小辫子。

作为学生，听老师话，本没有错，但老师是凡人，有七情六欲，更不是万宝全书，不可能大至天文地理，小至蜜蜂蚂蚁，样样精通。老师的话大多是正确的，但不可能句句是真理，有时无意中说的话，随意间传达的信息，也可能差之毫厘，失之千里。有两件事可验证我的观点。

我读小学六年级时，班主任是教语文的陆冠军老师。因为作文写得好，他常常夸我，还送了我一个雅号："尖笔头！"我很喜欢他，对他的话更是句句爱听。有次上班会课，他说，暑假他在海边玩，看见一只虾停着不动，觉得奇怪，跑去看，原来虾在吞一条蛆。虾很小，蛆白胖，在虾嘴里扭来扭去。原来虾吃这么脏的东西，从此他再不敢吃虾。听了这事，我直打恶心，从此很多年，看见虾就想吐。后来知道虾大都是人工养殖的，吃的是饲料，没有活物喂它们，我才渐渐地敢吃了。但任凭别人怎么说虾脑有营养，味道鲜，我决不碰虾头，再大再好的虾头都赶紧扔掉。半个世纪后，小学同学第一次聚会，讨论菜单时，一桌人居然都不点虾！其实，一物降一物，虾不吃虫子吃什么？这样的真相，老师何必说破！这话是对是错，至今没弄清楚，但那么多学生都已把老师的话当真，不吃虾的习惯却已养成。

另一位彭先生也讲过类似的事。彭先生是自然老师，教我们不久就去世了，竟再想不起他的名字了。他曾讲过，杀猪时，猪毛是刮掉，不是拔掉的，故毛根还留在皮下。肉皮烧得再久，毛根烧不烂。而毛根难以消化，吃下去积在胃里，日子久了会形成毛团，说不定还会堵塞肠道。我好奇，用开水煮头发做试验，真的，无论煮多久，头发都煮不烂。从此，因为相信老师说的话，我再不吃肉皮。任凭别人说肉皮有胶原蛋白，营养丰富，还能美容，无论如何我不敢吃。虽然早已知道，别说有毛根的肉皮，即使是鱼刺、小骨头吃下去，都不会有大碍，但仍不敢碰，一想起老师说胃里会有毛团，就不寒而栗。上海餐馆的本帮红烧肉，浓油赤酱，肉皮烧得油汪汪，韧结结走油蹄膀，肉皮酥中带硬，香糯鲜咸，都好吃得不得了，每次馋得喉咙里要伸出手来，但犹豫再三，还是把肉皮都吐掉。其实，肉皮又不是饭，不会天天吃，怎会形成危险！老师一句话，使我们错过了多少美味！

这两位都是我心目中的好老师，他们说这些事，肯定是出于好意。但他们一定不会想到，他们的话会改变学生的生活方式，影响学生一辈子！其实，不吃虾和肉皮，对人没大妨碍，但如是别的话呢？陶行知先生说："一切不合乎科学之说话、行动，都要斩草除根的消灭掉。"小孩子犹如白纸，每一次有意无意的走笔，都会留下痕迹，要抹掉，谈何容易！大人，特别是老师，对小孩子说话，要谨慎。有的话，也许还是少说为妙！

2013 年 9 月 7 日

教我学陶的物理老师

屠传荣先生是我高一物理老师，他家与陶行知有渊源，曾多次捐款支持育才学校。抗战时期，他堂兄屠传猷经陶先生介绍去了新安旅行团伤兵之友队，后不幸溺亡。陶先生于1939年12月25日写信给在香港的屠家长兄屠传薪，报告“令弟落水时，有一勤务兵前往捞救亦葬身水中”，表示“殊令人伤心，尚希节哀”。并要“新旅”顾问汪达之向屠家详告此事并善后。屠先生来“行知”教书与此有关。我从屠先生那里第一次听到了陶行知的事。那时学校里没人敢提陶行知，是屠先生告诉我陶行知是我们学校的创始人，说他是个了不起的大教育家。我还小，不懂教育家是做什么的，但记住了这个老校长。

屠先生偷偷地带我去学校的铁皮圆顶音乐室，楼顶堆满了从四川迁校时搬来的物品。他翻出一件东西双手捧着说：“这是陶行知去世时翻制的石膏头像。”我看着那石膏像，闭着眼又光秃秃的样子，吓住了。屠先生说：“你别怕，他是个大好人，心善。”我想拿几本书，屠先生阻止我说：“门背后撤屙天要亮，岂能取之无道。”我于1986年走上陶研之路，当时纪念馆展厅里大多是图片，石膏像也是复制品。我曾与屠先生说，很后悔当年身在宝库不知拾宝，屠先生说，谁知你不当作家，去研究陶行知！是啊，屠先生是老师，他当然不能教唆学生干偷鸡摸狗之事，更知政治碰不得的道理。后来我自己又偷偷去过几次，主要是找书看。现在想来，屠先生实为君子，也正因此，我也从未在此屋拿过任何东西。实际上，那屋不上锁，也没人管，东西又堆得乱七八糟，只怕搬空了也没人管。没想到后来会有那场事情！要是提前知道的话，我去把那几幅陶行知手迹“抢”出来多好！我和屠先生为此叹息了很久。说起来，屠先生应算是我学陶的启蒙老师。

屠先生课上得好，条理清晰，批改作业极认真，再调皮的学生也不敢少做题目。但我不爱学物理，我上课就看小说，至今没弄懂什么左手、右手定律，什么并联、串联……屠先生不止一次说：“你这么聪明，只要把看小说的心思分一点出来，一定能学好物理。”我却置若罔闻，考试成绩经常“红灯闪闪亮”。屠先生要给我开小灶，我避之唯恐不及，他只好作罢。一年后他任职教导处副主任，不教我们了。每次在广玉兰树下碰到他，他总是温和地说：“尺有所长，寸有所短，好好看你的小说吧。”屠先生成了我的知音。

屠先生退休后回宁波，住在孝闻街费家弄 4 号祖传老宅。老宅有高高的围墙，黑漆大门，天井里放着大水缸，还种着树。那几年我回家乡讲课，每次去看他，他总是坐在竹椅上，百无聊赖的样子。他几十年在沪工作，宁波没什么熟人，心里的落寞可以想象。1989 年春节我去拜年，他欢喜得有点手足无措，一定要留饭。师母端出一桌宁波“下饭”，屠先生从缸里捞出臭冬瓜，现浇麻油，吃在嘴里臭中带香，咸里含鲜，恍惚中，我似乎回到了老家，几乎掉下泪来。屠先生见我吃得香，高兴地说，明年过年再来，臭冬瓜“总有得吃！”我们又说起化成灰的一屋资料，他说：“如早知你会去研究陶行知，哪怕‘抢’一幅陶师手迹也好啊！”我们只有相对唏嘘。临走，他把我的提包、口袋都塞满，又找出一块木制印糕板，说是祖传的，送我作纪念。他一直送，送出大门，送出弄堂，送至车站。车开了老远，还看见他站着，瘦削的身影，在风中微微摇晃，灰白的乱发，贴在苍老的额前，一直到看不见他了，我才回转身去。

他后来未回过上海，这成了他和我们最大的遗憾。他于 1990 年 10 月 9 日在宁波去世。得知他病重，57 届的陈炳奎自告奋勇代表校友们去探望，我托他带去我的一封信。屠先生已不能说话，只微笑着听校友读我的信。我想，他应该听到的。

常想起屠先生穿着灰西装，很精干的样子。常想起他的那句“门背后撒屙天要亮”，因此一生不敢做见不得光的事。先生已走了二十六年，过年时想再去吃碗臭冬瓜，听他说句宁波老话，再也不能了。眼前这块印糕板，石骨铁硬，岁月无痕，中间刻着“香橙桂香村”，文字的含义已没处去问了。

2016 年 2 月 21 日

远去的祝福

近日整理信件，看到老师二十五年前寄来的贺卡，上有他亲笔写的诗："如果我知道那个地方，愿望能够实现，我就到那里去，为了实现我对你的承诺，发誓绝不退缩。如果你的生活充满阳光，你就不会再有艰难和困惑。我所能做的就是请求上苍，使你受着无限爱的光芒，从此吉星高照。当你开始了新的一年，在无限爱的怀抱，我将为你虔诚祈祷，遥祝幸福健康——致亲爱的小良骏，生日快乐！章学漪1990年7月15日于美国林肯市。"

章学漪老师是我初中班主任，教语文。他很年轻，全班同学都把他当兄长。他住在校园里的四合院后面，下了课我们一晃就能到他家。我们比他儿女大不了几岁，一点不懂事，常常把他孩子惹哭，老师却从来不嫌弃我们。

师母出身大户人家，气质典雅。因有三个孩子，她当全职太太。我们喜欢师母胜过章先生，好几次春游，我们让章先生在家看孩子，请师母和我们一起去。有次师母穿件米色大衣，一头"长波浪"随风飘啊飘，美得令人不忍眨眼，这场景至今还在眼前。章先生见我们老黏师母，生气地说我们是"走错庙门拜错佛，真正岂有此理"，看他当真的样子，现在想起来我还忍俊不禁。

因语文成绩好，我的作文常被当范文念，卷子上老师批了好多红圈圈，每次都是5分。后来他教我向报刊投稿，我的每篇习作他都要我一改再改，最后抄在稿纸上代我寄走。我写了大半年，一篇也没登出，倒三天两头收到退稿信，弄得全校都知道我的失败。我不肯再写，还哭了好几次。那晚他找我去，他从屋里搬出两只大布袋，哗地一下堆到我面前，像小山似的。我好奇地拿起看，是信，收信人都是老师。再细看，是各种报刊寄来的退稿信，竟有这么多！他说，任何成功都要经历屡战屡败的过程，作家的路都是从退稿开始的，原来老师还是位作家。

那个春天，池塘边绣球花开得正盛，老师常坐在石桌边教我改稿子，阵阵暗香伴着他的低语，至今还记得他期望的眼神，还有那句“文要千改”。初二时我的习作首次刊在报上，老师比我还高兴，逢人便说，还让人在校广播站广播。初中毕业的学生手册上，他写下“愿你出现在中国文坛上”。所有教过我的老师中，是章老师首次为我设置了明确目标，这句话一直鼓励着我。

三十年前，章先生去了美国，时有信来，字里行间满是乡愁。他怕多花邮费，信纸写得不见天地。章老师临走时我曾去送行，他说回来时一定带粉红蝴蝶结的金丝边大草帽送我。结果，他一年年地不回来，2006 年在他称之为“别人的国家”去世。

记得我生日，叫我“亲爱的小良骏”，为我写诗，推我走上文学路的老师，连同那顶美丽的草帽，永远留在了大洋彼岸，消失在我的青春岁月里。唯有温暖的关爱，远去的祝福，如此鲜活地刻在我心上，至今还在催我奋进。教师节又来临，想念老师！

2016 年 9 月 11 日

我的老师

今天是教师节，我可以祝贺的教过我的老师，几乎都在天堂了。写此文，纪念我的中学生活，向老师们鞠躬致谢。

母校令人难忘，更难忘的是我们的老师。

母校行知中学的校门口有一条清澈见底的小河，在赤日炎炎的夏天，碧绿的河水对一些调皮的男孩子该有多大的诱惑力！总是有人不管三七二十一，在应该午睡的时间去那里游泳，老师简直是防不胜防。教导处出了一张布告，禁止学生下河游泳，违者要受处分。这样一来，下河游泳的人少多了，但并没有禁绝，总还有个别胆大的男同学趁值日老师不备时，溜到河的下游去泡那么几分钟。教导处副主任林力锋一连几天，顶着中午的烈日去河边值班。这条河实在太长，总有人躲过林先生警觉的目光，钻在芦苇丛里调皮地笑。林先生怕有人溺水，每天去查，终于有一天给他抓住了两个人，其中一个是我们年级的班干部，当时学校里出名的好学生徐兆宗。他正浑身滴水像泥鳅似地偷偷爬上岸时，林先生站着，不发一声严厉地望着他。

林先生一向说话算话，学校既然出了布告禁止游泳，违者处分，现在当然要实行，可抓住的不是调皮捣蛋的学生，而是一个全校闻名的好同学。全校的老师和同学都看着林先生，甚至有人打赌，说林先生一定不忍心处分兆宗，可第二天布告就贴出来了，因为兆宗破坏学校纪律，取消他直升高中的资格。从此再没有人敢下河游泳了，我记得当年我们这些学生，是如何以赞叹的口吻议论这件事的。三十年以后，当兆宗说起这个处分时，还感激地说，是这个处分教育了他，林先生追究的一件小事，使他终生难忘。

池塘边的小院子里有一架葡萄，据说这是陶行知先生来过的地方。暑假过后开学时，藤上挂满了青青的葡萄，既不是那种使人垂涎欲滴的马奶子，也不是晶莹透亮的紫葡萄，小小的葡萄粒上蒙着一层白霜，长得密密的，一个紧挨一个，大的像弹子，小的像黄豆。开学的第一个夜晚，我们就以葡萄为名，坐在小花园里开联欢晚会。玉兰树下，课桌拼成了长条桌，玻璃瓶里装着野外采来的粉红喇叭花，田埂上这样的花甚多，女同学用它来编织花环戴在头上，脸盆里放着刚采下的青葡萄。老师和同学即兴表演节目。高班的浦凤荪就在晚会上跳“太阳下山明早依旧爬上来，花儿谢了明年还是一样的开”这样的舞。有一次她的一条辫梢散了，她一面兴致勃勃地跳，不时扭动着脖子，一面狼狈地编着发辫，同学们看了都笑得肚子疼。此外还有郭锦华优雅的朝鲜舞，我唱的“太阳下开鲜花，红的花白的花”。我唱的这首歌是苏联电影的插曲，全场的大哥哥大姐姐们忍不住握紧拳头为我鼓劲，生怕我越唱越快，气会接不上来……

在这个联欢会上，最难忘几位老师的表演。我们的历史教师陈焕文兴致勃勃地扭起秧歌来。他习惯地用手推推眼镜，一跳就到了圈中。他摆好姿势，就开始说，老解放区的秧歌有好几种，外行的人只知道一二三四，三步进一步退，扭不出花样来，实际上，是有很多种的。于是他就边说边跳，你们看这是老人扭的，他微弯着腰，右手作着吸旱烟的姿势，左手靠在背后的腰上，扭起了四平八稳的老人秧歌。接着他又说，老奶奶年纪大了，但抑制不住高兴的心情，也来扭秧歌。他翘起脚尖，双手靠在前腹，驼着背，还微微歪着脑袋，一面扭着碎步，一面还不出声地乐，把同学们逗得前俯后仰。他又学着大姑娘的舞步，直着腰，扭动着腰肢，不时还玩弄着无形的辫梢，含羞地一笑、一扭，把一个乡村姑娘的神态学得惟妙惟肖。最后他挺着胸，用力甩动着胳膊，跨着大步，“蹬蹬蹬蹬”地走圆场。同学们一面用力拍手，一面不约而同地喊着“一二三四”，在雷鸣般的掌声和忍俊不禁的笑声中，陈老师累得气喘吁吁地跳下台来……

生物老师郭先生的吟诵：“我爱北京的伟大，我爱上海的繁华，我爱哈尔滨的凉夏，我爱云南的木棉花……”真是言简意赅，令我至今难忘。饶国琛老师充满魅力的“我的太阳”把晚会推向新的高潮，大家都惊叹这位数学老师竟有如此专业的歌喉。而音乐老师何先生的一曲“河边夜莺在歌唱，歌声多么忧伤……”，歌声与池塘里的蛙声和谐地交叉在一起，那么柔和。当我们品尝葡萄的时候，我们忘记了这葡萄不是名种，而是又酸又涩，却记住了月光下富有诗意的“葡萄晚会”，更记住了我们的老师，这是天底下最好的老师。

至今，我还认为能受教于他们，是我一生的幸运！

但很奇怪，留在记忆里的并不是老师们上课的情形。他们的课当然上得非常好，历史老师徒手画的中国地图堪称一绝；数学老师的“无穷大”，讲得令我这个笨人都不好意思说不懂；地理老师不用教案，对地理知识倒背如流；音乐老师教五线谱，把那些“豆芽”都讲活了……这些我都淡忘了，印象更深的是他们的“跨界”表演，那美妙的歌声、舞姿、字正腔圆的朗诵，半个多世纪了，还在我眼前散发出隽永的芬芳。同样的，我早忘了林先生的政治课，却记得那个令全校师生震惊的处分。还有葡萄藤下的开学第一课——联欢晚会，和那酸掉牙的葡萄，都留在了心中。原来，我心中的好老师们不仅课上得好，还多才多艺，功夫在课外！因为他们带给我们的快乐，他们的形象在我们心中始终清晰。即使都去了天堂，即使有的已不记得名字，他们仍活着。在这个老师的节日，明知他们听不见，我还要大喊一声，林大哥，陈先生，饶先生，郭先生，何先生，彭姐，王姐……老师们，节日快乐！老师，我想您了！

2015 年 9 月 10 日

林力锋老师，行知中学教导处副主任，少先队大队辅导员，1957 年调走，退休后在宝山区教育学会工作二十年。

陈焕文老师，行知中学历史教师，在校内工作到退休。

徐兆宗同学，行知中学 58 届学生，后学医，成为华东医院脑外科专家。

小小的“尖笔头”

那年暑假，我转学进新建路小学读六年级，第一天就哭成了泪人。这里怎能和我读过的澄衷小学比！操场光秃秃，连棵树都没有；一排平房又矮又旧；除了教室，没有饭厅、大礼堂，没有图书馆、阅览室……我哭着喊着，不要在这里读书！

陆冠军老师来了，他拍拍我的肩，没说一句话，像变戏法似的拿出一本书。爱看书的我，一下子就安静下来了。进校的第一面，班主任陆先生看见的是满脸泪痕、大吵大闹的我，但他似乎忘记了这个不堪的形象，一直很喜欢我。

学校没有图书馆，我每天从家里带书去，有空就看，下课也不出去玩。有一次我捧着《俄罗斯童话》正看得入神，陆先生走进教室，他看了封面说，是本好书。我正想接着看，他拉我到操场，要我一起跑步，我噘着嘴不肯跑。他说，书再好，看书也不能没节制，眼睛坏了还怎么看书！我只好跟着他跑，一圈跑完，上课铃响，我哭了。陆先生很奇怪，好端端的，哭什么？“我刚才正在看一个有趣的故事，现在上课了，看不成了。”陆先生哈哈大笑，说：“世界上的书，哪里看得完！你去当个作家编故事，比看书有趣得多。不断写出书来，还可以给更多的小朋友看。”

那一年，我十一岁，第一次听到作家是编故事的，小小的心被点亮了。这以后，陆先生常从家里带书给我，还在办公室和我聊书。有一次我说，小姑娘隔了很厚的垫被，还被小豌豆硌到，哪有这种事！

《豌豆姑娘》是安徒生乱编的。老师说，世上没有的事，书里都可以有。作家把人们不了解的和现实中不可能的事写出来，这样的书，人们才爱看，作家就是那么了不起！将来你也去编故事写书，当作家。我使劲点头，这是第一位为我设定具体目标的老师。

有一次许多老师来听陆老师上课，校长也来了。陆先生读我的作文，很得意的样子。他叫我站起来，向大家介绍："这是我们班的'尖笔头'，作文写得好极了！"陆老师介绍完毕，校长带头鼓起掌来。这以后，同学们不叫我名字，都叫我"尖笔头"，我心里美滋滋的。

陆先生兼教体育。我听说人直立行走，血不能顺畅地流向脑子，所以有时候会很笨。我信以为真，第二天上体育课，趁人不注意，在双杠上头朝下吊着，呼的一声，我掉了下来，头磕在地上。我哭喊，以为自己哪儿磕碎了。陆先生一把抱起我，向卫生室奔去，脸都吓白了。

卫生老师对我仔细检查后说，没问题。陆先生还是不断地问，会内出血吗？眼睛看得见吗？我嫌他烦，想逃走，他拉住我说，脑袋开了花，哪里还编得出故事？作家当不成了！听了这话，我吓得赶紧保证，下回不皮了。

一年后，我们站在操场上举行毕业典礼。校长发了毕业证书，陆先生给我们发奖品。他笑呵呵地说："叶良骏是我们班、我们学校的'尖笔头'，她将来要去编故事、当作家，我们祝她早日实现这个理想。"他举起一包铅笔，抽出一支削得尖尖的笔说，"送给你。"全体同学欢呼起来："尖笔头，尖笔头！"

这所小学是我读过的所有学校中最简陋的，但因为有了陆先生，成了我难忘的好学校。几十年过去了，每当我捧起自己的书，就会想起那个温暖的春日，陆先生对我说，你去当个作家。我早已梦想成真，但我一直未能再见到这位好老师。很希望在世界的某个角落，他会偶然读到我的书。然后，疑惑地问，这个叶良骏，是那个小小的“尖笔头”？好想大声回答，是我是我，就是我！他会听见的吧。

2020 年 9 月 10 日

那棵新年树

上高三那年，我们迎来了又一个元旦。学校每年都有迎新晚会，大家都会积极参加。我们班学过芭蕾的自强说，今年我们为晚会排个舞蹈。我们五个好朋友，四女一男便排开了。跳着，跳着，觉得没有新意。自强想了想说："排个滑稽波尔卡如何？"好啊好啊！于是，舞蹈的动作夸张了，情节也有了，逗弄、顽皮、游戏、搞笑……舞蹈越跳越有内容了。我建议，自强拉手风琴与我们对着"干"，这样会更有趣。用真的琴没法跳，就自己做。我们找来纸、薄板、浆糊，三弄两弄，做成了像模像样的一架琴，真的可以开合。

跳累了，我们坐着休息。我忽然想到，这是在学校的最后一个新年了，舞跳得再好也似风吹过，还是留点东西在校园里做个纪念。他们都说好主意，讨论了半天，决定种棵树。自强和一个女生跳累了，不肯动，只有我和跃苓、菊珍三个去沪太路赵家花园苗圃。苗圃的人听说我们要买树，问："带钱了吗？"我们仨翻遍口袋，凑了一角五分钱。那人说，这点钱只能买树苗。这树又矮又小，瘦骨伶仃的，但我们实在没钱，想着不管大小这总是棵树，便兴奋地扛着往回走。

到教室，全班同学欢呼起来，男生像献宝似的把树抬到了大礼堂。我们簇拥着一路高喊，我们有了一棵新年树！主持人见了，也高兴地说，好啊，我们可以在上面挂礼物啦！这棵树实在太小，在礼堂里本来一点不起眼，但被同学们用彩纸装饰，顶上还竖了一颗很大的星，再被放进木桶搬上凳子，一下子变得高大漂亮起来。在菊珍的提议下，同学们开始写新年祝愿，一会儿，树上就挂满了五颜六色的纸片。

晚会最后一个节目是我们的“滑稽波尔卡”。自强跳得特别卖力，把小丑帽抛上扔下，我们也使尽浑身解数，满台腾挪翻滚，引得会场欢声雷动。自强还觉不过瘾，竟然跳下了台，围着这棵小树左跳右旋，全场都站起来，笑着、喊着、顿着脚、拍着手……零点钟声敲响，礼堂里沸腾起来，人人转着圈活蹦欢跳。不知是谁推了自强，他一个踉跄，把木桶撞翻了，“手风琴”裂成两半，树飞了出去，祝愿纸撒了一地……

主持人喊，静一静，她开始念祝愿纸了。有三张是写给我的。教过我的三位语文老师写上了同样的祝福：“愿出现在文坛上！”“等着读你写的书！”“做记者，当作家！”我正听得开心，突然回过神来找树，只见它断成两截，还被踩光了树叶，奄奄一息地躺在角落。见我要哭，汪澄老师奔过来，捡起半截树说，我们去种树！我问，这样的树还能活？老师说，这是雪松，很顽强的，只要根扎得牢，肯定能出现奇迹。

我们三个女生拖了农村来的男生仲达，跟着老师去种树。我们挖洞、掘土，在花匠赵毛弟的指导下，半截树苗种在了花坛中央，面对着教学大楼。汪老师一面和我们一起把泥踩实，一面说：“要创造一个好命运，要尽自己的全力！树如此，人也一样。”很多年后，我才知汪老师是陶行知嫡传弟子，他念的是陶先生的诗。青春无悲也无忧，因为后面的路还很长。毕业时我们只是挥挥手，连再见都没说就各奔东西，但我记住了这句话。

几十年后，我带着一叠自己的书回到校园，吃惊地在原来种树的地方见到了一棵参天大树。雪松开枝散叶，长得比五层的教学楼都高，像一把巨伞庇护着整个花坛。这真是当年我们种下的半截树苗？树叶沙沙，似在询问，怎么只有你一个人来？汪老师和为我写祝福的、教过我的老师们都走了，花匠也不在了，菊珍、仲达离去了，跃冬杳无音讯，自强飘泊异国。物是人非，母校早已迁走，只有树站在原地，长得如此蓬勃！

辞旧迎新时，总会想起那棵新年树，想起老师说的那句话。青春如梦，一直萦绕在心中，那么美那么纯，它化作神奇的力量，使我有勇气迎着风雨一路向前。终于，梦想成真。

2021 年 1 月 1 日

汪澄老师，男，陶行知弟子，晓庄师范学生，追随陶师从事生活教育。在行知中学工作期间，汪老师担任生活指导员，爱生如子，被学生称为“汪婆婆”。

满眼蓬蒿

那辆满载鲜花的小车

昨夜我梦见了小林，他手里捧着一张金灿灿的诺贝尔奖获奖证书，笑眯眯地吹着口哨向我走来。我欣喜若狂地大声喊起来：“嗨，你这个大头！”没等我把话说完，梦断了。

小林是我的邻居，他家在弄堂口，我家住在弄底。小林和我同在澄衷小学读书，他比我高一届。我们每天一起上学，一路回家，做完功课又在一起玩，亲得就像是一家人。

小林有八个兄妹，只有父亲一人做工。由于缺乏营养，他长得很瘦弱，一个与他身体比例极不相称的大脑袋，沉甸甸地嵌在他狭窄的肩上，我们为此都叫他“大头”！小林整年穿着一条打补丁的蓝裤子，一件用他父亲上衣改成的蓝褂子，一双大头黄皮鞋。他家买不起书包，用一只不知从哪儿弄来的花布袋装书，破的洞用线缝着。铅笔、橡皮、刀片等都是小林眼中的奢侈品，很短很短的铅笔头，他也舍不得丢，用一根细竹管套起来继续用。他没有草稿纸，常捡别人丢弃的废纸，抹平了在空白处做习题。尽管这样，小林却是全校闻名的好学生，他是第一批戴上红领巾的好孩子。每学期他总是年级第一名，捧回来一堆奖品。

小林不但聪明，学习成绩好，还是文体积极分子，打球、唱歌、演戏样样都行。小小的年纪，会吹口哨，各种乐曲被他一吹，就抹上了一层独特的色彩。有一年寒假，里弄丁部组织我们在校的小学生为散居儿童（当时刚解放，还有不少孩子未能入学）服务。小林编了剧本《小姑娘打日本鬼》为散居儿童演出。他让我演小姑娘，自己穿着大皮鞋，借一顶鸭舌帽翻过来戴，演日本鬼子。他一面用口哨吹着可怕的曲调，一面手提马粪纸制作的枪，恶狠狠地追我，直到“嘭”的一声把我打“死”。寒假里天很冷，我得躺在地上“光荣牺牲”，等新四军抓住了他以后才能起来，每次都把我冻得够呛。小林坚持不许在地上铺麻袋，还严厉地不许我动一动，说演戏就得像真的，不能马马虎虎。当新四军把他抓住时，小林要用口哨吹奏胜利的曲子。看到一个扮演日军的人当了俘虏，一副垂头丧气的样子，嘴里却吹着欢快的乐曲，这情景实在太可笑了。每演到此，全场男女老少无不笑得前抑后仰。直到现在，我想起这件事也实在忍俊不禁。

每到晚上，我们一群孩子总爱坐在弄堂口的台阶上，谈各种有趣的事。小林爱摆弄石头，他说得出很多名堂。我喜欢采集树叶，在书里压平了做成书签。我们交换着各自得意的收藏，有时为对方找到了一个新品种，就尖叫着，炫耀着，然后郑重其事地赠给对方。有时我们在马路边跳集体舞，快乐地拍手转圈，直到大人们忍不住噪声来赶为止。我们最喜欢的游戏是玩“过家家”，小伙伴们把我藏起来，用手帕遮住脸，脸上用红纸化了水抹成红通通的，要小林来“娶”我。小林总是认真地扮演“新郎”的角色，费尽心机找到了我，牵着我的手去“拜天地”。每次，小伙伴们总羞他：“讨新娘子，要有花轿，哪有你这么走来的！”他就会一本正经地说：“将来，我一定用车来接她，一辆四匹马拉的车，车上都是鲜花！”听了这话，大家就会大笑大叫，我则低着头，学着“新娘”的样子，老老实实地站在小林旁边。

无忧无虑的童年时代一晃眼就过去了。小林考上了市东中学，一年之后，我进了住读的行知中学。我们一周才能见一次面，憋得真难受。每到星期六的下午，我回家扔下书包，就奔到小林家去。我骄傲地介绍我们学校有那么多的树，各种树叶总也采不完，两株广玉兰都要碰到天了；还有一个小池塘，我们做实验用的青蛙就是从池塘里捕来的。

小林的学校在市区，没有我们学校那么大，可小林说，他们的数学老师什么样的难题都能解，他们的语文老师原来是个编辑，真是出口成章……于是我们争论起来，究竟是谁的老师出色，谁的学校美丽。说到最后，小林就要叹气了，说要能到行知中学去看看就好了。我也沉默了，心里不止一次地希望自己能到市东中学和小林在一个学校读书。

整个中学时代，我和小林盼周末就像盼过节一样。随着时间的流逝，我们不知不觉地长大了，但我和小林之间的友情依然如孩提时代，纯洁如水，热烈而无邪。我们在一起无所不谈，互相信任，互相了解，互相寄予美好的祝愿。

1957年，小林高中毕业要考大学了。我们久久地在一起讨论、比较。我抄录了全国所有名牌大学的各个专业，经过争论，我们得出了一致的结论：报考北京大学地球化学系，让小林实现童年时代的理想，终生研究石头。更重要的是，北大有中文系，一年之后我也可以到这个学校去。小林以优异的成绩被录取，他接到通知后，飞奔来我家，在楼梯口又跺脚又吹口哨，把房子都要震塌了，害得我差点摔下楼去。我比他还高兴，拉着他在弄堂里奔来奔去，逢人就大声嚷嚷："小林要上大学了！"妈妈骂我："简直是疯了！"

小林要走了，他的行李极为简单。那些他从小就当作宝贝一样的石头，由于出不起行李费无法带走，都交给了我。有谁能够相信，在他带走的书包里，一个大学生的圆规，是用筷子、铅笔、大头针和橡皮筋做成的；一把木尺，是他用废木条刻成的；一支钢笔是几位小伙伴送的；除此以外还有一小包各式各样的铅笔头，在他艰苦的学习生活中继续陪伴着他。临走前夕，他来与我告别，他显得很高兴，他说："我先去，明年等你来。"我使劲点着头说："当然，我一定来。北大再见！"我们高高兴兴地在楼梯口道别，没有握手，没有留恋，没有叮咛，甚至没有说再见。

小林走了，他从北京给我写来许多信。依然如前，他为我收集剪报，抄录我寄给他的诗、小说和散文。他为了节约邮资，常常把信卷起来当印刷品寄给我。每封信的末尾，他都要用端端正正的大字写上："我在北大等着你！"而我则拼命地用功，每封信的末尾，我也用大字写上："北大再见！"

是的，我们是应该而且可以在北大再见的。十四岁就在报刊上发表作品的我，对未来充满着信心。在北大再见，在这全国第一流的大学重逢，如果这个愿望能够实现，我和小林的一生，也许就不是现在这样了。然而，命运开了一个残酷的玩笑，由于人为原因，相约在北大再见，成了一个永远也不可能圆的梦。

当时，我百思不得其解。我不能相信这个事实——我没有大学的录取通知书，也没有不录取通知书。我没有任何地方好打听，更没有任何人来过问我。在极度的失望中，我几乎要走上绝路。小林从遥远的北方给我寄来一封长达十页的挂号信，信的开头抄录了我们童年时代就非常喜欢的普希金的诗，这首诗直到今天我还能一字不差地背出来："假如生活欺骗了你，不要忧郁，也不要愤慨！不顺心时暂且克制自己，相信吧，快乐之日就会到来。我们的心儿憧憬着未来，现今总是令人悲哀：一切都是暂时的，转瞬即逝，而那逝去的将变为可爱。"小林用真挚的友情，抚慰着我几乎碎裂的心。他说他要在北大学习五年，现在才过去一年，他还能再等我四年。他劝我不要灰心，并且冷静地分析，我是否在考场上失常了。二十六年后我才得知真相，而当时，他要我明年继续考，一定能考取的。他说他将在北大天天盼我去，在信的末尾他如从前一样，用工工整整的大字写上："我在北大等你！"

我一向以为自己是很坚强的，但实际上我像很多女孩子一样极其脆弱。我受不了这一致命打击，在极度的失望之中，我患上了肺结核，远离了当时火热的社会，从此走上了一条荆棘丛生的路。

小林在北大勤奋地学习，他靠助学金维持生活。因为买不起参考书，他每个星期日都在图书馆抄录资料。因为没有路费，一年年的寒暑假他都无法回上海。可他还是经常给我写信，他谈人生、理想、命运，谈他的地质和我心爱的文学。他写贝多芬的孤独，夏洛蒂（夏洛蒂：英国女作家，作品有《简爱》等）的贫困，普希金的早逝。他写生活的美丽，也谈命运的坎坷。他省下早餐钱买杂志寄给我，并留意各种富有哲理的文章，贴成剪报送给我作新年礼物。在贫病交迫之中，小林能给我的是世界上最珍贵的无法用金子计算的财富。我没有被生活压垮，首先要感谢小林那些充满挚情关切的信。那充满青春活力的呼唤，把我从茫茫黑夜中唤醒，把我从彷徨失望的彼岸召回，为我冷寂的心中不断注入希望和勇气。

1962 年，小林以优异的成绩从北大毕业，分配在地质研究所，开始了他终生研究石头的事业。那年暑假他回上海，我们阔别了五年后的重逢是相当平静的。当他突然出现在我面前时，我惊喜地喊：“嗨，大头！”他笑笑就坐在我身边的小凳上。他长高了，肩膀变宽了，戴上了眼镜。

我们像小时候一样谈个没完。小林说，因为你没能进北大，我要为你加倍努力，你瞧着，我一定要成为有成就的地质学家。他拿出了五个本子，上面都是我的习作，他编了目录，注上日期，在每一本的扉页上写着“女作家良骏作品集”。我惊奇自己怎么会写了那么多！

他说，不上大学，照样可以成为作家，他相信我一定能成功。我点着头，心里又辛酸，又感动。我们度过了一个极其愉快的暑期，他天天来看我，陪我去打针买药，上医院看病拍片子。我们还在一起背普希金的诗和莎士比亚的剧本。更多的是一起谈人生，谈我写的那些忧郁的诗。小林说：“忧郁也是一种风格，巴金的作品就带着一种淡淡的哀愁，很美，但你的生活却不应该充满阴霾。你还很年轻，病会好的，生活中毕竟还是光明多。”

曾经的小伙伴们也经常来，他们坐在我家里，把青春和朝气带到了我的病榻前。小林吹起口哨，我们唱起童年时代的歌：“让我们荡起双桨……”在欢歌笑语中，我觉得自己又成了一个健康而快乐的人。一天晚上，调皮的忠亿对着小林调侃着：“你没有把你的‘新娘’忘掉吧？”小伙伴们大笑着七嘴八舌对小林说：“把‘新娘’接到北京去！”“要用马车，四匹马拉的车！”小林的脸涨得通红，他望着我颤着嘴唇想说什么，却一个字也没说。童年时代的趣事，使我的心里充满了甜蜜和温情，我觉得轻松多了，笑着为小林解围：“我可不要坐什么马车，上海到北京有一千四百多千米，坐马车去，骨头都要颠碎了。还是让小林回上海来的好。”

小林说：“上海恐怕是回不来了，我要在北京干一辈子了。”他对我非常认真地说：“等你病好了，我来接你。”小伙伴们鼓起掌来，笑声把屋子震得抖动起来。

欢快的暑期如飞一般地过去，小林要走了。他说，他将为我发奋努力，要成为专家再来见我。到那一天，他将用装饰着鲜花的小车来接我，去北京观赏西山的红叶，去昆明湖泛舟，去北大看看那儿的图书馆……我把保存了五年的石头还给他，他全都带走了。他给我留下一本《普希金抒情诗选》，上面写着他自己的一首诗：“愿我是一片树叶，天天伴在你的身边；愿我是一支钢笔，时时驱赶你的懒怠；愿你成为中国的高尔基，我将每日为你祝愿！”书的封底，他用水彩笔画了一辆金碧辉煌的马车，车上满是五彩缤纷的鲜花。

火车开动前几分钟，一向乐呵呵的小林，忽然哭了。他任眼泪流下来，语无伦次地说着，却不知说些什么。我握着已经变成男子汉的他的大手，心似乎在碎裂。我们泪眼模糊地互相注视着，千言万语全留在了心头。我想拉住他；我想说，我不稀罕什么专家，我不要坐什么马车；我想说，留下来，留下来…可眼泪噎住了我，我什么也说不出来。火车启动的铃声响了，小林挣开了我的手。

火车缓缓移动了，我跟着火车向前走，小林向我挥着手，又吹起了口哨：“一条小路曲曲弯弯细又长，一直通向迷雾的远方……”火车渐渐远去了，带着我一生最亲切最真诚的朋友，带着他隐约的口哨声，带着那许多该说而永远没有说的话，远远地、远远地消逝在地平线的尽头。

多年之后，小林实践了他对我的诺言，成了中国地质界屈指可数的专家。1963年，他在专业杂志上发表了第一篇论文，题目下有一行小字——献给我不幸的朋友。当我收到这份杂志时，喜悦和骄傲的泪噎住了我。我遥望北方，为小林暗暗地祝祷。从那以后，我经常在杂志上看到他的论文，在科技书店发现他的著作，在报纸上寻到他的踪迹，在出国人员的照片中认出他带着执拗和稚气的面容……

虽然，我和小林天南地北从此再没有见过面，但这一切，会带给我许多温馨的回忆，会为我增添许多勇气。想到小林，我就有了责任感，我再不敢懒怠和自弃。在生活的海洋中，我扬起风帆执著地劈风斩浪，奋勇前进。生活中经常会发生这种不可思议的阴错阳差。那满满的一箱子信和剪报，那“作品集”，那千百张记载着多少故事的树叶，全在风暴中毁去了。那一辆满载鲜花的马车，连同童年的幻想，已永远留在了昨天。我的心中却没有什么遗憾，因为就如西山的红叶，虽然至今无缘观赏，但在我的梦中，它不是年年秋天都飘落在五彩斑斓的心路上吗？

1979年1月2日

永源太累了，愿他安息——致夏全英

全英同志：

惊悉永源同学不幸去世，不禁悲从中来。

前几天得知他病将不治，正想约老同学们去看望。谁知未及探视，他就离世而去。魂断天涯，不及诀别，此生此世已无从弥补。

昨天他大殓，我因与第二教育学院有约在先，要去作师德报告，不能前去你们那里。永源的最后一面无法见，每想及此，泪水就忍不住流下来。

永源英年早逝，你失去了一位好丈夫，我们失去了一位好校友。他正当壮年，原应在事业上有更高的建树，最起码还能奋斗十年、二十年。那天我和蒨蒨去中山医院探望他，病榻前，永源面如黄蜡，腹胀如鼓，但他丝毫没有丧气，和我们谈起他的工作，依然神态自若。他说，以前没有机会好好工作，调回上海后病了几次，这次病好后，一定要把手中的课题做完。还说，有朋友劝他练气功，他一直不以为然，以后真要试试。

记得共同在母校求学时，他沉稳勤恳，被大家爱称为“戴小人”。我后来听说他去了外地，几十年音讯全无，待到重逢时，他已满头如霜。校友相聚时，他总默默地坐在一旁，脸上浮现憨厚的笑容，偶尔插一句嘴，声音是低低的。

往事如烟，历历在目，现在生死相隔，再无处寻他的踪迹。后来我才知道，他回上海后，似乎自知时间不多，天天废寝忘食地工作，几乎年年评上先进。当朋友们劝他注意身体时，他总笑笑，很自信的样子。如果他不是工作得太累，活得太累，“透支”得太多，他绝不会如此早地离开这个世界。

现在，他已永远地走了，留给我们，留给你的是深深的遗憾和刺心的痛苦，但逝者已矣，生者唯有纪念。过多的悲伤已无济于事，望多多保重，为孩子，为家庭，也为永源留下的未竟事业，愿你节哀。

永源英灵不远，请代致灵前，转告我的悲痛和祈念，愿他的灵魂早得安息。他太累了，愿他在另一个世界得到永远的休息。

我们行知校友将永远纪念他。我们和你一样，将把对他的怀念化作力量，在各自的岗位上努力工作，争做真人。如有需要我和行知校友会帮助的，请告诉我，我和其他校友将尽力相助。

望自珍摄！

1990年5月24日

你即将离开祖国——致一位学长

你即将离开祖国——这一个曾对你我都很不公平，但仍然与我们血肉相连、无法割舍的祖国。你这一去，也许是半年、一年，也许是三年、五年，前途未卜，万里迢迢，我有一种说不清的依恋和担心。

人生贵在设计自己的未来，回首往事，苦多乐少，回忆过去，血泪交加，但我们没有认过输。我们从磨难中站起，迎来了金秋丰收的今朝。

不论你去哪儿，不论你去多久，请你记住，在中国，在上海，有你的朋友，有我这么一个时时会牵挂你的学妹。我会盼你的消息，我也会祈祷上苍佑你前路顺畅、安康。异乡他国，那种孤独，会令人难以忍受。在过去，哪怕独自面对四壁，你总能听见熟悉的乡音，哪怕是些骂人的话。形式上的孤独你别怕，因为艺术家如能甘于孤寂，才能创作出惊世之作。过去要逃无处逃，要躲躲不开，现在你能到一个完全陌生的世界去，不正可以静下心来好好研究画的精髓，创作出真正的好作品来吗？

生活中也许会碰到许多意想不到的困难，你别怕。你是死过一次的人，连死都经历过的人，一定不怕吃苦。只要保持自己的信念，物质生活的贫乏对你实是小菜一碟。不要畏缩，勇敢地跨过最初的难关，胜利就不远了。

你是一个情感丰富的人，最难熬的还是情感的荒漠。没有女性的爱抚，没有知己的倾谈，你也许会憋得要发疯，想要抓住想要一个人，哪怕是一个陌生人，对着他大哭大叫。如果真有那样苦闷的时候，你要忍受得住。“于无声处听惊雷”，在万般无奈之中，拿起你的画笔去大挥大写吧。情感的迸发会是创作的灵泉，在极端的荒凉之中，也许你会创作出一生最美、最值得保存的作品。

不要把钱看得太重，艺术家决不能钻到钱眼里去。钱是商人去赚去争的，你首先应该是画家，而不要把自己降格成画匠或画商。不要因为钱去粗制滥造，更不要做有失身份的事。钱乃身外之物，我们能用多少？留给子孙，不见得有好报，所以不必拼命去赚。只有艺术能流传于世，一辈子才算真正的活过了。多走走，多看看，多画点好作品来，这是你要做的事。至于钱，也有缘，是你的别人抢不去，不是你的，强求无用。

人生永远没有不散的筵席。按我的经验，出去的人极少回来，这十几年，离我出国去的亲友有几十个了，都没有再回来，连信也很少。他们散在天南地北，苦苦地挣扎，有一些成功的，更多人是默默无闻。他们不回来，也许有许多原因，我想想，其中最根本的原因是国外的生活比这儿好，天地比这儿大。你这一走，也很可能像他们一样，与我从此相隔天涯，相见无日。我本想来送你，但还是就在这儿告别吧。

有缘的人不必在乎形式，朋友之交并不看重于朝朝暮暮，那么，天涯之别与咫尺之遥，在有缘的人之间也就没什么区别。我在这儿送你，用我的真诚，也用我的一片友情。我不要求你有什么承诺，只希望你无论走得有多远，都要记着告诉我你的行踪，不要像断了线的风筝飞得无影无踪。如果你有什么过不去的难关，也可以告诉我，我没有万贯家财，但吃饭的钱总会有。如果你觉得失望或者不想再在国外流浪，就毫不犹豫地回来。即使身无分文，即使一败涂地，只要人活着，只要希望尚存，将来总有东山再起的一天。

如果你成功了，更不要忘记中国。这不是大道理。你可以加入别国的国籍，但决不要说中国的坏话。一个连自己祖国也不爱的人，在世界上是寸步难行的。我们可以在这儿骂、抱怨，但出去了绝不可以说中国的不是，否则就会被人瞧不起的。只要心中有祖国，你就不会是无根的浮萍。

此去蓬莱千万里，一切多保重。好好地出去，好好地回来！我会很想念你，逢年过节，我会牵挂你。也许没有信，也许没有消息，但我相信你会感觉到我的祝福。这一别，此生我们也许是别多聚少，但我仍很高兴看到你去踏上一条新路。

希望再见面时，我会有一幢小楼，老朋友可以坐在客厅里喝咖啡，秋可以来朗诵他的诗，江可以大谈养花经，你可铺纸在大条桌上作画，我呢，兴之所至，可以乱弹琴……真会有这么一天吗？

一路顺风，一路平安，再见了，我和你的朋友们会耐心地等着你胜利回来！

1994 年 7 月 20 日

爱而忘苦是司同

与司同相识的五十年，如弹指一挥间。我与他的友情如心头埋着的一坛黄酒，岁月流逝，越是醇浓。

20世纪50年代初，司同叫司明祥，在母校行知中学，他是个黑黑瘦瘦、不起眼的小男生。与他熟悉，源于美术。学校有座圆顶铁皮楼，下面是音乐室，顶楼堆满了从四川育才学校迁来的物品。当时陶行知正遭批判，这些物品无人问津。里面最多的是书，我溜进去找书看时，常在那里碰到明祥。他去那里专找美术书或者画石膏模型。画至兴头上，他会自言自语：这“希腊鼻”，线条多挺拔；这“贝多芬”的眼神……我嫌他烦，常骂他，他却不怕我，照样做他的事，照样唠叨。次数多了，我也被他画画时爱到极致的痴迷感动了。

更令我感动的，他在“乌鸦事件”中表现出的情感。那天，有人发现井边的杨树上有只新鸟窝，我们都去看。鸟受了惊飞出来，张口是难听的“哇！哇！”，原来是乌鸦。男生争着上树，三下五除二就拆掉了鸟窝，还要把羽毛未丰的小乌鸦摔死。花匠赵毛弟奔过来大叫“不可以”时已来不及，小乌鸦在地上抽搐几下死了。老赵气得要打人，大家一哄而散，只有明祥没走，他轻轻地说：“可怜，真可怜！”泪光闪闪的。因为爱鸟而流泪的这个男生，从此定格在我的记忆中。

再见他，是80年代初。那时已改名为司同的他，满脸沧桑，更黑更瘦。他少年时代时对绘画的痴迷，已化作一幅幅牛画，风靡扶桑，走向海内外。名声鹊起、苦尽甘来的他却没大的变化，依然善感，热情似火。

1985年，他在外地出席拍卖会，发现有陶行知的手迹，立刻来电问我："你看是真迹否？"远隔千里，我无法确定，劝他要慎重。他急了："这是陶老夫子的字！"我被逼不过，对他说，当前名家手迹很少进入市场，似乎不会有人造陶行知的假。司同以天价拍下手迹，他说："吾爱吾师，见了先师手迹怎能无动于衷！"后来，他将手迹让给我，说："这是字得其所。"二十年了，我一直珍藏着这份沉甸甸的情意。

司同兼职很多，社会公益活动也多。他和我同为大场中心小学的校外辅导员，他是作为"校友家长"被聘的。其实他的女儿早已远嫁日本，但他仍常去赠画、教画、捐钱，还请画友们来帮忙。有一年"六一"节，他发烧，满头冷汗，坐都坐不住，他仍去了。我怪他不爱惜自己，他却说："在其位谋其政，怎好不来？"以后，这所小学我也是凡请必到，因为司同，不敢推却。

司同一路走来，风霜刀剑曾相逼，世态炎凉是常事，未听他提及；他的画价扶摇直上，荣誉俯拾皆是，不见他自得。只常听见他豪爽、平实的笑声。那个冬夜，朋友们聚在"不同斋"，喝酒作画，行令题诗，已是深夜，意犹未尽。司同高兴，拿出珍藏四十年的古宣遍赠诸友，一把名家扇面也给了朋友。众友走时，司同送下楼，送至路口，送上车。天特别冷，夜特别黑，更深人静，晨旭未晓，他笑着与大家作别，爱而忘苦的司同，留给我们一个阳光灿烂的笑脸。

今天，司同陈列馆开馆，他毕生的心血，连同名师大家的题赠，画友们的墨宝，齐聚一堂。艰苦卓绝，泣血锥心的司同，在家乡的土地上，划上了一个圆满的句号。

1995年2月18日

司同，你还好吗？

司同画牛，圈内外闻名。他的“牛”勤劳、温驯、无怨。偶尔画头“犟牛”，一双眼仍含笑意。司同实在像他笔下的“牛”。

司同是我的学弟，在母校却不熟。我与他的交往，是在离校三十六年后的1994年。当时，我们要创立一个助学基金，司同闻讯赶来问我，资金从哪来？他自告奋勇，去找童衍方、徐有武、张培础、杨怀瑛帮忙。时任中国教育工会副主席的江晨清，为我们在一所大学主持了义卖。司同和这四位画家，不但带来了作品，还现场作画，站了整整一天，为我们筹得了第一笔善款。事后，我想买点礼物以示感谢，司同挥挥手：“不必！”我问，那些与我素昧平生的画家呢？“也不必了。我的朋友就是你的朋友。做好事就做到底了。”他说。

司同上有老母，下有病妻幼女，他以卖画维持生计。声名鹊起后，向他求画的人络绎不绝，他深以为苦，却来者不拒。朋友出国，老同学的儿女留洋……只要开口，画任选。有人要了又来要，司同也照给。有个大场同乡，得了画知道值钱，却不会卖，去找司同。司同竟将自己的赠画代其卖了，将钱悉数送去，还再送他一幅画。别人都当笑话说，他却泰然地说：“这画能换钱用，救人于急难，有何可笑！”正因为司同好说话，朋友的朋友，同学的同学……都来要画，有一段时间，司同只好每天画至深夜，一天要抽两三包烟！

司同早就要送幅“牛”画给我，我却要他画马。他犹豫了三年也未画，最后写信给我：“牛，已烂熟于心；马，却不敢擅画。勉为之，非马非驴，只会污人眼目。”最后他还是不画，我很生气，说他只会画牛，怎么好算画家！他大笑却不辩解。一直到去年，我才知个中原由。2001年，为纪念陶行知诞辰110周年，我请校友中的书画家送作品来参加纪念展出，规定按寄去的陶行知诗作为创作依据。司同收到“放爆竹”的诗，说我为何不给他“于人有益，牛马亦做”。我将他军：“难道你真的只会画牛？”他大笑。他用一周时间，创作了一幅六尺整张巨画，画中的老人、孩子喜气洋洋，神态美极了。画虽好，却太大了。于是他又画了四尺对开的寄来，写了附言：“想起陶老夫子，激情奔腾而出，此画定符合你要求。而不想画时，却不能勉强。”不画马原来为此。

那年，为纪念母亲节设立90周年，我们发行“念慈”卡，请司同画封面“舐犊情深”。此卡发行后，向全市中小学生赠送，我请司同来签名。他当时正生病发烧，想请假，我说新闻已经发了，怎可少一人？他来了说只坐半小时就走。谁知那天来的学生太多，把长宁路都堵塞了。我们签卡签到中午也停不下来。忙乱中，我早忘了司同在生病，连水也忘了倒。结束时，司同瘫在椅子上直喘气，他笑骂我：“我上你的老当！”我送他一点车马费，他说：“怎么，好人就让你一个人当？”他不要我送，径自打车走了。

最后一次见他，是在长海医院。病房里阳光灿烂，鲜花遍地，黑瘦的他并无想像中的病容，还是笑声不断。心中戚戚的我，还想说几句安慰的话，却无从说起。告别时，他一定要送我到电梯口，最后一句话是：“等我出了医院，来大场吃羊肉。”电梯门关上时，留在我记忆中的是一张充满活力的笑脸。

今年初，朋友们为司同办遗作展，我无法相信，他竟已成了故人。在我们心中，司同从未远去。他的豪爽，他的牛画，他富有感染力的大笑，他为我做过的许多事，依然清晰地留在记忆里。我忍不住又要拿起电话，问一声：“司同，你还好吗？”但那头，却是永远的沉默……

2003年4月14日

我们的老同学严留发要走了

生命的长河缓缓流淌，我们已在世上走了两万多天。在漫长的岁月中，我们都经历过命运的垂顾或戏弄；甜酸苦辣，成败得失更是不计其数。

生命的长河疾速飞驰，赵家花园的玉兰树香留齿颊，人民广场的集体舞曲回荡耳畔。仿佛只是一瞬间，青丝换白发，豪情随风逝，时间老人已敲响警戒之钟，我们都将从来路走向去路。

四十年间，生离死别是常事。面对一次次的送行，我只能以泪注视着活生生的灵魂转眼化为乌有。除了感叹不能与天意较量的无奈，留下的就是心痛。

昨天，我和张多马去宝钢医院看望严留发。严留发因患舌癌已经倒在了病床上，被病魔折磨得形销骨立的他模样尚未大变，依然是一头白发，两道浓眉，皮肤白皙，神情忧郁，那双曾包容多少委屈、不平的双眼依然大而深邃。张多马和我用双手紧紧地握住他那双血管青紫、骨节分明的手，那双画得好画、写得好字的手用尽最后的力气回答着我们的关切。我和张多马说着一些俗而又俗连自己也不相信的话，我们鼓励他、安慰他，我们忍住辛酸的泪，一再说着。

严留发已丧失了说话和饮食的能力，他用笔写了几句话，要我们转达给老师和同学。剧烈的疼痛日夜吞噬着他的力气，单位不景气，人情淡漠，亲情背叛，使病床上的严留发备感失望。所以，他特别请女儿带信给我，希望见见老同学，他非常想念大家。医学已不可能挽救他的生命，但行知校友的友谊却能温暖他那颗历尽沧桑的心。

我希望老同学们，特别是55届初三甲班和原艺校美术班的老同学们，能带上鲜花去病床前看望严留发，带给他问候和友谊。严留发一生坎坷，人未能尽才，家多有变故，他性格内向，从不向人诉苦，他将带着无尽的遗憾走向冥冥世界。在他生命的终末之际，我请求大家放下一会儿工作和生活之累，去病床前站一站，与严留发握握手，说几句宽慰的话。这最后的送行，也许已是太晚太晚，与生命已无关，但却能在变幻得让我们都看不懂的当今世界，留下一段真善美的佳话，让严留发在惨酷的痛楚中，带着我们的祝福安祥地离开这个伤心的却仍有阳光的世界。据我所知已有好几位同学首批去看望。

张多马建议，老同学们每人尽自己的力量捐一点钱，这钱虽不能救命，却能在最后的抢救关头，请医生用些好药，以减轻他的痛苦。张多马和我每人捐出一千元，希望大家视自己的能力有所表示。对于严留发，生命已是油灯将尽，对我们，将由此感到活着是幸运的，我们可以珍爱、善待生命及世上的一切。我请求大家帮帮这位一生不幸，将带着无尽悔恨很快要离开世界的严留发，用我们的真情，送他上路！

1998年7月8日

紫罗兰飘向大海

“红罗兰紫呀紫罗兰，我的那最亲爱的人。你是从哪里你是从哪里从哪里摘来了它？”当年，我们正年轻，心里没有一丝阴霾。这支本该很忧伤的失恋曲，常被秋英用欢快的旋律唱出来，引得女孩们哈哈大笑。

秋英父亲闵克勤是我们的教导主任，闵先生家就在学校玉兰树下的四合院里，秋英因此算是走读生。有天中午，我走过那儿，忽然听见哭叫声，原来丧偶多年的闵先生这天要娶新夫人，秋英姐妹俩无法接受，在“讨伐”父亲呢。年少的我，同样不能明白大人的苦衷，气冲冲地拉了秋英就走，还与她一起骂：“陈世美！叛徒！没良心！”从此，秋英和我住在一个宿舍，因为同样爱音乐，我们很谈得来。

1956 年夏，苏联大剧院来沪演出《天鹅湖》，我和秋英想去看，但两人翻遍口袋只有八角八分钱。我们紧紧攥着这点钱，从大场走到文化广场，连每杯一分钱的茶都没舍得买。到了剧场得知最低票价是一角五分，我们不禁欢呼起来：“乌拉！”因为还有余钱可以吃晚饭。我们花五角钱买了面包加半只西瓜，吃得满脸满手汁水淋漓，怕开幕铃响也不敢去洗。这以后，我曾观赏过国内外剧团各种版本的《天鹅湖》，唯有这场经典，永远刻在了我少女时代的梦中。

看完演出，我们再走回去。不知走了多久，我实在走不动了，一屁股赖在了地上。月银如泻，万籁无声，只有头顶的梧桐叶在我们脸上洒下斑驳的碎影。秋英劝我、哄我，都没用，她唱起了歌：“从花园我摘来了它，我心里多么悲伤……”秋英的脸恬静而柔美，歌声静静地融合在夜色中。她唱的是“悲伤”，我的心里却忽然胀满了快乐，我跳起来，拉着秋英，一起向前走去。

花季注定是短暂的。一场噩梦突如其来。我们毕业前夕，闵先生被捕，夫人后来跳了河。立志要当歌唱家的秋英，几乎是在一瞬间，失去了家，丢失了她的初恋，音乐学院复试通知取消了，活着都难，还谈什么理想？她奔走在一个个单位，求认识和不认识的人，想找一份糊口的工作，却是徒劳。许多年，她飘零在异乡，在矿井，她挤在男人堆里，为生存苦苦煎熬。

再见她，是在闵先生的病房。拨乱反正了，却找不到闵先生档案；找到了，档案里却没有当年的材料。既无“反”，怎么去“平”？折腾几年，总算弄清楚，原来二十年风狂雨猛却是一个“假案”！人们常以为心里的伤会结成疤痕，时间已把它遮盖，谁知疤痕始终在咬噬着、刺痛着人的灵魂。这种深入骨髓的痛会使心碎裂。所以，闵先生无语归去了。秋英，也没有了长长的明天。

清明节，鲜花带着英灵缓缓飘向大海，秋英一生的苦辣酸辛在水中化作了五彩斑斓。很想为秋英扎一束紫罗兰；很想为她唱一曲“红罗兰紫罗兰”；很想和她再坐在路边数天际的星星，然后追着月光，一起走那条回家的路……这一切，已永无可能，但我相信，那支歌不会是绝响，因为青春如水，生命如水，无痕却有迹。在那个世界，秋英，你还会继续唱的吧！

2006 年 4 月 6 日

菊淡花静秋已深

秋已深。一阵风吹过，梧桐叶袅袅地坠下来。菊花在冷雨中颤动，水珠顺着枝干滑落，消失在夕阳的阴影下。站在肃杀的庭院里，我的心里充满惆怅——一向淡定从容的菊珍，竟如此匆匆地化作了冰冷的记忆。

那时，我们正年轻。一天，杨菊珍推来一辆自行车。我一看，车破得不成样子，踏脚只剩下一块。这种车，怎么骑？她把我扶上车说："你不是想学车？不见得有人肯借新车给你摔吧？"我一坐上去，车就东倒西歪，我吓得大叫，她一面朝前推，一面不停地喊："坐正！眼睛看前面。"我一遍遍地试，一次次地摔。学了好几天，我摔得鼻青脸肿，她跑得瘦了一圈，我还是没有学会。我没了耐心，任她怎么劝，再不肯学。她无奈地说："算了，我来驮你吧。"高中那几年，我坐在她的车后，去孟家巷，去大场，还去过她在彭浦的家。我没学会骑车，倒成了跳车高手。一直想问她，驮我累不？永远得不到答案了。

菊珍家在农村，因为家贫，她一直走读，直到高三才住读，与我在同一宿舍。室友们常常带来零食，但只有菊珍的东西大家都要抢了吃，那是自制的胡萝卜干：小小的、软软的、韧韧的，不知有多好吃！夜晚，我们靠在板床上，摇着双腿，聊着心事，红红的唇含着粉粉的胡萝卜干，少女的美梦随着甜甜的香味留在花样年华中。后来，我吃过各种各样的美食，却从未吃过像那胡萝卜干那样令人牵挂的小吃！一直想知道，这胡萝卜干是怎么做的，竟从未问过。如今，无人可问了。

大学毕业后，她去了东北，后来在南阳安家。再见她已是四十年以后。她来看我，第一句话便问：“你的病好了？”几十年了，她还念着。她带来一对黑底黄花的玉镯，是南阳特产。她一定要我当场戴上，说玉能“养人”。我从未佩过玉，不知对玉是要万分小心的，一失手，玉镯掉在地上，碎了。菊珍大惊失色，连忙说：“是我没拿住！碎碎平安！碎碎平安！”我很不以为然。后来才知道在玉的故乡，有不少忌讳，“玉碎”便是其中之一。她怕累及我，才把“晦气”拉在自己身上。剩下的一只玉镯连同她送我的玉块、玉坠、耳环等等，我从未戴过。昨天，我翻出来看，一大盒玉饰闪着晶莹温润的光，送玉人却不会再来了。

去年五月，班主任金老师来沪，我们全班回母校去。菊珍带来一张毕业时我们在麦田里的合影：她、耀苓、爱琴和我，青春勃发，笑意盈盈。大家说合影美得简直像一幅油画！菊珍说：“还好，我们四个女生都活着，来，再照一张！”在百年玉兰树下，我们又照了相，菊珍学着当年的样子，手叉着腰，侧着头，笑得特别欢。谁知这竟成了“绝照”！

我们不知道，那时她已重病在身。这以后，她似乎从人间蒸发了，去电话，带口信，都未联系上。一直到她突然去世，我们才知道，她瞒着所有人，包括她的妹妹，她一向怕麻烦别人。老同学捎来她弥留之际的话：“不要告诉叶良骏，她太忙……”只剩下最后一口气，她还顾及我。

菊珍在我们班上，是一个普普通通的女孩。她像20世纪50年代所有的青年一样，“当祖国需要的时候”，打起背包走天下。无论何时何地，她遵循老校长陶行知的话：“尽力而为，尽心而安。”最后，她虽两手空空回到家乡，却始终无悔。

菊丛罩在晚霞五彩的云雾里，如烟如岚淡淡的馨香漫散开来，因此，秋，浓得化不开了。

2007 年 10 月 26 日

她在天涯

一年年地，过得真快。过了元旦，又是农历年。不知不觉地，就这么走过去、走过去，跳过了豆寇年华，送走了青春岁月，熬过了苦乐中年，现在，到了秋霜遍地的季节。因为惊诧时间易逝，每到年终，就会想到那些朋友，又一年未见，都还安否？

朋友不少，但称得上是好友、知己的，并没有几个。不知怎么回事，他们都在千里、万里之外，最远的在美国。是因距离产生美，还是命运特地设计的？无法回答，惟有叹息。远去他国已三十年的张蒨蒨，在那里小有名气。她早入了籍，生活方式、做人理念早已西化。她丈夫和孩子坚持留在国内，成了一家“两国”。早些年，她常回来，也写写信，后来，不大回来了，信也少了，偶然来封信，从头到底谈她的上帝。现在，人和信都不见了踪影。只知她还活着，孤身一人守着小医院，赚的钱去作广告，如此周而复始。不知她身体好否？开心吗？等老得走不动了，她会回来吗？唉，没处去问。只有耳边常响起她的二胡声，那首“赛马”，犹如我们年少时跳跳蹦蹦的步子，欢快、热烈、无忧，庆，我此生还能听到吗？

认识她时，我十一岁，她十五岁，我们在同一所初中住读，在一个宿舍三年。我浑沌未开，她少年老成，便理所当然地成了大姐姐。第一次要在脸盆洗脚，第一次叠被子，第一次去河边洗衣服，第一次在粪桶上方便……所有从未遇到过的难题，我无法解，只会哭。庆总是温和地劝慰，手把手地教我。第一次洗手帕，我把手帕扔在脸盆里，捞几下就去晾。她赶过来，把手帕展开要我看，上面污迹斑斑。她教我先用水漂，再涂肥皂，用手搓干净，还要用水过净。我是从她教洗手帕开始学会洗衣服的。

上初二时，阿俞来例假，她吓得手足无措，坐在地上哭。我看到地上有血，不知她生了什么怪病，哭得比她还厉害。蒨蒨闻讯奔来，她拉起阿俞又骂我，你轧什么闹猛！她找来布条，一会儿就把阿俞的麻烦解决了。在我眼里，她简直神了。

在母校，男孩忙踢球、打乒乓球，女孩唱歌、跳舞，上课没压力，读书像玩似的。我整天捧着小说，不是在图书馆，就是钻在蚊帐里看书。大多数人像我一样，首先是按兴趣做自己所爱的事，其次才是做功课。蒨蒨却比我们懂事，每天一早起来读英语，上课认真做笔记。她写老师布置的作业，字工整得像书法作品一样。晚上在宿舍，女孩们嘻闹、聊天，只有她闷着头做她永远做不完的功课。课外兴趣小组，她一个也不参加，说没时间。我常说她太古怪，有时抢走她的作业本，或拉她去河边散步，她却无动于衷，弄得我很没劲。她的二胡是跟父亲学的，偶然地她会拉上一曲，作为对我的“赔偿”。每当音乐声起，我心里有再大的气，也马上化解了。

尽管很用功，蒨蒨的成绩并没能名列前矛，数学比不过阿自，语文比不过我，英语赶不上洁。音乐、体育更比不过班上那些捣蛋鬼，但她的总成绩节节上升，终于把我们远远地抛在后面。不过，那时没人以成绩排名，是不是用功，也没人作比较。蒨蒨的我行我素，虽有点与众不同，却没人觉得不合适。尽管我与她性格不同，兴趣各异，但还是喜欢与她在一起。有一次，不知为什么事，我生气地推了她一下，她一个踉跄，头撞在墙上。从来不哭的她竟泪汪汪地喊：“我的头！”我吓坏了，也哭起来。她为我擦泪，告诉我，她由继母带大。继母一不顺心，手里有什么家伙操起就打，而且专打脑袋。蒨蒨拉着我的手摸她的头。“你摸摸，这里特别硬吧？”真的，头顶一块很硬，还凹凸不平。她常头疼，有时突然地会什么都不记得了，所以，她特别用功，她总说："因为我笨。"

一直到初中毕业，蒨蒨就那样地苦读。凭她的表现，可以直升本校高中，但她放弃了，家里说没钱让她住读。她考取了离家不远的中学，和我分开了。临别那天，她对我说："你已长大了，我不在也没关系了。"见我流泪，她拿出二胡，拉起了"赛马"，仿佛有马儿踏着声声欢快的步子，向我飞奔而来。她在校门口的小桥上与我合影，然后，拎着行李，背着二胡，向我挥挥手，走了。

从此，她走出了我的生活。她考上医学院做了医生，后来成为专家，1988 年去了美国。很多年里，她忙我更忙，我们像两条平行道上跑着的车，没有了交集的轨道。她给我寄来圣诞卡，有时寄照片，也写信。不知从什么时候起，她像断了线的风筝，如不少出国的亲友一样，真正地远去了。但她依然在我的记忆中若隐若现，那曾经的欢乐与美好，多少年了，一直滋养着我的心灵。每当过年，我会很想她，耳边常响起她对我独特的称呼："小良骏，你好吗？"我很好，真的。姐，你好吗？

2013 年 2 月 3 日

我的同桌

上中学时，我因年龄小个子矮，老坐第一排。我的同桌从不固定，因为冷不防他们就长高了。阿至是坐得最久的一个。

阿至从小学艺，身心比我成熟得多。和他成了同桌后，我很不习惯，他说的一些话我常听不懂，但他读书用功，数学特别好，只是作文不行，常愁眉苦脸地没法完成。我对数学没兴趣，上课专门看小说。数学老师彭姐总说：“这么聪明的女孩，怎么学不会数学！”我与阿至达成默契。那时抄作业是不可思议的，作弊更闻所未闻。怎么帮？我们组成了互助小组，数学课没听懂的地方，现在他教，一两遍就明白了。我则教他怎么写作文。我们解决了各自的难题，成了好朋友。

阿至的父亲去了台湾，母亲在生产组，一天只有几角钱。他每月拿七元五角助学金。伙食费要交九元五角，为补差额他总是急得团团转。有次阿至把助学金领来自己开伙。他吃辣酱、酱菜，甚至吃白饭。那几天，我饭也吃不下。我省下零用钱，悄悄夹在他书里，他发现后把钱扔在地上。有次吃红烧肉，我偷偷地藏了一块，他非但不吃，还气得脸发白，骂得我哭。后来马校长知道了，此事才解决。只是我从此再不敢帮他。

阿至学过芭蕾，会编舞。他曾创作舞蹈“滑稽波尔卡”。他拉着手风琴，设计的肢体动作令人忍俊不禁。我是被选的四名女生之一，排练花了不少时间。我爱静不爱动，没几次就吵着不干。他劝我别走，还保证能在市里得奖，我还是坚持退出。后来真的得了奖，他因此说我傻，因为去演出总有好东西吃，还发车钱。

因为父亲，阿至不能入团，不能当班干部。高中毕业时，成绩优秀的他，止步于大学门前。离开母校前夕，我和他最后一次肩并肩坐在教室第一排。他说了些什么，我都忘记了，只记得他的眼神，像夜色那么暗淡。

当年的国庆节，他来看我说，他要去贵阳工作了，邀我再去跳次舞。人民广场都是人，大家兴高采烈，满脸欢笑。只有阿至沉默着，他带我转出集体舞圈子，跳起了华尔滋。他舞步轻盈，挽着我优美地转圈，一圈又一圈，一曲又一曲，不知跳了多久。广场的灯熄了，音乐停了，人群散了，他还带着我转，疯狂地跳。最后，我们一起累得跌倒在地。他靠近我，想说什么，却一句话都没说。“少年不识愁滋味”，没有告别的悲伤，我向他挥挥手，从此，各奔东西。

二十多年后，校友第一次回母校，得知我们毕业时的一些怪事。因不可思议的阴错阳差，班上十几个同学无端受挫，阿至也是其中之一。会场被迟到的真相搅得风卷浪起，却无人有担当。阿至告诉我，后来他作为在职人员被推荐上了大学，毕业后一直在外地教书。

失落的珍珠滚在风尘中，也许没法再串起，但依然熠熠生辉。阿至成了一位称职的教师，桃李满天下，还培养出一个有“奥数”头脑的孙子，屡屡得奖。现在他在大洋彼岸安享幸福的晚年。

又是国庆，人民广场鲜花丛中，不会再有我们的青春笑脸，但共和国前进的路上，留着深深浅浅的足迹，这是我们一生努力向前留下的印痕。因此，阿至和我都无憾。唯有祝福，为祖国，也为万里之外，我的同桌。

2013 年 10 月 4 日

故人入梦来

梦，很奇怪，来无踪，去无影。没理由，也非日有所思，夜有所梦。大多数梦，醒了就忘记，有些梦，却会引起怀想，如前夜的梦。

模模糊糊地，走进一个人，在眼前飘。我觉得奇怪，不好好走路，怎么浮在半空中？仔细一看，是老友顺。想问他，你在美国那么多年，今天才想到来看我？却发不出声。看不清他的脸，我想走近他，却迈不开步。怎么回事？没等我弄明白，他不见了。忽地想起，他已离世十年！一个激灵，我醒了，万籁寂静，看手表，凌晨三时二十分。娘说过，梦中的亡人不说话，又在天亮前，是真的来过了。好不容易“见”一次，却一句话都没说，我再也睡不着。

顺是我中学同学，初中是同班。那时，不分男女生，什么事都一起做。学校学生不多，又是住校，彼此都熟悉。陶行知老校长倡导的校风很正，读书、活动、劳动，走向大自然、大社会，我们的时间排得满满的。师生像兄弟姐妹，顺和我都爱好文学，同是文学小组的，又都喜欢音乐，有了点钱，我们就去音乐厅听音乐会。他大我两岁，去市里买书、看演出，都是他带路，走不动了，他帮着背东西，倒鞋里的沙子。有次，我实在走不动了，他急得团团转，我看着好玩便将他一军：“你背我！”他脸涨得通红说，我背不动！他哄了我半天说：“等我长大了，一定背你走。”我跳起来笑：“好的，先欠着。”

初二放寒假，班主任章学漪老师找我俩回校，不记得为了什么事了，只记得顺在章老师的要求下唱歌。顺是班级公认的男高音，我喜欢听他唱，特别爱那首《满江红》。他说，这首太严肃，唱了“太阳出来喜洋洋”。那天我们做事晚了，没回家。放假没食堂，我们去大场镇吃小馄饨。路上我不睬他，他说，给你唱就是了：“怒发冲冠……”唱得高亢敞亮。歌声传得很远，引得村里的狗一声声地叫。他连唱三遍，听得我笑逐颜开。这一生，有好些朋友送书，送诗词，送礼物，但再没一个男生为我唱过歌。这是一个没有星光的夜，很冷，肚子又饿，但因为这歌，我觉得心里点了一盏灯。

回学校已很晚，我们在操场上玩。一根爬绳本是攀登用的，女生常用来荡秋千，我最爱玩这项。我荡起来，他推我，我越荡越高，越荡越开心，结果把章老师吵醒了：“小良骏，半夜三更的，在干吗？”我赶紧下来，他吓得一溜烟逃回宿舍去，把我扔在漆黑一团的操场上，气得直跺脚。

有个周六，顺约我去听周小燕的独唱音乐会，说她唱“蜻蜓之歌”，花腔甩得没话说。班里的捣蛋男生阿才过来说，唱歌有什么听头，跟我去个好地方玩。他拉了我就走。忘了那天跟他去玩什么了，只记得被顺好一顿骂。过了好多年，我才知道他俩为此事还打了一架。在纯真尚未消去的青葱岁月，这样的趣事不少，现在想起来还很好笑。

上高中我们分在不同班，他和我都是校黑板报编辑，我们经常坐在阅览室改稿、写稿，然后由他和另一男生抄在黑板上。有时，黑板有空白，顺就奔来叫：“快，缺五十个字！”我常常被他拖去在黑板报前补白。我根据空白大小，口述小品文、评论、短诗、寄语……被他逼得出口成章。后来，我能随手随时成文，也许是被他这么逼出来的。

我曾去过他家，新闸路的石库门里弄，家里人很多。他住亭子间，屋里有佛龛，桌子围着大红绣花绸幔，供着菩萨。“你信？”他说：“奶奶信。你若不信，在菩萨面前也不可乱说话的。”我对这句话印象很深。有年春节我还在他家吃过饭，一桌子人，他妈妈要我坐在她身边，搛了好多菜堆在我碗里。他姐很漂亮，穿件绿缎袄，老是盯着我看。

和他家人吃饭的经历很不自在，后来我再不肯去。

顺是我中学时代极少数可以在一起玩的男生之一，六年里，有一些片断记忆，想起来很温馨。2004年，他在美国去世，这消息在我两年后走过他家老屋时才得知，当天晚上流着泪为他写下“何处是美丽的山丘”，后刊在《新民晚报》上。十年间，曾梦见他好几次，像他去美国后我做过的关于他的梦一样，梦中从来没有片言只语。一直想问他，当我们年少时，你没有一点梦吗？快到清明了，我特地去玉佛寺给他烧了锡箔，红纸袋上写着“亡友收”，不知他收得到不？还是想知道，我们一起读书、听音乐、出黑板报、学小提琴，一起拉着手走回家那么多次，我小，不谙世事，你也是石头一块吗？哪天见到他，定要狠狠地骂，小四眼，你太不地道！有些话，小时候不懂说；长大了，来不及说；千里之遥，没法说；万里相隔，无处说。但在梦里，你为什么也不说！其实，那些话，如果真有，现在说了也白说！亏得没说，要不然成了老头老太，白发对皱纹，有什么意思。还是现在好。想起他，是他的歌声，他和赵毛说相声，我生日时他朗诵的《致凯恩》，他的提琴，还有跳“休息舞”……想到这些，满眼是青春勃发，活力四射。这样多好！唉，有什么好！不说也罢！

2014年3月17日

卧听敲窗雨又来

每年清明前，都会梦见他，昨晚他又来了。他从美国回来，一时没找到工作，见我忙得团团转，就留下了。记不清要他做什么，反正他来了就坐桌前忙，在梦里似乎应该这样。他说愿意一直在这儿做事。我说你这个大教授，我付不起工资。他笑说，只要有饭吃就行，又说，看你忙，看你皱着眉生气，看你像陀螺一样停不下来，很好玩。

我奇怪，上海那么大，他老待在这里干什么！忽然地，醒来了。他已往生十五年，从来不知他是怎么走的，葬在何处。他与我早断了联系。很多年里，他新年寄来的贺卡，连签名都没有。

其实，在学校里，因为吵过两次大架，我们早已“断交”。一次，他买了周小燕的独唱音乐会票请我去听。同班的小徐捣蛋说，上我家去，我买了全套《约翰·克里斯朵夫》，你要不要看？比起听歌，当然还是书好，我去了。为了这件事，他与小徐打了一架，气得半年不理我。另一次他把《普希金文集》送给了比我们低一届的学妹。这是我最喜欢的一本书，和他一起去福州路买来的。那时钱少，一人出一半，说好了我看完了他看，他看完后由我保管。过了好久，他也没把书给我，我去要，他说弄丢了，气得我大哭。曹同学火上加油，扮着鬼脸说，他吹牛，是送给小康了。把我心爱的书送人？还送给一个女生！于是，因为这件事，几乎要和他拼命。小孩子吵架没轻重，什么狠话都说出来了。结果，直到毕业，我们再没了交集。告别母校那天，他站在女生宿舍前好久，最终未发一言转身离去。我当时不在，是同学后来告诉我的。

他是我同学中唯一可以在一起玩的男生，我们是好朋友，总有说不完的话。本来，吵一架不会严重到要绝交，真正让我生气的，是他叫小曹传话，说我凶得像只雌老虎，这辈子，再也不要看到我了。记得我当时大吼，谁稀罕你啊！气得把一桌子书本撸到地上，从此，与他相忘于江湖。

1989年春，他回国来看我，我气呼呼地说到那本书。他说，实际上，不久书就还来了，根本没送掉！没想到你会暴跳如雷，把我吓得半死。更没想到一本小书你会记了三十年！当年……唉！他不说下去了。后来他回了美国，直到离世，再无音讯。我不知他在异乡孤身一人怎么过日子，也没有去打听，对我，他早已成了一个背影。但我常梦见他，梦中他淡淡地笑着，身影如以前那样挺拔、俊朗。很想问问，他为什么老要来我的梦里？忽然想起他说过不止一次的话："你是我第一个女朋友，我不会忘记你的！"当年听了只是得意地频频点头，从未想到有什么玄机。现在想想，那里的我实在迟钝得可气！

回忆此生曾有过这么一段纯如雪的友情，常惊叹吵架、决绝都那么本色，每每想起，心里柔得要滴出水来。生死相隔，阴阳难渡，除了祈祷他安息，我已没任何事可做。只是，如有下辈子，一定记得，女孩别那么小气，还有，有人对自己说什么，要用脑子想，不可以笨得像块木头。

人生多少相逢，都是不能重来。相逢之后，就是告别。告别之后，各自天涯。人在世上走，无数的人是你的过客，你也是无数人的过客。这中间，有多少"缘"能有结果，要看运气。彼此有过一段短暂的相聚，可能就已用尽了缘分。清明卧听敲窗雨，疑是春吟豆寇诗！多少答案，散失在岁月的沉默中，何用去寻！

2019年3月35日

清明祭

几十年里，不断地有朋友走。每次送别，都使我痛感岁月无情，人生短暂。但随着时间的流逝，忧伤渐渐平和，心中只留下亲切的回忆。唯有陈永康的离去，至今仍使我心痛。

永康是我的学长，按母校的传统，我叫他陈大哥。1957 年，为响应党的号召，品学兼优的他放弃上大学的机会，去上海郊区插队当农民，成为新中国第一代下乡的知识青年。一天我遇见永康，见他赤着脚，裤脚卷得高高地站在菜田里，便自以为是地问他：“中国有五亿农民，还需要高中生去农村？”他却笑着答非所问：“这是我们发明的浇水机。这就是让高中生务农的目的。”这种浇水装置，好多年里在当地菜田随处可见，它替代了挑桶浇水的繁重劳动。也许已无人记得这是永康他们的发明。每个时代都有自己的英雄，永康的下乡正是那个时代的需要。从某种意义上讲，永康是那个时代的英雄——尽管无人认定，但正如浇水机一样，永远留在了土地和人们的心中！

20 世纪 60 年代初，永康的前妻赴港继承遗产，他携儿留在内地。分开多年，不管前妻怎么哭求，永康总说，这是我的家乡，故土难离。婚姻破裂，他怀有苦涩的回忆，却至今无悔。他后来再婚，妻贤惠，视他儿子如己出，他重获幸福。

永康热心，总是自告奋勇帮别人。那年我因调动受阻，不上不下，十个月无处领工资，生活陷入困境。永康来看我，每次都要唱那首《红水手之歌》：“不要哭泣，也不要流泪，要迎着风浪去战斗！”他总说：

"不要急，总会有结果的。"他为我到处写信，还曾到某部门办公室，语言激烈地为我争辩，差点被人当作坏蛋抓起来。他后来忽然去了如皋，来信说，厂里派他去办化工厂。他每月寄钱来，说他在那儿另有一份工资。后来我才知道他根本没有工资，只有一点出差津贴。为了省钱他天天吃青菜，三个月没吃一次荤。乡下常断电，无处洗澡，没有文娱生活，没有报纸，有的是像苍蝇那么大的蚊子，他却硬是不回来，为的是可以给我一点资助。

在几位老领导的关心下，我终于调入陶行知纪念馆，怀着感恩我拼命工作。为打开宣传的局面，常自己乘公交，义务去各处讲课。1988年夏天，我约好了去高桥中学，那天清晨永康来电话问："今天高温，有三十八摄氏度，你还去不去？"我有约在先，不能不去。当我汗流浃背乘了两小时公交车，赶到陆家嘴码头时，忽然看见了永康。他光着脑袋满脸通红，汗水湿透了前胸和后背。原来他骑了一辆"老坦克"从吴淞赶来。没等我说话，他用手一挟将我"拎"上后车座，一面"恶狠狠"地说："不要命，脑子出了毛病！"一面使劲踩自行车，汗珠吧嗒吧嗒地往下掉……把我送到了学校。

那几年，我先生在外地主持工程，经常几个月不回家。从小照顾我的窠娘去世了，不会做家务的我，常常吃了上顿，不知下顿在哪里，家里搞得一团糟。永康有时给我带来烧好的菜，有时拖我去外面吃饭。有一次，他说吴淞有活的海蟹卖，要让大姐（他的妻）做给我吃。我没空去，听过也就算数。不料周日一大早，他来敲我门，手帕里包着两只蟹。一进门他就大叫："快拿脸盆，还活着呢。"果然，蟹脚还在动。我从来没洗过蟹，更不会烧，还怪他搅了我睡懒觉。他只好硬手硬脚地自己动手，一面唠叨："你老吃泡饭，存心与自己过不去！你不要命，我们还稀罕你这个小学妹呢！"

永康知道我经过长长的空白，心中有一个强烈的愿望，要回到文学这个心爱的领域去。但那几年，我忙得像陀螺一样团团转，迟迟未能提起笔。他给万里之外的老同学鸿连续写信，逼他帮我。鸿被缠不过，回国后果真通过《中国建设》来找我，要我为西文版《中国建设》写人物专访，连稿纸、圆珠笔、采访本都送了来。他还限定了交稿日期，说不按时完成会有国际影响。我信以为真，只好挤时间按要求去采访祝庆英、戴聪、方予等西文翻译家。一篇篇纪实文被译成西班牙文登在宋庆龄创办的杂志上，我中断的文学梦不仅续上了，而且起点很高。后来我才知道，这都是永康一手策划的。

我的两本研究陶行知的著作出版后，因种种原因，我发誓再不写作。永康一次次地“胁迫”我：“你敢说不写，我第一个不答应！”在书的首发式上，他的贺礼是几句话：“你别想停下来！你还得给我写！写小说，写散文，写陶行知！你若敢不写，将来一定后悔莫及！”

1993年年初，永康因中风住院，我坐摩托车赶到吴淞医院去。一路上吓得直哆嗦，不知他病成了什么样子。他的血压高至240，看上去却无异常，我怪他吓唬我。似乎有什么预感，他一遍遍地说要留件东西给我。我说笑：“要送礼物？就送最好的。”他却认真了：“一言为定。今年等你过生日，去淮海路找。”我一向习惯了他的呵护，以为这病没什么关系，坐一会儿就急着要走。他一反往常爽朗的样子，拉住我不让走。我又坐了一会儿，他沉默着，一言不发。后来，他送我到医院门口，泪光闪闪地看着我。我从未见过他这种婆婆妈妈的样子，很不以为然，竟然头也不回地走了。

谁知，这就是永诀！这以后，永康还活了六个月，他来看过我几次，但由于我忙于外出讲课，竟一次也未碰到。他约我吃顿饭，我总说等空了再去。1993年6月26日，传来了他因脑溢血去世的噩耗，没有留下片言只语。

再见他，已是生死相隔的永恒。他紧闭双眼却大张口唇，一层玻璃罩住了他。这无言的结局应料想得到，我却无法接受。想起永康的率直、纯真，对我的（岂止是对我一人）一片心意，我止不住号啕大哭！

其实他未说的、想说的话我都猜得到；他未做的、想做的事，我也都知道。人生有许多早就明白却从未细想的事，因为总以为来日方长，所以从未深究。现在隔了一条冥河，就只剩下了心痛。

年年清明，今又清明，窗外风雨飘摇。想去祭一祭永康，却不知他今在何处？其实，如果生前是尽责的、无愧的，人都可以安坦地走向坟墓，灵魂也就不会有惭愧或悔恨的齿痕。落日楚天无际，凭栏目送飞鸿。这么多年，我可以放下了。

2021 年 4 月 1 日

凝痕残晖

人已走，茶仍热——致《华东理工大学周报》

我在《华东理工大学周报》上看到了白水同志写的《师心》，很有感触。现寄上两百元，请在教师节转给贵校基础部已故教师周小蒙的家属，表示我的关心和慰问。

几年来，由于工作关系，我接触过许多教师，也常听到英年早逝的故事，令人痛心。

全国有一千多万教师，绝大多数默默无闻。教师们付出的是青春、心血乃至生命，但所得甚少。尽管如此，千千万万的教师仍坚守在心爱的讲台上，无怨无悔。因为教师有巨大的精神支柱，那就是他们的学生和祖国的未来。

正如陶行知先生所说："在教师的手中掌握着幼年人的命运，也掌握着民族的命运。"从这个意义上来说，教师"面包"虽少，"水仙花"却甚多。教师没有纪念碑，却会活在共和国的基石上。这就是无数教师身在讲台，"衣带渐宽终不悔，为伊消得人憔悴"的力量源泉。

周小蒙老师去世了，正是中年，令人扼腕。但他在理工大学留下的业绩，那留在人间与死神拼搏的半年中写下的一张张备课笔记，连同他热爱的事业，热爱生活的精神，是永存的。周老师像所有的教师一样，不仅是红烛，也是太阳，在照亮学生心田的同时，自己也获得了永恒。

我是一名普通的教师，一名宣传陶行知教育思想的小兵。我出生在一个教师之家，父母兄弟姐妹八人全是教师。我像所有的教师一样，热爱讲台，热爱教育事业，也理解教师的甘苦。在当今商品经济大潮冲击下，在社会还未能对教师给予应有的回报时，每一位教师都要珍爱自己的生命。陶先生说："健康第一。"唯有健康的身体，才能为事业而奋斗。陶先生又说："抬头乐干。"凡事乐观豁达，苦能变乐，生命才能持久。

在教师节前夕，我写下这一封信。希望大学有关领导对周老师及所有为学校出过力而已故去的老师们的家属，予以关怀和照顾。人已走，茶仍热，对生者是一种激励，对死者是最好的纪念。

1993年9月6日

人间总有真情在——致周小蒙父母

今日重阳，我托人捎上一点小小的礼品，代你们的好儿子小蒙尽一份孝心。

秀琴给我来信，说起你们因失去儿子常老泪纵横。黄梅不落青梅落，天下事惨不过白发人送黑发人，老天实在不公平。但事已如此，纵使泪流成海也不能使小蒙复生，希望你们节哀顺变，保重身体。

变故已经发生，活着的人总还得活下去。小蒙去了，他没有给你们留下一句话，但我相信，那是因为他不曾想到死，一个如此热爱事业的人，决不会想到死神近在咫尺。所以，他并未给你们作任何交代，对他的妻儿，也并无任何托付。但我相信，在冥冥之中，他会拜托你们，尽力照顾他尚未成年的儿子，关心他新寡的妻子。他有许多未了的事，需要你们的帮助。如果你们相信他的在天之灵正无言地诉说着一些生前未来得及交代的对亲人、家庭的嘱托，你们一定要强忍悲痛，为了他而好好活下去。

小蒙短暂的一生，是无数“老三届”的写照。正因为他们付出太多，他们才过早地熄灭了生命之火。这是时代的悲剧，国家的悲剧！我们常常祝愿好人一生平安，好人却常遭厄运。我们的共和国经历了太多的苦难，有许多事需要安排，而人才却没能等到有良好待遇的一天，纷纷倒在了拼搏的岗位上。小蒙只是其中之一，这是整整一代人的苦难和命运。

对于你们，小蒙是无可替代的，你们会永远为他悲伤。我只希望，经过时间的推移，痛苦会逐渐冲淡，你们能恢复正常的生活。

我是一个普通教师，并不能给你们大的帮助。写这一封信，希望能在重阳节，给你们送去一丝温情。我常在各地奔波，有时感到很苦很累，也有许多烦恼，但我总相信，世上好人多，人间总有真情在。当人人都能为别人献出一点爱时，这世界就会真正地变得令人依恋。

请多多保重，为小蒙，也为他留下的家庭。

1993年9月9日

擦干你的泪——复赵秀琴

秀琴：

收到来信，实在感慨。

人生有许多不幸，中年丧偶即为其中之一。周小蒙是“老三届”，他和同代人一起，经历了种种磨难，蹉跎了青春年华。待到苦尽甘来，已人到中年。家庭、父母儿女、事业，这三驾马车使他们步履维艰。这一代人，偏多执着者，可以放弃自己的一切，唯独不肯放弃事业。在超负荷的重压下，他们中的许多人，特别是有才华的人，辛勤工作几十年而未见成果时，已纷纷倒在了他们追求事业的路上。

英年早衰，英年多病，英年早逝……这几年，我在宣讲的过程中，不知听到过多少这样令人心碎的故事。我自己的老同学，五十岁上下的，也一个又一个地黯然离去。每当我站在殡仪馆的厅堂，听着低沉的哀乐，我总有一种心痛欲裂的感觉。

这是我们共和国的悲哀，我们民族的不幸！尽管报刊上一再呼吁，尽管每年教师节都有各种表示，然而，这样辛酸的故事，几乎每天都在发生，周小蒙只是其中之一。呜呼痛哉，教师！

人已永远去了，再说什么都是多余的。我们这些老百姓，人微言轻，向谁去说？

我遗憾自己没有早一点认识你们。我有几位老同学是上海有名的医生，他们对病人是很负责任的。我现在说这话，已没有任何意义。各行各业没有健全的规章制度，不讲职业道德，没有纪律约束，许多事无法可依，无理可说，无处可告。这样下去，不知会出多少不幸的事，有多少人会白白地丧失生命！

一个家庭突然少了一个人，又是丈夫和父亲，我能想象出你的心情。我知道任何劝慰的话都无意义，世界上没有一个文学家能造出安慰未亡人的词句来。但人已西行，又有什么办法？好在你还有一个儿子，他在上海中学读书，年纪还小，正需要你的教导。为了他，为了周老师未了的心愿，你只能奋起，决不能颓丧。

擦干你的泪，因为你肩上有两副担子，需要你有双倍的勇气去承担。眼泪不会唤醒周老师已沉睡的灵魂，眼泪也不能再召回夫妻的温馨。你需要有健康的身体，才能做成本该两人完成的事，负起双倍的责任。如果你想哭，挑一个儿子不在的日子，关起门窗，痛痛快快地大哭一场，然后洗一把脸，去做你应该且必须做的一切。

你也是“老三届”，我相信生活早已教会你如何应付突变的环境。你是一位母亲，为了你的儿子，你必须节哀顺变。周小蒙虽是一位平凡的教师，但他的品格、学问、精神，他对你和儿子的眷恋，对事业的热爱，会留在这个世界上，留在所有他爱过和爱他的人的心中。为了他，你要勇敢地走他未走完的路。我相信，他的在天之灵，会时时注视着你，为你祝福。

两百元钱，实在不能解决什么问题，只是我的一点心意。不要谢我，因为在我困难的时候，我也得到过许多人的帮助。请向你的儿子转达我的问候，希望他快快长大，成为一个真正的男子汉。

1993年9月20日

求新求变——戴荣华的现代陶艺

去年，在天津举行的一场艺术品拍卖会上，中国工艺美术大师戴荣华的一幅瓷板画，以六十万元人民币的落槌价被国内一位收藏家捧走，创下了现代陶艺作品的天价。

毕业于景德镇陶瓷学院美专的戴荣华，近四十年来，一直在轻工业部陶研所从事艺术创作。他精研细习古彩技法，在沿袭前人的基础上求新求变。1962 年他曾去北京故宫博物院临摹、研究两年，从前辈艺人的作品中汲取了丰富营养。回所后，他承担国家用瓷、高档礼品瓷的装饰设计，声名鹊起。他的《孔雀舞》花瓶，作为影片《祭红》的片头作品；《争艳》荷花瓶，获国家级一等奖。

戴荣华的作品古拙遒劲，意蕴隽永，遣情思于笔端，融诗味于墨底，富有民族气派和传统特色。

他的新作《落阳三月》是为迎接香港回归的作品之一，叶茂花盛的牡丹淡雅柔美，成双飞舞的彩蝶明丽简练，好一幅宁静祥和的春意图，显示了他扎实深厚的艺术功底和强烈的时代气息。这幅瓷板画屏，1992 年在新加坡被高价购藏。戴荣华不擅言词，在名家汇集的笔会上，他常常低头作画，不发一声。在瓷都，他很少接受采访，成了少有的使新闻媒体争相追逐却难以如愿的一位名家。

他说，艺术家以作品向世上展示自己的风采，而不用喋喋不休。从老陶研所退休后，他去了杭州，成立了工作室。他的作品每年限于一定数量，绝不多做，每件都是精品。许多人慕名寻至景德镇，又追至杭城，以得到他的一件作品为幸事。

1997 年 5 月 21 日

戴华荣，2017 年在杭州因癌症去世。

何叔水

1997年春，为迎香港回归，我们原计划在上海美术馆举办的一位陶艺家的个展因故取消。这场展出的日程早排定，新闻界已有报道，合作方已向市有关领导作了汇报，计划若取消，极为被动。我急赴景德镇向该市文化局求助。那天局领导请来王锡良、王恩怀、戴荣华、何叔水、熊汉中、刘平六位陶艺大师，与我相商。

我介绍了情况，心中极为忐忑：这六位闻名中外的大师能与我们合作？当得知我是研究陶行知的，何叔水第一个发言："此陶虽非那陶，但都讲'爱满天下'，我同意参加。"于是六位大师都同意参加庆回归陶艺联展。我担心地提起报酬，又是何叔水说："讲价钱，我们不会做。我们是帮你忙。"离展出只有一个多月，大师们与我素昧平生，不签协议，不讲钱，事情能办成？看我疑虑重重，何叔水爽朗地大笑："你怕我们不守信用？我来担保，到时作品交不齐，唯我是问。"

我回上海准备联展，又牵挂着景德镇，真是心急如焚。何叔水三天两头打电话来，总是先一阵笑，然后告诉我：题材都定了；已在画了；作品大小定有搭配；王锡良先生已答应再加一件《水铭》国画……每次听到他的声音，我就觉得心定了许多。

果然，三十二件作品如期运抵上海，大师们精彩纷呈的作品，令上海人民耳目一新。何叔水的《万古长春》《国富人寿》等六件作品工笔严谨、浓情重彩，寄寓了对香港回归的美好祝愿。我们在上海美术馆举办的联展取得了成功。何叔水笑对我的千恩万谢："我还称职吧？"

何叔水的热诚给急难中的我留下了极深的印象，后来，我知道了艺术家心中挚情的源头。那是三十多年前，他正遭难，乡下的兄弟冒险星夜赶来探视。天亮后兄弟要走，他掏遍口袋凑不满一元钱，让兄弟带走了他仅剩的一件瓷瓶。今天，他有许多作品被海内外博物馆收藏，好几件被选为国礼，他的作品已是千金难求，有人闻讯愿出高价收购他这件早期作品，他的兄弟却说："手足情比钱金贵，不卖。"说起这件事，他总会泪光闪闪。这份亲情，化作了他心中长驻的真善美，使他的笔端蘸满了柔情和阳光。

1996 年，轻工部陶瓷研究所研制成了首件双面釉瓷板大屏风，请何叔水作画。历时半年，一件精美绝伦的作品完成了：正面是皓月秋雁，四大美女，乡思绵绵；后面是牡荷菊梅向阳怒放，生机勃勃。虽是传统题材，却因注入了华夏儿女共有的爱国爱乡之情，令人遐思不已。海外画商纷纷赶来出高价购买，何叔水不为所动。后来此作被深圳一藏家以四十六万元人民币收藏，成为国内现代陶艺作品的最高价，但比海外价低了一半。他却高兴至极："好作品一生难得几件，留在国内是适得其所了。"

1998 年 12 月 13 日

何叔水，中国工艺美术大师。2020 年，我驱车千里去瓷都看望老朋友才知，当年参加我们联展的六位大师，只剩下了四位。何叔水已患重病，但他如二十多年前一样笑声朗朗，还特地为我题词，与我合影。告别时，他笑着说："下次你来，见不到我了。"竟无一丝伤感。我有了错觉，以为传说有误，也笑说："怎么会？你还欠我一幅牡丹呢！下回我来取！"离别时，他一直站着目送我的车，回头望，他已变成了一个模糊的影子。几个月后，他无憾告别人世。

沈老您会看见的

沈柔坚先生走得那么匆促，一年多了，我尚未从沉痛的悲哀中回过神来。如今，他的骨灰融入了大地，他的铜像依着青山绿水注视着上海这片热土，绘成了一幅永恒的画。迎着“他”慈祥的目光，我记起了许多事。

1995年元旦，我们将在上海美术馆举办“朱光萍棕编艺术展”。当时，我刚从教育岗位转入艺海，只凭一股热情倾囊资助了濒临绝境的四川艺术家朱光萍，对艺术还是个外行。我十分冒昧地去找沈柔坚先生。与我素昧平生的沈老得知我是研究陶行知的，高兴地说：“我崇拜陶行知。”立刻认我为朋友。他答应出席开幕式，并担任我们的艺术顾问。我坦率地承认我不知开幕式如何搞法，不知该请哪些人，再说我已没什么钱了。沈老大笑：“你真够大胆的。”他代我拟了一份名单，我一看都是文化、美术界的名人，真吓坏了。沈老安慰我说：“我会去打招呼。”他又嘱不必留饭、发纪念品，也不准备车接送。开幕式那天，果然来了许多名人，沈老亲自剪彩。我至今记得他在接受电视采访时说的话：“朱光萍的艺术感人至深，他能来上海的故事更感人至深。”对我这个不知天高地厚的闯海者，对大山里走出的艺术家朱光萍，他给予了热情的鼓励。

后来我才知道沈老非常忙，他的地位身份，不应是我常去打扰的。沈老却对我非常宽容，他说，你做的是好事，有事尽管来。于是，我常去烦他。那年我的一位朋友迁入新居，托我向沈老求画。沈老正病着，当他得知求画者是一位教师，立刻答应了。一幅水墨淋漓的“漓江”成了。取画时，我踌躇着不知如何付润笔时，发现画是两幅，其中一幅上题“良骏小友雅属”。一幅已是非份之想，岂取再要？沈老说：“画送知音，拿去吧。”早就听说艺术市场上名家的画动辄万金，我捧着画竟不敢言谢了。沈老送我一篮满满的“荔枝葡萄”，这幅画始终挂在我的书房里，暖暖地抒发着沈老的祝福与希冀。

每年春节，我都会带着义养的彭森去沈老家拜年。他家里客人很多，但只要我们去，他就会撇下客人来接待。每次，他总是目光柔柔地望着小彭森，抚摸她的头，给她口袋里装糖果，为她准备压岁钱。沈老总是说：“看，又长高了。”从小在儿童福利院长大的彭森怕生，却与沈老很亲，说：“沈爷爷是好人。”沈老曾几次建议我去找徐昌酩先生，请美术家协会组织一次笔会，义卖一些画，使我们刚起步的“爱满天下孤儿助养基金”能为更多的孤儿服务。人活着，以为事情总来得及做，谁知沈老的墓木已拱，小彭森已读四年级，笔会也未举行。但沈老的一片热爱温暖过小彭森孤寂的心，也会永驻我心间。

沈老对我是有求必应：题字、签卡、参加我们的展览……为我做了多少事，已无法算清。直到他走，我才想起，这些年，只有我麻烦他，他从来没要我任何回报，连一顿饭都没请他吃过。我一直以为他与我是有缘，后来才知道，他是出名的“老好人”，对任何人都如此。现在天人相隔，对沈老，我已无法回报。但我相信，沈老不会怪我，他说：“你做的是好事。”那么，我就继续做下去。沈老，您会看见的吧？

1999 年 12 月 12 日

素肌玉骨刘书阁

景德镇群山重叠，市里有一山坞形如筲箕，刘书阁就住在这“筲箕坞”。他以残疾之躯，每天攀登着很陡的山路，毫不张扬地疾行了数十年。

认识刘书阁的作品是在三十多年前。那次在和平饭店用餐，同桌的外宾面对佳肴不举箸，只对着餐具赞叹。由影青装饰的飞鸽，青花围绕的云纹组成的瓷盆细洁如玉，纯正净丽，美得让人神爽气清。就是那一次，我记住了设计者刘书阁的名字。去年我拜访刘书阁，说起了三十多年前的往事，他淡淡地说：“我为各大饭店设计的瓷器太多了。”说完他捧出一大堆：钓鱼台国宾馆、昆仑饭店、前门饭店、广州白天鹅宾馆……这些曾为他赢得殊荣的青花瓷品，穿过时空，依然莹润翠靓。

出生在书香门第的刘书阁，受祖、父辈的影响，对充满中国文化气息的青花瓷艺情有独钟。他追随青花大王王步学艺，深得青花精髓。王步临危之时，将三件作品赠给刘书阁，并对他说：“青花瓷素肌玉骨，做人当如其瓷。”王步的大部分作品已化为乌有，但老师的赠言永驻在学生心头。

在漫长的岁月里，刘书阁两耳不闻窗外事，一心钻研技艺。他把“青花”当作一门艺术来搞，终于成为“江西省有突出贡献的专家”。他设计的青花文具、茶具等，成为人民瓷厂的“拳头”产品，屡获国内外金奖。他的“梅竹”系列荣获国际博览会金奖；他的“九头山水青花文具”被选为邓小平访日礼品；他的巨作《高山流水》等，被全国政协、中南海紫光阁收藏；他的青花山水、鱼、龙作品以其独特的品位被几十个国家馆藏机构珍藏。

他一直在人民瓷厂工作。与他同时代的艺人“人往高处走”，都离开了，他未挪过窝。一直到瓷厂倒闭，他还不相信自己奋斗了几十年的企业，竟然不复存在了。许多早已离开工厂的师兄弟，甚至他的学生，大多评上了“大师”，他却只剩下一大堆奖状和数不清的获奖作品，除此之外，别无长物。他并无怨言，依然安之若素。

不用上班，他可以回老家看大山。家乡的山并非名山，却以厚实坚毅给他以慰藉。他常外出写生，在他的笔下，山是凝重的，可以看得很远。他更爱画龙，翻卷腾跃伸展自如，犹如他现在的心情。一件件青花珍品从他的手下流出，遍走海内外。岁月变迁，青花依然沉静典雅；人生沉浮，金子依然璀璨夺目。刘书阁常对他的三个孩子说：“从来没有一种艺术能如青花瓷那样有如此悠久巨大的影响，能亲躬其中已无憾。”人如其艺，刘书阁的别号“青玉老人”已将王步的期望和他自己的追求涵盖其中。

1999 年 12 月 26 日

刘书阁，青花大王王步传人，号“青玉老人”，以独特的青花瓷艺享誉海内外。2000 年龙年，我请他设计龙瓷，他谦和有礼，虚心听取我这个陶瓷外行的建议，经过再三推敲，初稿一改再改，设计推出青龙双面瓷版，陶瓷爱好者热烈追捧，在上海一品难求。后来，很久没他消息，才知他早已不在了，竟问不到在哪一年去世。

爱满天下——记秦怡儿子金捷的水粉画《画我妈妈》

很希望大家去看看正陈列在上海拍卖行的《画我妈妈》，这幅画画的是电影表演艺术家秦怡，作者是秦怡的儿子金捷，画中人物的眼睛特别美。人生途中，我遇见过无数朋友，见过各种各样的眼睛，多半是相见易，别亦易。唯有秦怡和她那双眼睛，我久久难忘。第一次见秦怡，在 1994 年。那年春节，“好心人，抱一抱孤儿”，成了上海过年的大新闻。东方电视台请我去参加“抱孤儿”的直播节目，她也去了。虽然在银幕上见过她扮演的众多角色，却是首次面对面与她坐在一起，我目不转睛地盯着这位大明星。主持人牵着孤儿的小手出来了，坐在嘉宾席上的她，忽然伸出双臂，紧紧地把孩子搂在了怀里。我看到她的眼睛变得晶莹透亮，那种悲悯、痛楚，那种温暖的爱意，化作点点清泪，滴在了每个人的心上。第二次见秦怡，是陶行知研究会开年会。抗战时期，她在重庆与陶先生有过交往，她敬仰陶先生，被“爱满天下”精神所感动，后来她致力于陶行知事业，是我们陶研会的会员。那天会议结束后，许多人围着她，要签名，要地址。她微笑着，写了一张又一张，丝毫没有怕人去她家的忌讳。那种谦和，那种对于知音的感恩，如此自然地写在她的眼里。

去年，中国陶行知研究会和《新民晚报》等在上海图书馆联办爱满天下杯全国书画大展，秦怡带着儿子金捷出席开幕式。金捷的水粉画《画我妈妈》获得评委特别奖。患病的儿子是她心中永远的痛，但在那幅画里，儿子画的“她”如少女般活泼优雅。特别是那双眼睛，充满了幸福和憧憬。这也许是金捷少年时代尚清醒时，留在记忆中的母亲。评委们说："这画除了金捷，任何人画不出来。" 如今，秦怡老了，她的儿子也老了。午餐时，她为儿子系餐巾、搛菜，代他向人们致谢。儿子要上厕所，男士们抢着帮忙，她拒绝了。看着八十岁的她牵着五十四岁的儿子去如厕，每个人的心里都酸酸的。但她的眼睛里，没有一丝抱怨，没有一点悲凉，只有温情，只有母亲的慈爱。很希望 1 月 18 日的慈善义拍中，有人会喜欢"她"——《画我妈妈》。

2003 年 1 月 12 日

那种美丽的流动

徐开垒先生大名，早从父辈口中听得烂熟，但我当年是个中学生，无缘得见。上高一时我曾向《文汇报》投稿，退稿信上有两行手写的字，内容早忘了，只记得被鼓励的暖意。签名只一个“徐”，始终不知是否那就是任《笔会》主编的他？

拨乱反正后，我饥不择食地狂买书，其中就有徐老的《笼里》和散文选。捧读他的书，更多的是如见了老长辈、老朋友似的亲切。我几次想给徐老写信，终于未敢写。

2011年春寒料峭的日子，上海市作家协会举行丁锡满新著研讨会，徐老冒着风雨而来，还发表了热情洋溢的讲话。他面容清癯，思维敏捷，全然看不出已是期颐之年。我犹豫再三，在会后走到他面前，还未等我开口，他看着名片说，一直看到你文章，别人说这名字是男的，我猜是女士，果然是。他立刻认我是同乡，还风趣地用宁波话说：“侬格小囡介好白相！”

没多久父亲要寄书给徐老，我自告奋勇上门去送。2011年3月6日，细雨霏霏的午后，我敲开了徐老的门，他说：“原来侬是老朋友的囡！侬要叫我伯伯！”徐老捧着爸的《静观流叶》翻来覆去地看，说，这篇，那篇，是发在当年《文汇报》副刊上的。他又翻我的散文集《爱满天下》，饶有兴趣地读那篇《何必行色匆匆》，他说，人生实为行色匆匆，谁都如此。

徐老与巴金、冰心等老一辈作家都保持着真挚的情谊，用他的话说，有多少文章应该写，能够写啊，但他近年却无法提笔了。何为、梅朵先生去世，他夜不成寐，几次握笔在手，却不能成文，满腹痛楚化作老泪纵横。他只能整理出老友三十多封信一一重读，作为最后告别。

徐老说，现在最痛苦的是想写而无法写，没人帮。我建议请个助手口述，徐老摇摇头说，一辈子用笔，不习惯讲也没法讲。“我来当志愿者”，我真心想帮他。他笑笑说，写作时，思维随时迸发火花，不可能等你来，你也不可能二十四小时在我身边。他指着墙上的曾敏之书法说，最近收到他的信，多年朋友，怎可不回信！写了几次，好不容易写了一张小笺，字越写越小，挤成一堆，自己都看不清，这是最后一封回信了！徐老眼中含着盈盈泪光。

喜欢写作的我，十分能体会他的心情。写文章有时是个痛苦的过程，斟字酌句不用说，有时想写却词不达意，有时能写却不能尽言，说一字、一句逼死读书人，也不为过。对于徐老这样写了一辈子的大作家，思维清晰却无法成文，无疑如被剥夺了生存权一样，残忍之极！

徐老在同去的孩子的纪念册上写下了一段话：“知道你十岁开始发表文章，而且写日记，对我是一种很大的鼓舞！你比我更早迈出文学写作第一步！我要向你学习！我虽然已活到九十岁，但我觉得还应该向现实世界进一步了解，我这样才能无愧于我的前辈和老师！”对一个十岁的孩子，他捧出一颗真诚的心。看着徐老亲切的面容，读着如此真实却难以辨认的文字，握着他如今已无力的双手，我无法抑制感动的泪。我向徐老，我的开垒伯伯，深深地、深深地鞠躬。

临走，徐老亲自开门，送出门口，不管我再三劝阻，送下三楼。我们走到一楼，他还俯在楼梯口看着、挥着手。捧着他的赠书，望着他的身影，耳畔响着他的叹息，感受着他的无奈和寂寞，我很想为他做些什么，但，我能做什么呢？

还没等我想好该做些什么，徐老悄然走了。人活着，总以为有些事可以等。日子一天天地过，总以为有些人可以明天去见。一转眼，徐老已走了一年！人生孤独，相依难得，但徐老留下的美好，会在人们的心田里永驻。犹如夜色越深沉，星光越明亮。

2011 年 4 月 21 日

红叶是秋的嫁衣

我们认识时，他九岁，我七岁。每天我们牵着手去上学。走在路上，他爱捡石头，黑的、歪的、稀奇古怪的石头，他都当宝贝藏起来。我爱摘树叶，圆的、扁的、三角的，弄平了夹在书里。有时看见一片没见过的树叶，便央他爬上树去。他把书包一扔唰唰地上树，轻轻巧巧地就扔下我心仪的叶片。沉重的石头和轻盈的树叶交织的童年，很纯美却注定短暂。分别时，他曾约我将来一定要去北京看他，一起去看西山的红叶，去摘一片世上最美、最红的树叶。那时不知北京有多远，也不明白红叶有什么好看，只以为这是一件太容易做的事，买张车票，挟只小包，睡一觉就到了首都，然后和他手拉手爬山看枫树、捡红叶、背普希金的诗……谁知四十年过去了，一直未践约。

其实，我去过北京多次，也知道他的研究所离西山很近，但那么多年却从未想到去。我和他像驿道上相向而驰的马车再没有交汇的道儿，红叶像旅途中遗落的脚印已被风尘湮没，这个童年的约定成了梦中的背影，再无法追回。

我再一次去了北京，不是去赏秋，而是去见病危的他。弥留之际的他，两眼炯炯注视着久别的我，他用枯树似的双手，拼尽最后的力气捧住我的脸，抖着嘴唇想说什么。挣扎了许久，我读懂了他无声的话："去西山看红叶……"去西山，看红叶！西山在哪里？我不认路，怎么去？我一个人为什么要去？我不要去！我不敢去！我不能去！我不会去！我像七岁时那样任性、蛮横，我大哭大喊，要拖他起来。他把我揽在怀里，笑了，又含着泪摇摇头，我猜出了他的话：“下辈子，下辈子我陪你去……”泪决堤而出，忍了四十年的话喷涌而出：“我不要下辈子，今生事我们今生了……”可是任凭我再胡搅蛮缠，再痛悔不舍，他再也不会回答。我们注定没有今生，多少错多少悔，我们无法回头。任凭肠断肝裂，任凭痛彻心扉，任凭千呼万唤，我们今生的事，今生没法了！

第二年秋天，我独自去了北京。从来不认路的我，找了张地图，看了半天不懂东西南北，不知西山在哪个方位，不知坐什么车可以到，在街上转来转去，天一下子就黑了。夜里住在宾馆里辗转反侧，蒙眬中看见他翩然而至。我欣喜若狂一把拉住他，他拉着我转圈，转着转着，我忽然惊觉，他不是早就……来不及留住他，屋里悄无声响，他飘然而去。醒来是凌晨三点，正是传说中去世不到一年的亲人与阳间最后告别的时间。他似乎知道我来！他一定想到我笨，为我指路来了。我忽然开窍，可以打车去的。

第二天一大早，我登上出租车直奔西山。西山在远郊，车开了很久。年年秋天霜叶红，却都留在梦中，今天到了西山，红叶究竟是怎样的景色？美如画？艳似火？像燃烧的霞？似飘浮的云？我一步步登山，极目远眺，只见满山皆绿，每棵树都生机勃勃，每片树叶都苍翠欲滴。走了几个小时，连万绿丛中一点红都没有。我继续上去，直到山顶，一路上风声沙沙，鸟声啾啾，不时有飘落的叶洒在我的肩上、发上，捡起来看，仍然没有一片是红叶！我颓然坐下，倚在一块巨石上，拿出他的照片细看。像过去一样，他顽皮地眯着眼，似乎又在笑我：真笨！我没法反驳，我在他面前，从来是笨得没话说，这不，到了西山却找不到一片红叶，如何完成他的嘱托？我泪水涟涟地靠在一棵枫树上。树干上有湿润的水渍，一群群蚂蚁聚在上面，不知忙些什么。看着这群与世无争的小精灵，我豁然开朗：红叶未就，西山依然；人事皆非，生活依然。人生有许多事皆因缘起，无缘的，再求无用。就如他，错失了便一生无缘，就如红叶，等了四十年，竟然在秋天会是满山皆绿！

从此我再没有去过西山，至今不知道那里是否有世上最美、最红的树叶。但年年秋天我会去看落叶。在公园，在路边，在山上，在屋后，每当秋风吹来寒意的日子，上海的树便会一天天地瘦下来，地上便铺满了厚厚的黄地毯。走在柔软又脆弱的落叶上，常常踢到一两颗小石子，硌得我的心生疼生疼。我还常常听见翻卷的风唱着歌，把树摇得跳起舞来。这时侯，落叶会从地上飞起，依恋地牵着我衣角，我又会看见他在吟诵我十五岁时写的诗："红叶是秋的嫁衣，小小的人儿，你去了哪里？"泪眼滂沱中，我悄悄地接下去："红叶是秋的嫁衣，小小的人儿，永在我心里……"

2011 年 6 月 12 日

密斯特和那把提琴

几十年了，一直想写先生和那把提琴。没写，是不忍下笔。

20世纪60年代初，我因病在家。除看书、写文章，没别的事可做。那天走过淮海路上的旧货商店（那是上海最大的旧货店，称淮国旧，全国有名），我漫无目的地在里面逛，乐器柜很大，各种乐器都有。忽然，我看到墙上挂着一把小提琴，很眼熟，标价五元。我取下仔细看，心有所动。这不是我与他在音乐书店倾其所有买的琴？他去南方上大学，再无联系，此琴是他所弃？但我没法确认。考虑再三，不管是与不是，买回去作为那段纯美友情的纪念也不错。

琴买回家，就想起那年他逼我学琴，我却置之不理的傻气。现在“人面不知何处去”，我倒有空学了，暗暗希望有一天他回来，可以演二重奏。一天在胜利电影院看电影，老听见隐隐的钢琴声。散场后寻声找去，在海宁路一处门面房前看到块牌子：教授钢琴、小提琴。走进去，房间不大，放着三架钢琴，有孩子在弹。一位先生问我有什么事，我一时语塞，竟脱口而出：我要学小提琴。先生说，小提琴要从小学，三四岁，五六岁最好，你这么大了，学不好的。我急急地辩论：我很聪明的，一定学得好。先生拿了本琴谱说，你读得出，我就教。这可难不到我，早学会了。听我很顺畅地唱完谱，先生惊奇地问，你学过钢琴？刚想实说，没学过，我怕他不教，多了个心眼说，我会弹琴。他把琴谱递给我，要我随便弹个曲子。天哪！上面都是巴赫，车尔尼、贝多芬……别说弹，把一支曲谱从头到底唱完都不易，未拜过师，没学过琴的我哪会弹这么正规的曲子！但大话已说出口，怎好缩回去？我灵机一动，在琴凳上坐下定定神，深吸一口气，随手弹起《少女的祈祷》。这首乐曲我很熟，我试着用右手弹旋律，左手配和声，随心所欲，毫无章法。一曲弹罢，再看先生，他口张得无限大，真正的目瞪口呆！因为我的指法全不对，这是当然，从没老师教过我，但我的曲子全弹对了。怎么回事？我没法回答。我不敢说是看别人弹，自学的，怕他不信，以为我吹牛。先生惊喜地说，你是个天才，不学音乐可惜了！很高兴地收下了我这个学生。

居然有人称我是音乐天才？管他天才不天才，至少我可以学琴了。一周去一次，每月交学费五元。钱收得极少，却教得非常认真。先生从四根弦的咪、拉、来、索教起，光第一根咪弦，指法、音准、到持琴姿势，拉弓角度，就教了一个月。每次上课，先生要求不迟到，不早到，有一次我早到了五分钟，他毫不客气地让我站在门外，门外是马路，他就让一个小姑娘拿着琴傻站在那儿！有了那次经历，我每次练琴绝对准时进退。先生总是西装领带，学生站着，他也站着。上课前，他要我对镜理装，他说，小提琴在18世纪的欧洲，是贵族必学的乐器，演奏时要穿燕尾服。高雅的乐器要配高雅的演奏者，才能拉出优雅的美曲。夏天我穿连衣裙，光脚着鞋，他称赞裙子漂亮，但小姑娘不能光脚到别人家去，一定要穿上过膝盖的长袜子。有次，我在辫子上扎了蝴蝶结，他又挑剔说，青春就是美，你完全不必用花里胡哨的东西给自己“画蛇添足”。虽有点怪他管得太多，但因为他讲话总是细声慢语，非常温和，令我不由得不信服。每次去上课，我从着装到走路、时间、讲话，都特别当心，大大咧咧的性格改了不少。

学琴十分枯燥，第一年每节课都是拉单弦，即在一根弦上反复地拉。因为我完全是个琴盲，下巴夹不住琴，弓的角度不对，手指更按不准位置，出来的音整个一屠宰场：“杀鸡杀鸭！”听得我自己都牙疼。先生总那么耐心，一次次纠正，一遍遍示范，每句话都温文尔雅，每个手势都潇洒飘逸。有时见我兴味阑珊，就会说，来，弹支钢琴曲吧！“乱弹？”“你又不当钢琴家，有什么关系！”于是，我乱弹一气，曲子弹完，心里的厌烦也没了，又继续“杀鸡杀鸭”。大概“杀”了一年多，才算入了门，可以拉简单的曲子了，先生很高兴，说我很有悟性。后来先生特地把我的学琴时间换至下午两点至三点，为的请我与他们全家一起喝下午茶。每到下午茶时间，师母换了长裙，在桌上铺了绣花桌布，端出自己烘的蛋糕，把红茶倒在精致的茶杯里，让我和他们的一双儿女坐在一起享用。先生总是轻声问，还要加糖吗？再来一点奶？起先我傻傻地摇头以示不要，先生教我，要说，谢谢，不要了。如果要加呢？要双手轻扶杯子，男士为你服务后，要点头微笑致谢。喝茶时，每人轮流奏曲，师母弹钢琴，先生拉提琴，他们的孩子表演四手联弹。轮到我了，我的提琴拉不成调，钢琴又只会乱弹，但他们个个脸带笑容，耐心地忍受这种折磨，还报以掌声。他总是说，音乐是悦人心胸的。你理解了，从中得到快乐，就达到了目的。他还一遍遍地说，你将来一定要去英国看看，对学音乐会大有好处。

我断断续续学了两年，没再学下去。最后一次，是1962年9月20日，我向先生告别，因为病有所好转，我要去工作了。先生拉我坐在他身边，给我讲了西贝柳斯的故事，这天，正是这位闻名世界的芬兰音乐家去世的纪念日。先生说，西贝柳斯一生很坎坷，也一直生病，但他写出了著名的“芬兰颂”，还有一百多部音乐作品，成为伟大的音乐之神。他说，你记住，无论什么样的苦难都打不倒一颗爱音乐的心。走的时候，先生和师母拥抱了我。走了很远，我回头望去，先生还站在门口，晚风吹起他红色的领带，像一朵小小的火花，在我的身后跳跃。

先生说，我们开新年音乐会时，你一定要来。我一看给的乐谱是“蓝色多瑙河”，赶紧回绝，太难了！先生说，做事只要有心，再难也不怕，你肯定行的。我拼着命练，一天拉十七八个小时。合练那天，先生让我坐在前面，说由我担任“首席”。这怎么行！先生却不许我说话，示意我指挥大家定音，然后开始演奏。他坐在我身边，感受他鼓舞的目光，跟着他的节拍，我不仅拉出了全曲，还完成了独奏段。

12 月 31 日，我如约到了先生家。屋子明亮而温馨，圣诞树上挂满了礼物，壁炉散发出融融的暖意，窗帘上绣着金色的铃铛。穿着丝绒旗袍的师母披着一头长波浪卷发，她盘起我的长辫，让我穿上白缎长裙，先生连声赞“青春无敌”！音乐会开始了，我这个“首席”轻轻一甩头，二十几个小乐手整齐地奏出了“春天来了”……我入神地拉着琴，如水的旋律从手中畅快地流出，春天泛出轻浅的绿，冲破冬夜，染透了心头。

这以后，我在人生之路上跌跌撞撞，再没了学音乐的机会。后来，我去中学教音乐，我这个从没进过科班的人，依然乱弹琴，却十分称职，成为市、区颇为知名的音乐老师。我肯定不是音乐天才，但在先生身边那两年，他教的提琴之外的道理，我学得也很扎实——功夫都在音乐外！

以后几年，我常去看他们。最后一次走过那里，是一个彻骨寒冷的冬夜。他家大门洞开，里面空空如也。人呢？问邻居都说不知道。从此，我再没有摸过提琴。那希望出现的二重奏，早已成为绝响。那把提琴曾留给我的孩子，未等他到学琴年龄，也琴落人弃两不知。先生美妙的“帕格尼尼”，只剩下“此曲只应天上有”的痛惜。很多年里，我再不忍听小提琴曲，国外再好的小提琴家来沪演出，我都不看。偶尔在路上听到窗口传出的提琴声，我也会捂住耳朵疾步离去。

那时先生要我用英语称呼，一直叫他“密斯特”（先生），叫师母“玛代姆”，叫他的儿子约翰，女儿路易丝，都不是户籍上的名字，至今，我不知这户家庭的姓氏，也不知他们的根在何处！

记忆中，只有一鳞半爪。密斯特，毕业于中央大学，后留学英国习音乐，玛代姆是他同学。为报效祖国，夫妻双双辞去英国教职，于 1951 年历尽万难辗转回来。因不习惯当时艺术院校的工作方式，不会处理人际关系，遂辞去公职成为自由职业者。

如今，很多往事化作轻云飘向苍穹，了无踪迹。但这场没有听众的新年音乐会，始终回响在我的心中。生命途中的曲折，常来自美丽的牵绊，它们似朦胧实清明，我的眼前，因此年年有赐给我的谢了又开的花海。

在这梧桐飘落的夜晚，我的眼前又闪过了先生的面影，他那颗爱音乐的心，已像轻云洒向苍穹，再无踪迹。我的耳畔响起了那把提琴上几个人都未拉到终曲的余音："万劫千生再见难，小影心头葬……"抬头望，只有寂静，在枝头摇晃。

2011 年 12 月 16 日

我心中的知识分子

几十年里，我认识的，同事过的，拜访过的，听说过的，接触过的，一面之交的有文化的人不计其数，也自认是个有文化的人。随着年龄渐长，阅历增深，一个问题常纠结在心头，究竟什么样的人才算知识分子？字典上知识之解为学识、学问，也就是说，有学问的人即为知识分子，真是那样吗？我不敢苟同，因为我见到过真正的、令人信服的知识分子。

给我印象最深的是巴金先生。我上初二那年才十二岁，学校文学小组组长轮到了我这个全校最小的学生，我不知组长怎么当，也不知该去问谁。语文老师说，按规定，自己想法子吧。一个小孩子，会认识谁？我急得没办法，忽然想到了巴金。他的小说我都看遍了，他似乎是一个熟人了。于是打听了他地址，就从大场走了去。学校在上海北面，巴金家在市中心淮海中路，走了三个多小时，好不容易走到淮海坊。我来不及擦把汗就敲门，出来个阿姨，看到我一个小孩要找巴金，她说，别闹，快回去，说完就关上了门。我又累又急，女孩子没别的本事，只会哭，我越哭越伤心，门又开了，终于让我进屋了。那天，我说了些什么，巴金说了哪些，我一点儿也记不起了，只记得他请人打来一盆水，让我洗脸，他在一边温和地看着我。临走时，他问我长大做什么，不知天高地厚的我回答，要做中国的冰心。巴金一点儿没笑话我，他很高兴地在我本子上写下："愿中国文坛出现第二个冰心。"尽管，从此我再无缘见他，那留着巴老祝愿的题字本，连同许多珍贵的纪念品，都在动乱中化作了灰烬。尽管，不仅是我还是别人，都未能成为中国第二位冰心。尽管，生活中有那么多的遗憾和悔恨，但当年巴老对一个冒失闯进他家的小孩子流露的善意，正是知识分子应有的品质：对人、对孩子、对弱者充满爱。因为有爱，他才能如此自然地敞开胸怀。巴老的话温暖了我一生，就如他的作品温暖了几代人一样，他使世界变得明亮。巴老走时，去送他的人包括我在内，并不仅因为他是作家、大师，更多的是因为他爱人民，爱孩子。我们因爱而去向他鞠躬致敬，送他上路。知识分子就应该是这样的人。

另一位让我印象深刻的知识分子是贺绿汀先生。他是我们母校在四川时的音乐组组长，是陶行知请来培养音乐幼苗的专家。母校迁沪后，他还教音乐。我进校时，他已去了音乐学院，但因为学校里有好些他的学生因各种原因不再学音乐而成了我的同学，故常常听见贺先生的许多故事，对他的认真、严格早有所闻。我也因此有很多机会跟着学长们去音乐学院听音乐会，看贺先生教钢琴、作曲，最爱听他弹“牧童短笛”，他边弹边吟唱，一副怡然自得的样子。有好长一段时间，我甚至以为这是世上最美的钢琴曲。这么一个视音乐为生命、为生活唯一内容的大师，我难以想象离开音乐他是否还能活！谁知竟真会有这么一天！在那段特殊的日子，“上音”成了重灾区。人隐藏在心灵深处的恶，在自身有危险或被迷惑时，竟会突然爆发甚至变本加厉。那些抚弄乐器，传播美感之手，竟一个个舞刀弄枪，变得凶神恶煞。“上音”的教授、专家，国外回来的大师纷纷倒下，作为院长的贺先生眼看他的同事、他请来的国外学者无一幸免，心急如焚，到处呼吁。那天，上海在文化广场举行万人大会，全市电视现场实播，因为得知有贺先生，我早早就坐在单位会场，心里忧愤交加：贺先生这么瘦弱，哪经得住那样的阵势！忽然电视上出现了出人意料的镜头，是贺先生！他昂首挺立，即使只有一两秒钟，全市所有的人都看到了一张愤怒而正气凛然的脸，一张痛楚却坚贞不屈的脸！这张瘦弱、痛楚却始终保持尊严的脸，已永远定格在人们心中。在那个寒气逼人的严冬，这张面孔成为多少人追寻的希望之火！后来再见贺先生，他已垂垂老矣，但他爱音乐之心不变，他对学生的关爱不变，他依然热情似火。他去世那天，龙华殡仪馆挤得水泄不通，人们去送他，不仅因为他是音乐大师，不仅因为他那些动人的歌曲，更因为他的人品。人不可以有傲气，但要有傲骨，这是徐悲鸿先生的话，但从那个年代走过来的人都知道，为了活下去，同流合污是无奈，能保持傲骨又不怕死的人犹如凤毛麟角，但知识分子若没了风骨，还能称为君子？贺绿汀先生铮铮铁骨，士可杀不可辱的气节，令人敬之。实为真知识分子也！

以上两位是名闻海内外的大家，再说一个小学教师。毛蓓蕾老师，她只读过几年书，小学没毕业因战争家道中落，十三岁就当了小学教师，后来再没进过学校。她在教坛六十多年，从语文教到包括音乐在内的所有学科。她教语文被评上特级教师，做班主任被评为全国模范班主任，做少年队工作时总结的经验出了书，成为全国大队辅导员的经典。她教过的学生几十年记着她，她的同事，她带过的徒弟都视她为良师。不管是邻居、亲戚、家人，还是一面之交的陌生人，都敬她爱她，为她所感动。我好多次去她家，不管冬日、夏天或清晨、深夜，不管事先约定还是路过闯去，每一次都见到她坐在桌前，不是看书就是写文章。她并不宽敞的家中，没有任何豪华的装饰，只有满橱的书。因为她为我做了许多事，我曾希望表示一点儿心意，她坚拒后对我说，如果可能，送点书给街道图书馆吧！后来我购了一批书送去，她高兴极了，她说，读书是一辈子的事，街道居民有书看，可少打麻将，是大好事！因为读书，不断学习，毛老师身上散发出特别温雅，特别美的气质，和她在一起，人们会忘记她的年龄、职业，只觉得被一个强大的气场牢牢地吸引着，觉得周围有了纯净、雅致的清风，令人心暖且有诗意。小学教师也许不一定个个能称得上知识分子，但手不释卷几十年的毛老师，可算得上名副其实的知识分子。

老知识分子中我见过的、有过交往的还有中国陶行知研究会的两任会长，一位是老“海归”钱伟长，一位是为教育奋斗一生的方明，他们经历不同，出身不同，职业不同，性格也不同，却同样的温和慈祥，待同志或我这样的小辈，同样的热情有礼，平易近人。方老常对我说的一句话是，你大胆去做，有什么事我来负责。好几次去上海大学找钱老，请题字，送去请柬，请示汇报……每次他都有求必应，还总是亲自给我泡茶。有一次他无法来参会，还特地写信来致歉！两位部长级老同志，如此有担当，对下属充满善意！还有徐中玉、钱谷融这样的学者、名教授，每次去，他们的满腹经纶、渊博知识，远远超出我的知识储备这样的晚辈可以对话的，但已经功成名就的他们只是妙语如珠、温润如玉，从来不会令我感到咄咄逼人。每次离开，无论我怎么劝，他们总要送，有时还要陪我在华东师范大学校园里走上一段，他们容貌不同，口音也不同，却展现了同样美丽的文化风景。

还有像家父这样的老文化人，他们除了读书做学问，几乎不谙世事。家父在六十年代因诗入狱。七年时间与世隔绝，也无家里接济，他心如止水，竟养得白白胖胖，问他怎么过的，他说天天面壁作诗！这是何等之修炼。我的老师闵克勤先生是陶行知的学生，曾被送农场劳改。后来落实政策，却发现档案里没有劳改材料。我们都急得不得了，他却满不在乎地说，是非自有公论，重要的是赶紧工作。他一头扎在资料室，留下了十几万字珍贵的史料，直到去世，没有一句怨言，整天开开心心地做事。这是怎样的出世之精神！

知识分子究竟应是怎样的人？一个人能否称得上知识分子，与职业、出身、学历、地位、性别等似都无关，真正的知识分子不仅应有广博的知识，独特的人生感悟，还应引领人们去体验生命，以自己的人品、书品、文品影响社会，为人们树立一个高贵又并不高高在上的丰碑。儒雅、睿智、洒脱、宽厚、认真、执着，淡漠名利，关心祖国与人民……这就是我心中的知识分子。写到此，我不禁问自己，我能称得上是知识分子吗？我竟有点不敢回答了。

2012 年 2 月 5 日

那舞动的小手帕

因为编一本画册，我查阅了上海教育人物资料。我来到上海中小幼奖励基金会，翻开尘封几十年的档案，一个个为上海教育奋斗终生的校长、教师的鲜活身影在我眼前闪过。在“上海教育人物”一书上，我看到了熟悉的“圣心小学”还看到了当年我不知道的校长名字——张霭墨。我情不自禁地站起来，推开窗，向着高远的蓝天深深鞠躬，高喊一声：“密斯张！”我哽咽了。

当年我还小，从来不明白校长是干什么的，也没人向我们介绍。所有的老师，包括校工，还有教我们女红的修女，我们都不称老师，用英语叫男的“密斯特”，叫女的“密斯”，后面再加上姓。小孩子对老师的评价常常只看面相只凭印象，和善的、长得好看的，我们就喜欢。校长不给我们上课，但每年4月4日儿童节（20世纪三四十年代儿童节是4月4日），她会上台讲话。讲什么当然全忘了，但记得她总穿件粉红的呢子旗袍，远远看去好看极了，她被全校学生喜爱。校长讲话后是发奖，每年评出的好学生，不是讲成绩，而是摔倒了不哭，指甲干净，天天带手帕，走楼梯没声音……没有奖状，只发奖品，有铅笔、橡皮、蝴蝶结等。密斯张总是用双手把小小的奖品送到学生手里，然后在获奖同学额上轻轻一吻。三年级的儿童节，我得了奖，是因为同学不小心把水倒在我身上，我没和他吵，还说了句“没关系！”就为这句话，我上台，得到一块绣花小手帕。密斯张拥抱我，夸我是个好孩子，她的亲吻多温柔啊！我看着她的脸被粉红旗袍衬着，丝绸般光滑、柔和，在我童稚的眼里，她像仙女一样，真美！

后来，因为搬了家，四年级我转到澄衷小学。再后来，圣心小学没了，密斯张再没见过。今天，看到资料才知道许多事，我把资料记下来，作为永远的纪念。

张霭墨，生于1888年，江苏无锡人。她出身名门，是蜚声沪上的张园主人张叔和的第六个女儿，早年就读中西女塾（宋庆龄三姐妹的母校），后去美国华盛顿师范学院深造，1931年被上海天主教圣心修道院聘为圣心小学校长。她秉性磊落，待人诚挚，热心公益，是一位爱国的天主教徒。抗战时期，她让出学校场地，为新四军赶制一万套军服，她说："凡是中国人，都要尽这个职的。"

解放后，她响应政府关于宗教必须和学校分开的政策，圣心小学是全市首批被收回教育主权的教会学校之一。抗美援朝时，她将积蓄捐献出来购买飞机大炮，给其他教会学校很大启发和震动。圣心小学改名为卢湾区长乐路第一小学，她仍任校长，后被评为市优秀校长、市一级校长。

张校长根据儿童年龄、心理特点，自编教材，亲自在学校礼堂为学生上课，通过各种活动启发孩子们做懂礼貌、守纪律、团结友爱、奋发向上的好学生。她亲切和蔼的面容，循循善诱的方法，曾影响过许许多多幼小的心灵。她悲天悯人，以爱待人，一生不知给多少学生代付过学费、医药费，给困难学生买过食物，送过衣物。她爱教育，爱学校，爱孩子，病重住院依旧不忘学校工作。1962年3月8日她抱病用嘶哑的声音，断断续续地为全校师生作了最后一场报告。她弥留之际还再三叮嘱："不要管我，快去上课！"1962年4月5日，为教育事业奋斗终身的张霭墨校长，因肺癌逝世，享年七十四岁。

密斯张早就走了，当年去送行的人中，不知有没有圣心小学的学生。我连她的名字都不知道，怎会知道长乐一小与我母校的关系！所以我从来没回去过。现在，"圣心"原址是大片绿地，长乐一小也查不到任何资料。历史常是新的一页遮盖了旧迹。回望过去，我们失去了许多可以凭吊的东西，但世界依然没有破碎，人们平静地接受命运的安排，在日子里生长与飘零。仰望苍天，那里没有密斯张美丽的身影，但总有点诗意留在我心上，可以不断咀嚼。美好的记忆像那个深刻的吻在风中飘动，它穿过时空稀薄的烟云，化作旖旎时节的花雨，柔软地铺在我碎银般的光阴里。

时过境迁，我已记不起校长的面容，“圣心”也已是一片朦胧，但为那永远舞动在我人生路上的小手帕，还有那个蕴含频频叮咛的亲吻，今天，我想说一句：“这么多年，我一直努力做个好孩子。请校长夸夸我。”我想，站在时光尽头的密斯张，在等着回忆一点一点明亮，然后，一定会静静地笑了。

2012 年 4 月 19 日

芳草萋萋

有的人在逝去后，仍会长久地活在人们心中。现在，我们《永远的陶行知》话剧组全体演职人员，正攀登山崖之路，在一片静寂的烟云中，走近酣睡了六十六年的他。

眼前，是一块低矮的黑色石碑，圆形土墓，没有任何雕琢，上书：五十三个人民团体立。陶行知一生为国家兴亡、教育事业而奔波，少有时间照顾家人。按照他生前的愿望，亲人在此与他永远相伴了。

墓中葬着他的父亲陶位朝，秀才出身，曾在休宁县主持祖产亨达官酱园。后破产，回歙县黄潭源村务农。陶行知幼时常跟父亲去县城卖柴、卖菜。父亲支持他去美国留学，鼓励儿子以“十扣柴门一扇开”的精神筹款，使其成行。1915年1月，父亲去世，陶行知无钱回国奔丧，他悲之至极，常借事勉强自己忘记，写诗寄哀思：“我欲忙，我欲忙，忙到忘时避断肠，几回心内伤！我欲忙，我欲忙，忘入梦中哭几场，醒来倍凄凉！”

陶母曹翠仂，为人缝补浆洗以补家用，后在崇一学堂帮佣。家中生活日渐艰难，陶母学会剃头，行知曾写诗：“这把刀，曾剃三代头，细数省下钱，换得两担油。”为支持儿子搞平民教育，五十七岁的她“拜”孙子为师，学会识字写信。母亲不愿做寿，陶行知立志“做件不可磨灭的事业”，办晓庄师范，“作为送给母亲的寿面”。1933年冬，她为儿子缝了最后一个纽扣，进房跌到，吐出了细弱又悠长的最后一口气。陶行知写“伤别”诗送亡母：“从此各西东，此生何日能再见？

要问天公。”他用母亲人寿险金买电影放映机送新安小学，让母亲遗爱永留人间。

妹妹文渼，早年守寡，把余生献给哥哥的事业和他的孩子。有一次，陶行知得了一万多元稿费，小心地锁在柜子里。妹妹是家里总管，便向哥要钱。她不敢多要，小心地说：“给我四分之一作家用吧。”陶行知不给，说这钱要去办“晓庄”。文渼起先很生气，后来理解了哥的宏愿，她率全家迁至晓庄，住在茅草屋里，自己还担任学校的指导员。她耗尽心血，于1929年6月去世，年仅二十九岁。陶行知写祭文：“我所以能专心做事，全靠她免去我内顾之忧。我的事业，她没有一件不曾给我影响和帮助。没有她便没有我。她去了，从此我的生命已残废了一部分。”

元配夫人汪静宜，1913年嫁入陶家，她支持陶行知事业，随丈夫几次迁居至安徽、南京、北京、晓庄、上海。她养育了四个儿子，苦苦支撑这个家，后因不堪重负，患精神疾病。1936年她去世时，陶行知正在广西，来不及赶回，不知夫人芳塚何处。他痛心地回答老友询问：“你问我妻无恙，我听了说不出话来，眼泪要从心头泻出。待我去上坟时，当诉说你的挂念。她们去了也好，我索性将对家庭的眷恋，化作民族解放宏愿。”

望着这座长满荒草的土坟，我们心里充满感动。陶行知爱家，爱亲人，但更爱祖国和人民。为此，他舍弃甚多。芳草萋萋，青山寂寂，陶行知在这儿和他的亲人永远团聚。多少愧疚，多少遗憾，化作岁月，相枕以草，静静地飞。

2012年7月13日

唯有你常在

前一天，风狂雨猛，寒意彻骨。这一天，云淡风轻，温暖如春。天亦有情，今天，一缕漂泊的英魂，寻回难舍的故土；一座洁白的丰碑，化作蓝天下的永恒。2013年10月26日，傅雷先生回到了家乡上海南汇。

在周浦公园绿意盎然的大草坪上，红绸缓缓落下，他站在大理石圆座上，微微低着头。清风吹起他的衣角，他手握燃烧的烟斗，身穿整齐的西装，儒雅的身影穿过时空，化为一座架在中法之间的文学之桥。他注视着这个从来没有看明白的世界，悲怆的目光令人心碎。站在他的面前，秋阳的暖意荡然无存。

“他”是由雕塑家唐锐鹤创作的这尊雕像，唐教授将这件作品题为“傅雷走出书斋”。他已沉默了四十七年，人们却依然读懂了他的目光，听到了他想说而未说的话。他从来不想永远坐在书斋里，他曾经满腔热情地为新中国的文化事业鼓与呼，是中国民主促进会的发起人之一，曾任市政协委员和中国作协上海分会书记处书记。他心纯如玉，爱美似痴，他对自己，对别人，对艺术，同样的要求严格，不容沾上一粒微尘，如他自己所说：“我脾气急躁，责备求全，处处绝对。”这样的人，怎能见容于环境！他耿直坦诚，更难被人理解。“诸子百家皆遭罢黜，笔墨生涯更易致祸，懔檩危悚，不知何以自处。”他茫然四顾，无所适从。他以手中的笔为国尽力，却差点断绝生计。“雪，任凭风的折磨，雨的打击，总还是一片洁白。”他选择远离世俗社会，回到书斋，做一个以稿费为生的自由职业者。从此，不再走出家门。

我随长辈去他家，见过傅雷先生一次，童年已很遥远，只记得那有个小小的玫瑰花圃，芬芳、热烈，与他安静的面容，形成强烈的反差，给我留下终生难忘的记忆。熟知他，是读遍他译的书后，最爱那本《约翰·克利斯朵夫》。他于1937年写的“译者献辞”，我至今能背：“真正的光明决不是永没有黑暗的时间，只是永不被黑暗所掩蔽罢了。真正的英雄决不是永没有卑下的情操，只是永不被卑下的情操所屈服罢了。”在曾经无望的年月，这段话曾给了我极大的勇气。傅雷先生是无数文学青年的偶像，他的译作是人们心灵的镜子！每当想起他，读他的书，心里总很温暖，更充满敬意。

听到他和夫人离世的消息，正是风雨如晦的日子。那本心爱的《约翰·克利斯朵夫》，曾被我藏在煤堆下、缝在棉被里、“扔”在垃圾桶内，最后，仍化作了灰烬。望着空空如也的书架，我痛不欲生。这时，傅雷先生的话穿过生死屏障，在我耳畔响起：“在你要战胜外来的敌人之前，先得战胜你内在的敌人；你不必害怕沉沦堕落，只消你能不断的自拔与更新。”我平静下来，有了等待的耐心。可是，我不明白，为什么写出这样富有哲理、给人力量的话之后，先生自己却不肯等待，决绝而去。我在心里不断地问他，永没有答案。

望着栩栩如生的雕像，我明白了唐锐鹤教授的创作宗旨。傅雷先生的书斋虽小，却是一个广博的世界，他火热的爱心，在那里化作追求真善美的熊熊烈焰，至今还在拷问人们的灵魂。他走出书斋，回到故乡，以身殉美的他，会引起更多的震撼和思索。他会看到家乡人敞开胸怀迎接他，听到学子用琅琅书声颂扬他：“伟大的文字仰仗着心灵的渗透力，把高洁的芬芳注入世界。”我如释重负，举手拭净湿润的眼角。

傅雷夫妇的灵骨洒落在故乡的热土里，鲜花簇拥的碑石上没有任何装饰，只有他的一句话：“赤子孤独了，会创造一个世界。”他的次子傅敏在墓前对爸爸妈妈说：“我们将努力铲除发生这样悲剧的根，请你们安息。”这应该是很多人都想说的话。

傅雷回到了家乡。其实，他从未离开，他的艰难悲壮、充实光辉的一生，早已化作一座无言的丰碑，在人们心中永存。他留给我们的不仅是一部部译作、一篇篇评论、一封封家书，更是一颗纯洁无邪、热烈真诚，不畏孤独的赤子之心。我终于找到了答案：他一尘不染地走，是要用生命在黑夜的天空画出光明的轨迹。这是他对美的独特诠释。世事无常，风云多变，唯有你的精神常在。至真、至纯的傅雷，永生！

2013 年 12 月 8 日

黄芗，你在哪里？

人生路上，朋友如掌中细沙，随着岁月沧桑，不断地流失，但无论“流”向何处，只要用心，总能找到“方向”。唯有黄芗，竟突然没了踪迹。

二十年多前，我去苏州刺绣研究所购画。工作室里，坐着不少日后名声鹊起的画家，他们的画如吴侬软语，甜糯精致。画都不错，但不合我的口味。黄芗没有参与“自荐”，她像没看到我似的，眼神迷蒙、空灵。有人连喊几声，她才被“唤醒”。同时被惊动的，还有她脚边的大白猫，它猛地跳起躲进画桌下。黄芗柔声说：“勿吓，勿吓哦。”像哄孩子似的。不知什么东西在我心里抚了一把，我突然急切地想要看她的画。

第二天，我去了位于葑城门外草鞋弯黄芗家。听说我来买画，她一口拒绝：“我不卖画。”我说：“让我看看吧！”她同意了。当她展开画卷，牡丹、红梅、仙鹤、清荷、秋菊……我像中了魔法一样，看直了眼。这哪儿是画，是把灵魂揉碎了，抽成一丝一缕织成的心墙，如此细腻、工整、活灵，美得令人惊叹。画中传递的沉郁、忧伤，又使我有忍不住想哭的痛感，我就这么呆呆地看着。这样的画，说买，简直是亵渎！我空着手走了。

这以后，我常去苏州看她。每次去，她都会在墙上挂几幅画，不大懂画的我，以本真的感悟，打开了她的心门，被她视作知音。不久，她退休了。她的生活没什么改变，她说，除了画画别无所求，只是放不下那白猫，每月去看它一次，它却不理她了。孑然一身的她，为猫的无情伤心很久。

一年年地过去，黄芗衰老得很快，先是听力下降，后是白内障。一个小手术，她却不肯做。我写信，又跑去劝，都没用。我说在上海联系好医院，她可住在我家，所有的费用由我付。我越这么说，她越固执，最后错失良机，几乎成了盲人。后来，她百病缠身，又因行动不便，无法及时医治，脉管炎变成老烂脚，生活难以自理。每次去，看到她家里乱得无处下脚，蟑螂、老鼠乱窜，心里总有不祥之感。她总是坐在画桌前，脸贴着宣纸，不断地画。她已画不出一条直线，笔下的花，也都成了墨团。我不忍说破，还暗暗庆幸，再苦再难，哪怕无力煮饭，天天以糕点充饥，只要能画，她还可以活在花鸟世界里，平静而满足。但这样的日子终究难以为继，她被送进了福利院。

我闻讯赶去，福利院在苏州郊区，很远。在床边呆坐的她，见到我就嚎啕大哭，说房里躺着个活死人（植物人），还是男的，看着害怕。晚上房门被锁，像坐牢。她一次次“逃”出去，都被“抓”回……她边哭边喊，要回家！要画画！要开个展！要出画册！我找了院领导，想带她回去，没人理我。我心痛如绞却无可奈何。她紧抓住我不放，哭得昏天黑地。我离开时，她被人拉开。一扇薄薄的木门，她在里头，我在外头，肝肠寸断，无计穿越。我一步三回头，除了眼泪，不知还能为她做什么！

这以后，她回过家，不久就“失踪”了，听说被送去了更远的福利院。几年了，我打听不到任何消息。如空气一般，她无影无踪。如是年轻时认识黄芗，我定要劝她，一定把自己嫁了，哪怕嫁“鸡”嫁“狗”，也别嫁给艺术！现在，一切都晚了。人，也许不怕死，却都怕老。老而孤、而病、而弱，日子真的没法过。更惨的是，老得只能任人摆布了，却依然有清醒的头脑、未了的心愿，那实在是生不如死了！但，谁能破这道难题呢？

桃花开了，杜鹃红了，春天又来了，燕子啊，请告诉我，她去了何方？黄芗，你在哪里？

2014 年 3 月 23 日

黄芗，苏州人，著名国画家，吴门传人，擅工笔，中国美术家协会，中国工艺美术学会会员。她晚年盲聋，不能自理，住福利院，我去看她，却无法交流。她口渴，我找杯子，却遍寻不着，原来那儿不能擅自喝水。站在她床前，我心痛欲裂，却无力相助，只能洒泪而别。她终于没了音讯。

孤影独酒冷牡丹

“有钱没钱，回家过年。”天南地北流传着这句话。老画家黄芗却无奈地说：“有人没人，也要过年。”

认识黄芗，在20世纪90年代初，我受托去苏州刺绣研究所购画，那时，我不大懂画，只凭感觉判断画的好坏。有十几位画家，拿出了“山水”“动物”“花卉”“仕女”，挑得我花了眼。画的确下了功夫，但总觉得少一幅能把我“降住”的。这时，我看到静静地坐在桌边的她——消瘦的脸，花白的发，穿件过时的蓝涤卡上衣。她专注着摊开的画稿，似乎没有发现屋里的热闹。我眼睛一亮，看见那画稿是一幅四尺整张的工笔牡丹：每朵花都娇艳欲滴，闪着丝绒般的光泽；两只蝴蝶引得我伸手去捉，疑是真的。我赞叹：“太美了！”这画稿的作者就是黄芗，一位“嫁给艺术”的吴门传人。这以后，像着了魔似的，我年年去苏州。每次去，她总在画桌前。她专攻花鸟，每画一幅画，先去写生，再打草稿，然后细细勾勒、上色，一年画不了几幅。尽管工资很低，活得很难，她也不肯卖画。她说，将来不能两手空空去见先师，要积累作品。希望在七十岁的时候出画册、开个展。后来又把计划推迟到八十岁。如今她已八十五岁了，这个愿望仍未实现。

工笔画，用她的话就是把生命抽成细丝，每一笔都从心里抠出来，因而她的作品出得很慢。一年年地过去，她的画越来越少了。如今，谁都知道“画”可以变成钱，唯有她不明白。她认识和不认识的“朋友”“领导”“协会”“展览”……这些人连蒙带骗，甚至上门翻箱倒柜，“拿”走了不少画。孑然一身、年迈力衰的她，纯粹得像孩子，不知设防，也无力设防。于是，她的画，一幅幅“飞”走了。

我为她担忧，她却不以为然，因为画笔在手。她说，只要拿起笔，便不再孤独，就觉得快乐，作品便会连绵不断。她有许多计划，以为活下去总有一天可以实现。她渐渐老了，却仍然去采风、写生，参观各种花展，夏天去荷塘，冬天去梅园……其余时间，便没日没夜坐在画桌旁。谁知造化弄人，先是耳聋，再是目盲，后因摔跤未得到有效医治，终于，她不能再提笔，更无法出门了。

我去看她，带点礼品，她总要回赠一幅画，否则，“就要把东西扔出去”。我给一点儿钱，她就大怒，骂得我直掉泪。我寄去贺卡，她却会摸索着用几天的时间回一封长信。她虽然认我是朋友，却坚拒我任何形式的帮助，使得我一想起就心痛。

除夕夜，火树银花，金樽银盏，万家团圆，我牵挂着无法联系的她。更残漏尽，铁镬冷灶，孤影独酒，这年，她该怎么过？

想起蹒跚在人生之旅末程的黄荮，以及众多留守老人、空巢老人、独居老人，我忽然希望宇宙深处真有一个无所不能的“神”。当肉体临近万复不劫的绝地时，它能帮助老人保持最后的尊严，在生命的最后时刻，让人的精神升华而出。这样，“牡丹”虽已成了逝去的辉煌，幽香却依然能激起人们心底的波澜。困在病床上的黄荮，也许因此可以安心了。

但是，能吗？

2008 年 2 月 16 日

有些事要赶紧做

今晨要找份旧资料，遍寻不着在橱里乱翻，不小心撞倒了一叠文件袋，随手拿起一包，抽出一张，是信的底稿。

信的署名是吴局长，落款日期1987年1月2日。竟是我找了多年的底稿！是封贺年信。整整三十年没有和吴局长联系过了，起先是因为忙，后来怎么也想不起他的姓，又因他是局长，去打听总觉不合适。一年年地，逢年过节给许多人送礼物寄贺卡，常想起他，却因不知他姓名而无法寄。慢慢地，像许多人许多事一样，他消失在岁月的烟云中。

起先是因为讲课，近年又参加戏剧进校园活动，我与这个区时有联系，认识的老师、校长、领导不少。好几次想打听他的情况，因叫不出他的姓名，话到嘴边又止住了。今天这件底稿上有他的姓，我像见到老朋友一样，高兴得不知所措。冷静下来后，我想到一个人，他肯定知道吴局长的联系方式，立刻发信息去问。

那人先是回复，他叫吴云龙，应该还健在。还没来得及庆幸，又收到新的回复，他已于去年走了。走了？怎么会！搞错了吧！他最多八十多岁。我又问了第二个人，答案一样。我呆坐了很久，往事历历。

我只见过他一次，三十年前，在我身心皆疲的那个冬天，他和毛蓓蕾老师向我伸出了温暖的双手。萧杀暗淡的傍晚，他眼里的善意，使我看到了晨曦微露。直到两三年后，毛老师无意中说起，我才知道吴局长为我这个素不相识的陌生人做了许多我当时根本想不到也不敢相信的事。他不是说说而已，而是真的为帮助我这个局外人找了很多人。虽然，他的设想因种种原因未实现，但这份惜才之情，沉甸甸的，一直记在我心中。几次想约毛老师去向吴局长致谢，毛老师比我还忙，我一个人又不敢去，就拖下了。有次去三中心讲课，离局里不远，毛老师也有空，但局里说他已退休了。毛老师和我一样，有些方面特别拘谨，觉得打听领导的住址不好，结果还是没能当面致谢。毛老师去世后，能联系上的线彻底断了，最后我连他的姓也忘了。

三十年里，我一直忙一直忙，忙了主业还忙旁业，甚至还跨界转行，到现在还停不下来。但无论多忙，找一个人，说声谢，不至于如登天之难。现在，没地方去找，也无处可说谢了。吴局长，那天告别时您说，你到我们局里来，我有些事问你。我以为这是客套话，一次也没去。局里现在我倒是常去，真的，但您在哪儿呢？您要问我什么呢？

三十年弹指一挥间，人间只此一回逢，当时何似莫匆匆。回头望，多少人变作了青云，多少事化成了雨滴。如今，往昔只剩遗憾，唯有请泪祭天。对不起，吴局长。谢谢您，吴局长。也许唯一能向您汇报、告慰您的是，如今我在做的事，虽与您无关，却是一个很深的情结。冥冥中，一定是在天堂的毛老师和您，还有我那几位已不在人世的老师的指引和希翼，爱和牵念，带我重回这片热土！

但无论如何，有些事要赶紧做，因为有些人和事一旦错过，就会变成永远回不去的昨天！

2017 年 8 月 21 日

中秋悲歌

题记：昨夜中秋，碧空如洗，皓月似盘，万籁无声。望月思亲，悲从中来，故乡远遁，父母近逝。放眼四顾，人海浩浩，天地渺渺，唯我独处。举杯邀月，嫦娥冷寂，把盏敬天，女娲无补。月是人非，月圆人缺，清泪祭秋，长歌当哭！

回家的路

千条万条，回家的路，不知哪条是归途！
春有风，夏有瀑，秋有霜，冬有雾。
千曲万转，何处有坦途？

千愁万愁，回家的路，不知哪条是归途！
心有缺，爱有苦，年有尽，岁有暮。
千山万水，何处有坦途？

千难万难，回家的路，不知哪条是归途！
树在牵，沟在阻，海在拦，石在堵。
千磨万击，何处有坦途？

千寻万寻，回家的路，不知哪条是归途！
屋无梁，家无主，人无迹，田无黍。
千跑万奔，何处有坦途！

千走万走，回家的路，不知哪条是归途！
眼似泉，泪如注，梦碎裂，船无渡。
千徘万徊，何处有坦途！

上穷碧落人不见，下尽黄泉旧迹无。
天灰暗，地干枯，月寂寥，亲难呼。
千疑万问，无处有归路！

2019 年 9 月 14 日

重阳思亲

题记：今日重阳，满街糕香。爸最爱吃糕，方糕、定胜糕、崇明糕、桂花糕……凡是糕他都爱吃。重阳节，我们都会回去，带的都是重阳糕，桌上堆得像小山似的，一面面红的、绿的小旗把屋子映得热闹极了。可今天，人去屋空，即使有全世界最好吃的糕，往哪儿送呢？

独倚高楼，魂断天涯。灯淡寄庐，霜染旧梁。
金瓯难全，晚菊秋罢。愁生雾海，忧落青纱。
碧血啼鹃，哀鸿逐鸦。风弄树影，雨摧百花。
天国无帆，梁园非家！归去来兮，阴阳绝划！
青云路上，人疲马乏。黄土陇中，鹤静雁杳。
四月清明，八月桂香，七月中元，九月重阳！
残宵呼亲，泪洒空瓦，寒更坐尽，冷月遮墙。
玉阶霜凝，斜窗雨打。生死谁期？满目枯杨！

2019 年 10 月 7 日

那束粉红的喇叭花

我上初二那年，学校转来一批学生，他们分到了各年级，学音乐的赵毛分到了我们班。

渐渐的，学校的文娱活动开始活跃起来了，这一批学过戏剧、音乐、美术的学生，终究和我们不一样。我们班开始在各种节庆中崭露头角，从不管闲事的我，也被席卷其中。大家与赵毛熟了，听说他是赵丹的儿子，都很好奇地想见这位大明星。这天，终于盼到了。

操场上将举办明月晚会，请来的嘉宾是赵丹、黄宗英夫妇。同学们商量，要给赵毛的妈妈送束花，表示一下我们全班的心意。于是，我和几个女同学去田边找野花，采了满满一捧粉红色的喇叭花，并说好了由我去献花。

赵毛陪着两人来了，全场响起热烈的欢呼声。我们都看傻了，明明衣着朴素，却浑身像闪着光，令人舍不得转过眼睛。特别是黄宗英，一块花手帕束住头发，穿白衬衫，窄窄的深色裙，披着米色风衣，走起路来，风衣在身后飘……她走过我们身边，看着花说，这花送给谁啊？我未及回答，她就被赵毛拉走了。

我们几个小女孩目不转睛地望着两位嘉宾，心里叹着，天下怎么有如此好看的人！赵丹表演了节目，他活灵活现地把一个县太爷的形象呈现在我们面前，最后一句话竟是："啊呀，一条蛔虫钻出来了！"全场哄堂大笑。黄宗英嗔怪地轻推了他一下，说，你怎么讲这种故事！赵丹扮了个鬼脸。坐在长板凳上的他们，亲密地靠在一起，月光下，静得像一幅画。

黄宗英站起说，这种笑话听过算数，同学们别往心里去。她朗诵了自己的散文诗。她一口“京片子”，声音轻柔舒缓，像夏夜的风带着潺潺溪流。特别是她的笑，小嘴微张，眉眼弯弯，恬淡、安适、秀丽，还带着孩子般的稚拙。看着她，我们像吃了糖似的，甜到了心里。我呆了，这声音，这神态，这相貌，真是美！美到让人觉得舒服、妥帖，特别亲切可人！黄宗英朗诵完，全场掌声雷动，夹杂着欢呼声。我把花放在地上，站上凳子，想看得清楚些。像大家一样，我忙着鼓掌，忙着欢呼，直到簇拥着送他们离开，还没想起花是要送她的。

第二天赵毛找我“算账”，怎么回事？为什么没献花？“我，我……”没等我把话说出，他生气地走了。过了很久，听说男同学要去赵毛家玩，我缠着同班的阿顺带我去，阿顺不肯，我说，要送赵毛妈妈一束花！他同意了。可那时是冬天，田里草都枯了，哪里去找野花，我也没钱去买但因为太想见黄宗英了，我空着手，硬着头皮跟去了。

见了黄宗英，我不知该怎么称呼，心里一急，上海人的称呼出来了：“赵家姆妈！”她一愣，笑了，脸上，那双细长的眼睛，小巧的嘴，都满溢着忍俊不禁的笑意。赵毛推了我一下，又生气了，说：“什么赵家姆妈！像我一样叫她，宗英妈妈！”“宗英妈妈！”我们七嘴八舌地叫。黄宗英微笑着，端出了饼干、糖果，悄无声响地走开了。我有点弄不明白，自己妈妈，怎么带名字叫！

赵毛忽然想起来了，追着我喊：“花呢？你说要送的花呢？”看他气势汹汹的样子，我吓得逃到门外。黄宗英坐在椅子上看书，她拉住赵毛细声软语：“怎么了？男生不好欺侮小女孩啊！”赵毛向她告我的状，她笑了，说：“我见过那束花，我在心里收下啦！”还说，“谢谢你。那束花好漂亮！”脸上全是温暖的笑。她轻扯一下儿子的衣袖，赵毛抓抓头皮也笑了。我傻傻地羡慕起来，有这么温柔慈爱的妈妈，多幸福啊！

中学毕业，我们各奔东西。以后，七颠八倒，虽常听说赵毛家的事，却不曾再见面。老同学聚会，我们总会带着敬意谈起宗英妈妈，说她最了不起的是智慧地处理难题，使家里一场心碎的诀别没有遗憾。这以后，对黄宗英我只能是远望了；再以后，我听说了她很多事，但心里只记得她的美，还有那句“这花送给谁啊”。

黄宗英做演员当作家，都留下了堪称经典的作品，但也许，她做得最成功的是一个美丽柔润、活得与众不同的女人，是那个心中充满善意和大爱的宗英妈妈。她走了，优雅地转身，甜甜地笑着，去天上找赵丹了。忽然，我想起了那束花。现在，只要有钱，什么样的花买不到！可是，那束粉红的喇叭花没处找了。它曾经在田头、路边，遍地开得灿烂，不知何时，像我们的青春一样，消失得无影无踪。今天，花丢了，人没了，我却还是想大声回答，宗英妈妈，这花是送给您的！可惜她永远听不见了。

2020 年 12 月 22 日

春水碧于天

清明时节，忆起一个又一个接连逝去的亲人、好友，除了落泪，不知还能做什么？

六年前，老友王翰在与顽症抗击了二十年后，终于力竭了。他患的病使他限吃少喝，无法行走，痛苦不堪。后来几年，他被活生生困在床上，最后还失去了语言能力。他头脑始终清醒，一遍遍与家人亲友交代后事，直到说不出话了，还拼命摇头表示不要去医院抢救。看着他一天天瘦弱、憔悴，大家看不过去，送他去医院，医生说病入膏肓，无法治了。一位熟识的大夫说，这病到后期，是痛彻心扉，常人难以承受，让他早点走吧。虽心里不忍，我听了也只能按照医生的建议，劝他家人面对现实，也劝自己，朋友一场，让他早点解脱吧。没想到的是，他并没有如医生所说的痛苦挣扎，最后一刻，他非常平静，没有惨叫，眼睁着，嘴张着，头一歪去了，脸上浮现出放下千斤重担的释然，面容安详。在他走的一瞬间，我们庆幸他终于不再遭罪了，连哭都忘了。

没想到在他走后，我却始终放不下。一次次劝自己，曾充满活力的他，如一头困兽被束缚在床上，生活不能自理，这下让整洁爱美，那么俊朗的他，完全没有了尊严，去了，不应该为他的解脱而松口气吗？

谁知道，随着时间的逝去，一年、两年、五年、六年，心里越发的痛！知友之情，已深入骨髓，因习以为常，又淡泊如水。他是我少有的坚定支持者，我胆大包天，常心血来潮，想干什么，没定计划说干就干，不考虑后果。运气好，有不少做成的，但更多的是不自量力。一番折腾后结果倒霉了，闯祸了，被算计了，他得知后总是飞奔而来，为我收拾残局。我遇到天大的祸事，遭最可怕的难，受无处可辩的委屈时他总是第一个站在我身边的人。他不是我老同学，不是血亲，不是邻居，也并非有钱有权，只是心善，不忍看我在漩涡中沉没。

那么多年，我坐享他的“照顾”，从没想过凭什么，他对我那如山的情分，我也没觉得有什么不妥。他走了，我才忽然惊觉之前天没有塌下来，是因为有高个子顶着，他就是那个被砸得体无完肤也要护着我的高个子。现在，我无处去靠了，天如果塌下来，把我砸成一堆泥，也不大会有人像他那样与我感同身受了。

忽然想到，这么多年，他不知为我操过多少心，做过多少事，我都当作理所当然。我习惯了凡有过不去的坎，就有他来帮忙的日子。有些难事，他虽不能化解，却会令我心安。他是我依赖的兄长，朋友，老师，是我生活中无处不在的挡风墙、遮雨棚。我对此习以为常，连一声谢都没说过，连一点歉疚都没有过。他不是我的亲人，我们只是青春年少时，怀着火热的理想，在异乡相遇的陌生人；只是曾经一起住在望得见星空的破芦席棚里，互相看着因搬砖头磨得鲜血淋漓的双手，擦着泪还说着豪言壮语的青涩少年；只是曾经饿得头晕眼花，一起去山上挖野菜，被刺丛扎破手脚，笑着比谁伤得更惨的学生娃。五十多年里，他始终在，他杜撰，称我为“砖友”——曾一起搬砖的朋友。他总说，这样的朋友今生不会再有，所以是值得收藏的唯一。他没有给我留下任何纪念品，只在诀别之际给了我一张纸条，上面写着：“我走了，你要好好的！”想去骂他，我还在，你怎敢走？想去怪他，你不在，我怎会好好的！想去问他，你去了，依俗烧点纸钱吧？想去找他，茫茫人海，他消失得无影无踪……他留下遗言不留骨灰，连墓都没有一座，上哪儿去问，上哪儿去祭！惆怅晓莺残月，寂寥孤雁夕照，仰望苍穹，长歌当哭！

2022 年 4 月 3 日

西风扶弦

惟兰斯馨

她坐着。一叠中文译稿摊开在竖着的木架上，左面是外文原稿。祝庆英凑近稿纸，吃力地校阅着。夕阳从窗口流进，照得她满头银丝金灿灿。一个个米粒般大小的外文字母，一个个凝重的方块字，编织成长长的河，流走了她的青春、爱情、梦幻……也捎走了她的痛苦和悲伤。

祝庆英永远忘不了1952年的圣诞节前夕。从圣约翰大学毕业的她，因患肺结核待业在家，非常苦闷。一天，巴金夫人萧珊兴冲冲地通知她："编辑部请你去一次。"下午她去了巴金主持的平明出版社，接待她的是专译契诃夫作品的汝龙先生。汝龙正在桌边工作，《苦难的历程》译稿摊开着。汝龙告诉她，这就是校阅："对照原文将译稿逐句看，不对处改一改，不确切的要查资料核对。"就这样，二十二岁的祝庆英开始了她的编辑生涯。她觉得自己似一只逃脱了羁绊的小鸟，从此可以在天空自由翱翔，她兴奋地哼着《歌唱祖国》，从楼梯上几格一步地跳下来。

开头几年，她主要是校订英文译稿，当英文编辑。1959年古巴革命胜利的消息传来，中国人民对拉丁美洲产生了浓厚的兴趣，希望出版社介绍有关情况，电台报纸也来索要材料。有几位年轻的译者寄来西文译稿，但当时出版社唯一的西文编辑已调离，社里无人能看译稿，更无人能介绍拉美文学的情况。祝庆英勇敢地站出来挑起了这一重任。

当时，中国第一本《汉西词典》尚未出版，上海懂西语的人寥若晨星，《中国建设》的西文版也还没有发行，要学西语谈何容易！祝庆英找来一套西班牙《灵格风》唱片，觅到一本《HU-GO》西语自学课本，买回《西语成语》等书，借助《西英词典》，硬是一字一句地啃。为了尽快掌握西语，她买来西文有关资料，对照中文原稿学习，每天搞到深更半夜。就这样，仅半年她就能看西文译稿了。她编辑了《要古巴，不要美国佬》《我们必胜》等诗集。之后她组译或校订了《大厦谷》《旗帜集》《一磅肉》等作品。祝庆英作为新中国第一代的西语工作者之一，起了承上启下、不可低估的作用。

在三十多年中，平明出版社并至新文艺出版社，后又改为上海文艺出版社，一直到成立译文出版社，祝庆英一直在编辑的岗位上辛勤耕耘。作为外国文学编辑室欧美组的负责人，她在五十年代末至六十年代初，参加拉美文学选题的编选工作，自己看以及组织别人看了一百部原文书稿，写了大量的内容提要供有关领导制订计划参考。这些书稿当时由于种种原因，大多没能出版，但祝庆英为之付出的心血，对沟通中西文化交流、活跃西语界起了积极的作用。二十年后，有的书重新由她组稿出版，有的正在翻译，不久的将来可望出版。

1954 年，祝庆英的眼睛因患白内障，视力大为减退，1956 年医生嘱她一定要调换工作。从当编辑的第一天起，她受到巴金、萧珊、汝龙等前辈们的提携教诲，已将自己的生命融入了事业，她怎肯从心爱的岗位上退下来？祝庆英将医生的叮嘱扔在脑后，仍每天坐在书桌前继续她的工作。结果近视以每年一二百度的速度加深，眼底黄斑出血，吃药打针均告无效。

1970 年，她被借到上海外国语学院参加编写《法汉词典》，当时她视力已经很差，有时拎一点东西，眼底就要出血。她置这些于不顾，每天固执地坐在书桌前。有时眼球涨得仿佛要裂开来，就闭上眼睛休息一会儿。外文字母实在太小，祝庆英有时觉得自己像是在用最后的力气爬山，不过她爬的这座山不需要用腿，而要用那一双曾经是很明亮的眼睛。

提起编《法汉词典》的那一段日子，祝庆英总要想起自己的同行们，为了这本小小的词典，他们曾经共同付出了巨大的代价，宋之鸿同志还为之献出了生命。编辑之一的宋之鸿，由于劳累过度心脏病复发，那天中午已无法吃饭，气喘吁吁还坚持工作，到下午四时三刻突然倒地，手里仍紧紧地握着笔。祝庆英每说起这件事，总要落泪，她说："战士，不仅牺牲在战场！比起这些人来，我做得太少、太少了！"

1957年，周恩来提出，把继续修订《辞海》的任务列入国家出版计划。从1960年开始到1986年，祝庆英数次参加《辞海》的修订，负责西、葡、拉美条目的编写。在《辞海》长长的主要编写人名单上，祝庆英三个字显得很小、很不起眼。但是，这本沉甸甸的辞书，记录了她和同行们几十年奋力拼搏的路。有近百名编写人员在《辞海》的编写路上前赴后继，祝庆英便是其中之一。这本书上的每一句话每一个字，都浸透了中国一代知识分子的热血，也饱含着祝庆英对人民、对事业的深情。

1979年5月，高度近视的她一脚踏空从楼梯上摔下。她坐起来的第一个动作，就是试着睁开眼睛：右眼一片漆黑，脸上全是黏糊糊的血。左眼呢？这是她视力较好的一只眼睛。她用手掰开眼皮，啊，有点光亮，她欢喜得像孩子一样大喊起来："看得见，看得见！我还可以工作。"在瑞金医院，医生摘除了她的右眼球，这只已超负荷工作了近三十年的眼球，前破后裂无法保住了。

作为一个普通人，只剩下一只眼睛可用已是天大的不幸，何况是一名编辑！从病床上站起来的祝庆英，感到了命运之神的严酷。眼睛没有了立体感，写出的字是重叠的。手伸出，取不到要取的东西。来看望她的前辈师长、同事好友，都为她感到痛惜，有的人站在她的床头大哭。还能不能继续工作呢？她的回答是肯定的。工作不仅是她的职业，还是她生活的需要，她整个生命的欢乐所在。她无法去出版社上班，就在家里工作。她请人做了一个木架，将稿子竖起来，利用白天光线好的时间，坚持坐在桌前。像在单位里一样，她的工作时间有严格规定，眼睛好的日子，她工作八小时。有时只能干六小时，她就觉得内疚。白天整块的时间，她都为社里审稿校稿，属于自己的只有早晨、晚上和周日。由于超负荷的工作，态度又认真得近乎痴迷，不久她唯一那只眼睛的近视就加深到了一千三百度。

祝庆英一直与父亲生活在一起。父亲祝世康是留美博士，名字被载入美国的《名人录》（*who's who*）。解放前，她父亲与宋庆龄、周恩来、董必武等人有交往，是著名的民主人士。解放后，这位为革命作出过重大贡献的知识分子，因病在家休养，从来没向党提过任何要求，一直过着俭朴的生活。以父亲为榜样，使庆英对父亲的一句话有了极深的体会："我们撒下几百颗种子，也许只有一颗能发芽。"只求耕耘，不问收获，这就是祝庆英的信条和原则。

三十五年过去了，祝庆英做了多少工作，看过多少稿子，她自己都说不上来了。六十年代初从外语学院毕业的西语工作者，现在大多数人已成了骨干，有些已是专家。他们不会忘记，当他们在西语翻译这条路上蹒跚而行时，是祝庆英的帮助和鼓励使他们建立了信心。

富有才气的祝庆英精通英语，自学了西班牙语、法语，粗通意大利语，她的文笔流畅细腻，但她却少有译作。1980 年，她翻译的《简爱》出版，1988 年，《夏洛蒂·勃朗特》又发行。对此，她总说："如果有时间，可以译得更好些。"这当然不是实情，《简爱》初版就印了二十七万册，后来一版再版，至今已印行了六版达七十万册。祝庆英将自己大部分时间和精力，为他人作嫁衣，这是她少有译作的主要原因。尽管如此，她还是觉得自己干得太少，太少。

祝庆英两次被评为上海市劳动模范和全国"三八"红旗手，出席过全国文教群英会，她的名字在翻译界被大家怀着敬意提起。她已不再年轻，再也不能唱着歌欢快地跳着下楼，连出门也很困难。她体弱目残，孑然一身。但是，坐在她的身边，人们都会觉得有一股无形的力量在冲击，催人奋发。那是热情的火，夏日的雨和艳红的玫瑰……她八岁的侄女祝立，在她疲惫时，为她轻唱“*Jingle bells*”等英语歌曲，在她耳边柔柔地呼唤“Maunhe”，她拥有一个温馨的家。

让我用《简·爱》中的一段话作为本文的结束：“他的脑子里没有愁云，他的心灵里没有畏惧。他的希望是可靠的，他的信念是坚定的。”

祝庆英的心里充满着神圣的快乐。

1988 年 2 月 9 日

谢谢你的仁爱之心——复童永浩

童医生：

收到你的信，我实在有点喜出望外了。世界很大，我们三十年未能重逢；世界又很小，杭州我来过很多次。今年上半年，我去宁波三次，如早知你在杭州，顺道拜访你是很方便的。

我的父亲于 1986 年从西宁调回故乡，现在宁波大学任教，母亲随侍。最近我的大弟也调往宁大，所以，我回故乡的机会是很多的。今年我还要回宁波讲课，如有时间，一定到杭州看你，不知你还能认出我吗？那年我回上海后，病一直未痊愈，几十年的坎坷也不必提它了。一晃眼，我已青春不再。

记得 1960 年我因病回故乡休养时还不到二十岁。当时我的心情非常压抑。我有五个弟妹，妈怕我的病会传染，送我回祖母身边。在同义医院看病时，我认识了你，那时你也只有二十多岁。我一直不知道同义医院与我们家还有关系，这次回故乡时听父亲说起，才知当年先外祖父与我们叶家的几位长辈曾集资为乡人建造了同义医院。正好父亲在主编《宁波词典》，我和大弟去了医院一次。医院并无大变，在原来肺科那间小屋，我还能想起你指着 X 光片为我解释病情的情景。那天我听你说我肺部的病灶未见减小还有扩大的迹象，我大哭了。

你递给我一条手帕，温和地说：“肺结核不是什么大病，在我手里的病人没有一个不是好好地恢复了工作的。不要哭，千万不要！”你有点手足无措的样子。从此，你不但为我看病，还常常陪我在田埂小道上散步。你成了我在病中可信赖的朋友。

现在医院收治精神病患者，一间间房子都围着铁栅栏，窗口映出时哭时笑的脸。院长听说我们是医院创始人的后代，热情地捧出了院史。我看到院史上有外公的照片，有建造医院的经过、捐款记录和工作记载，很详细，也很感人。医院的幢幢小楼依旧保存着原貌，只是医生和病人如流水般地换了一茬又一茬。院里的杨树粗壮高大，还有几只鸟窝悬在树梢间。记得过去肺科那小屋前有一株桃树，现在已不复存在。只有青砖铺就的路，上面留着无言的足迹，有你的，也有我的。我的前半生遇到许许多多好人，曾在我困难的岁月中帮助、鼓励、安慰过我，你就是其中之一。一位医生能用仁爱之心对待病人，这是极难得的。医生能成为病人的朋友，治病还治心，这就更难得了。

人生如梦，人生如歌，岁月流逝，青春易老。一个人在记忆中拥有的闪光的金子，会为生活增加美好的色彩。朋友们说我热情豁达，我想这多半是因为我面对生活，总能勇敢地迎上去的缘故吧！

我很高兴将有机会见到你，当面向你表达我的感谢。对每一位曾向我伸出手的朋友，我都铭记在心，永不敢忘。

祝全家幸福！

1990 年 7 月 16 日

童永浩，江苏无锡人，宁波庄市同义医院肺科医生，后调至杭州。2010 年，我曾与他在杭州见面，他已满头华发，这是我病愈后唯一一次与他见面。2019 年我给他寄去新年贺卡，没有了回复。

不要躲避幸福

明德：

今天从玉民处，得知伯母摔伤的消息，真是祸不单行。祝愿她老人家早日康复。

葛老师告诉我，你的那位“他”是他的老战友。葛老师是一个很洒脱的人，他的战友想必不会错。不知你们现在有什么进展？是否有成功的可能？

我们是一起长大的，虽二十年未通信息，但一见面仍很亲切。我希望你能跳出悲苦的过去，得到最好的结果。人生的路对我们来说，已走过了大半，剩下的路已经不多。作为女子，你需要有人扶持。一双强有力的男子手臂，可以帮助你驱除痛苦，为你的生活增添不少色彩。不要对生活和感情要求得太苛，也不要对自己太卑视。五十一岁的你，还可以好好享受生活。

27日是我的五十岁生日，有几位朋友来我家小聚，我希望你能来。你说你没有空。你的妹妹从武汉回来了，儿子放暑假，你偶尔出来一个晚上，天不会塌下来。你把生活中琐事的责任看得太重，你好像已不是你自己。你把一个活生生的明德融化在做不完的家务之中，你的生活只剩下了柴米油盐、儿子、母亲，你究竟是在生活还是在“受”苦？

母亲是应该侍奉的，尽孝是人的本分，但她不应是你生活的中心，她更不应夺去你的幸福。由于孤寂，由于长期独身，双目失明的伯母已有了很多怪脾气。她希望你终生陪伴她，不要再结婚。这是极端自私的想法。

难道你也认为， 这是你唯一可走的路？一代人有一代人的活法，长辈，即使是母亲，也没有权力干涉你再婚的自由。何况伯母年事已高，她走了，你怎么办？

我要把你从封闭的小圈子里拖出来！这么多年了，你怎么可以不去看电影，没有社交，不交朋友，连一件新衣服都没有！单身女人仍然是女人，你应该属于你自己，属于男人，属于朋友，而不应只属于你母亲！尽孝与追求幸福不矛盾，女儿和妻子这两重身份也并不会水火不相容！

恕我不敬。我们是童年的伙伴，说这几句心里话，出自坦诚，请勿见怪。27 日晚上六时，请你一定来。天很凉快，车也不太挤，来坐一个夜晚，与各种各样的人接触一下，从自我封闭的小圈子里跳出来，对你一定有好处。

去买一条漂亮的裙子，去理发店做一次头发，然后略施粉黛，容光焕发地上我这儿来。即使只有这一个晚上，也请你忘掉自己的年龄，忘掉伯母罩在你头上的阴影，忘掉过去婚姻的旧迹，和我一起去寻回我们童年的快乐。

那位“他”如果人品不错，别轻易放跑了。幸福很容易擦身而过，要睁大眼睛瞄住它，千万别错失机会。亲爱的明德，愿你有勇气冲破那用母爱织成的无形网，获得重新飞翔的自由。

我等着你来。不要放弃快乐——哪怕只是一个晚上。

1990 年 7 月 23 日

祈祷月仙姑平安归来

才章姑夫：

忽闻月仙姑出走，惊诧万分！她没有来我处，更无片言只字之音讯。如有消息，定即奉告。

4 月上旬我曾到庄市中心校讲课，课后与家父一起拜访你们。遗憾的是大门紧闭，唯闻吠声。敲之半晌，出来一青年，不知是否为您的儿子，我们请他转达问候。那天，你们去骆驼镇布道，未遇甚憾。月仙姑是虔诚的教徒，她生性善良，连一只蚂蚁都不肯踩死。她乐于助人，见了乞讨者，总是把口袋掏空才罢休。我来故乡几次与她晤谈，深知她为儿女家事所累，但她从不怨天怨地，总是眼望上空柔柔地说：“主会知道。他们会受到主的惩罚。”谁知您的儿子、媳妇并不怕主的惩罚，他们得寸进尺，回家坐上桌子吃饭，好酒好菜席卷一空，不管你们有没有吃。换下的衣裤堆在脚盆，月仙姑洗了还要被骂：“老东西，衣服也洗不干净！”两个媳妇简直似狼如虎，她们撬开月仙姑的箱笼，偷走她的衣物首饰，取走她的银行存款，一不如意，大拳头就挥了过去。

月仙姑总是忍气吞声，她爱面子，从不向外人诉说媳妇的不是。被打得头上起了肿块，她却说是自己撞的。东西被偷走，她只说是不小心自己弄丢了。

在忍无可忍时，她曾托我在上海找一份帮佣的工作。当我请她来上海住时，她却丢不下家，丢不下这群恶狼般的儿女！

人皆有老，人皆要老，尊老爱幼是中华民族的传统道德。月仙姑操劳一生，对子女儿孙尽心尽责，已到了被榨干剥尽的地步。她身怀绝技，一生救治了无数的孩子，却无力救她自己。她这次出走，一定是到了万般绝望的地步。月仙姑虔信上帝，相信她不会出什么事情。如她出了事，就是心灰意冷到了极点，那么人力再也无法挽回。她若有什么三长两短，您家的几个儿、媳将有不可推卸的责任，必将受到法律的严惩和社会舆论的谴责。

希望她能安然回家，也希望您这几个不肖儿孙，能幡然悔悟，收起贪婪之手，负起小辈责任，让月仙姑有个安定的晚年。

祈祷月仙姑平安归来。有信息请即告知。

1993 年 7 月 8 日

汪月仙，宁波庄市人，庄市教堂牧师董才章之妻。教堂拆除，他们搬至骆驼镇教堂布道，几十年与我失去联系。经我辗转寻找，前年才与他们女儿通了电话，得知二人都已去了天堂。

悼王须兴先生

王须兴先生是我出版的两本书的责任编辑，也是我的老师和朋友。

1990 年，我捧着《陶行知教育思想论述》的文稿，贸然来到学林出版社，认识了王先生。这是我出版的第一本书。当时的我，对出版书的有关事宜一窍不通。王先生手把手地教我，从书名的选定，到稿子的删增，甚至一个标点符号的使用，他事无巨细地给予指导。不知多少次，我坐在他局促的家里，与他讨论稿子的修改直到深夜，常常搞得他家人无法安睡。校样出来后，他不厌其烦地一遍又一遍教我如何看校样，如何画那些规定的符号。

为了编好这本书，王先生亲去听我的陶行知教育思想报告，不但认真听还记笔记。后来，他又带领出版社的十几位同志去陶行知纪念馆参观，听我讲述陶先生的伟大事迹。他说，陶先生如此伟大，我们一定要出好这本书。他连日加班，使书赶在陶先生百岁诞辰前出版了。

这本小小的理论著作，出版后得到好评，半年中连印三次，达到了两万册，其中浸透了王先生的心血。更重要的是，通过此书的出版，我建立了信心，以后又出版了第二本、第三本书。

王先生是一名老编辑，他一生大部分时间在为他人做嫁衣。他命运多舛，曾遭不公正待遇。但他从不抱怨，只是默默地做他份内和份外的工作。当人们抱怨世风不古之时，王先生这位老共产党员给人以一种坚如磐石、韧如青竹的震撼。

在广漠的宇宙间，人微如草芥，轻如尘埃，王先生只是一位普通的出版者，但他的敬业精神，他的人品，他提携同行、帮助作者的无私，他对事业的热爱，对生活的执着却会永远留在人们的心中。从这个意义上讲，他将永生，他为之奋斗了几十年而未竟的事业，也将在他编的作品和出版史中，得到延续而获得了永恒。

我的第二本书，王先生没有编完的《霜露》，如今已出版了，作为我的祭礼奉献他在天之灵。以此，向王须兴先生表示我最后的敬意和感谢，愿辛劳一生的先生得到安息！

1994 年 3 月 10 日在王须兴先生追悼会上致词

陶行知的私淑弟子

有的人走了，身影依然清晰；有的事很细碎，却长留在记忆中。想起老馆长余洁生，我心里便有这样的感觉。

他离休后来陶行知纪念馆任馆长，最喜欢说：“我是陶先生的私淑弟子。”真的颇有陶风。教育局给他津贴，他说有离休工资，不必了。推辞不掉，他设了专用账号，馆里购物、报销、补助……都用这笔钱。他非但分文不取，还倒贴车钱来上班。离任时，他把这笔钱留给了馆里。馆里的小车，不论公事、私事，他从来不坐，每次去上师大取《行知报》，他扛着几百份报纸要倒几辆车，到沪太路还要走二十分钟，我说这是何苦，他笑读陶诗：“公家一分钱，百姓一身汗，花钱容易流汗难。”陶先生说：“私德最要紧的是廉洁。”余老师就是这样的人。

馆里有同志喜搞副业，居然在陶馆设摊卖牛奶，说是参与市场经济。在 20 世纪 80 年代，的确有这种现象。余老师说：“你是党员，不可以！”那人说：“现在流行第二职业。”余老师拍案而起：“党员只能全心全意工作，没有权力谋私利！”铁骨铮铮，掷地有声。

那时，来纪念馆的参观者非常多。我策划了以情动人的展厅讲解，后来还开讲座：《师德，陶行知教育思想的现代价值》《理想与做人》《爱满天下》……余老师很支持，但他说一定要先定讲稿。我说：“边讲边定。”他说：“不打无准备的仗。”我说：“在做中学。”还抬出了“陶行知”和他争：“没有做，莫说做不通，做了九十九次失败，第一百次次会成功。”余老师没办法，只好天天盯着我。我讲课，他就来听。人家鼓掌他却说："不要表扬要挑毛病。"一个周日，我去黄浦区少年宫讲课，刚开讲，余老师又来了。讲完后他开座谈会，要大家给我提意见。因为怕他挑刺，我每场课都录音，晚上我一遍遍听，一遍遍改。一有空，我就跑图书馆，采访陶友，做笔记……后来他不再听课了，我仍然战战兢兢地准备每一场报告。二十年了，我始终站在陶研队伍里，近年还策划了"爱满天下杯"学陶师、陶大型活动，越干越有劲。我很感谢余老师当年的敲打。同时被逼出来的，还有我后来不断出版的陶研著作。

余老师任馆长的那几年，我们接待的人特别多，还出版了好几本书。我们为农民办培训班，陶馆成了倡导农村文明的好去处。因为有余老师这样的好党员，好领导，大家为学陶、师陶天天忙，很苦，很累，却很开心。

陶先生说："人活的时候少，死的时候多。在活着时，如果做了有益的事，这'少'就变成了'多'。"余老师走了，他就是把"少"变成"多"的人。我想陶先生见了他一定会说："你是我的好弟子。"

2005 年 9 月 29 日

享福的高家姆妈

小时候，楼下的高家姆妈老爱对我说："你姆妈有四个女儿，好福气啊！"她有六个儿子，福气不好吗？她说："没有女儿的妈，死了没人哭！"死了妈，儿子不哭吗？她叹着气说："儿子要讨媳妇的。"我更不明白了，讨了媳妇的儿子，不再心疼妈吗？她摇头说："你不懂。"我没女儿，至今不懂究竟。直到很久以后，我才知道高家姆妈其实有好几个女儿，只是都夭折或送人了。作为母亲，这心头的痛不仅仅是怕死时没人哭吧。

不算没女儿这一点，高家姆妈其实是这幢屋里最享福的一位。她出身大户人家，又嫁了湖州有钱的高家。她搬来那天，几十只箱笼堆成小山，奶妈、佣人穿梭似地忙，看得邻居们惊羡不已。虽说生了十多个孩子，高家姆妈始终是细皮嫩肉。每天早晨她略施粉黛去外滩打拳，中午睡一觉，下午打麻将。她看见我妈天天像滚着一样地下楼去上班，总是笑："叶家姆妈这日子怎么过！"

享了多年福，高家开始用不起佣人：高家伯伯工资减了，股息没了，老家的米行关了。和屋子里的邻居们一样，高家姆妈开始自己下厨做饭，也悄悄地跑"淮国旧"。也许因为家底厚，日子虽不再滋润，高家姆妈却依然浑身山清水绿。她早晨拳照打，中午觉照睡，只是不许再打麻将，她有点难熬。她望着院子里吵闹的我们，总是长长地叹气。因为寂寞，也因为喜欢女孩，她爱叫我"心肝""乖囡"。我读高中了，她还这么叫。我去她家，总有一份零食留着；过年她做的一绝——

南瓜圆子，也总有我的一份。我出嫁时，正是人人自危的年月，她派儿子来送礼，还捎口信说："心肝出门，高家姆妈要哭的！"

后来高家伯伯走了，作为全职太太的她只有一点遗属费。儿子都成了家，年事渐高的高家姆妈面对空空的屋子，怎么过下去？

再回老宅去，是高家姆妈九十大寿。很多年不见，她非但没有遭难，还依然雪白粉嫩。因为耳聋，她喊得震天响："心肝！"叫得邻居们都看着我笑。她在享儿子的福了。高家伯伯不在了，她的儿子们轮流寄钱来。很多年，她不愁吃穿。后来几个儿子也老了，小儿子小毛又接过了赡养老母的重担。他们请了保姆，全天候地侍候着，又怕老母寂寞，把孤老大哥一起接来住。生意这么忙，但只要老母有事，小毛立刻就会回来。怕老母得痴呆症，要邻居们陪着打麻将，谁输了算是小毛的，哄得老人整天笑。老母喜欢打扮，小毛买新衣服不断……小毛不爱说话，读书时正是读书无用论泛滥，说起来真没什么文化，但他却真真切切、自自然然地尽孝。他让老母享福，也让大哥有了家。整天忙得团团转的小毛，他的心里一定有一个温暖的角落。他在老母慈祥、满足的目光中已得到人生最好的奖赏，他才能那么自在地在商海拼搏吧？

父亲曾写《念慈》诗："记得灵前拜母时，肝肠痛断泪如丝。世上多少娇儿女，能解寸草春晖诗？"我想，儿女也许永不能解得春晖诗，但只要尽了心，行了孝，到天人永隔时，怎么会"肝肠痛断泪如丝"？高家姆妈高寿九十七岁，无疾善终。因为没有女儿，她的送别仪式的确没有泪雨纷飞的大恸。小毛还说，这是喜丧，大家不要哭！但是谁能说儿子心里不在痛呢？高家姆妈实在是有福之人。

2006 年 2 月 18 日

沈引子是高家姆妈的姓名，她一直是全职太太。1958 年，里弄办托儿所、幼儿园，她热心参与，把家里的大小凳子都搬去，但后来退出了。她的大儿子参加抗美援朝，二儿子是一个地级市市委书记，三、四儿子都参了军。这位革命家庭的母亲享年九十七岁。

没有翅膀的天使

那是一个刻骨铭心的夏夜，天空电闪雷鸣，地上大雨哗哗。涉过齐膝的水，待产的我被送进了妇婴保健院。折腾了大半夜，胎儿坚守阵地，任人千呼万唤，就是纹丝不动，精疲力尽的我只剩下了一口气。正是非常时期，产房里没一个人是医生。一声惊叫："胎心快没了！""怎么办？""快吸氧！""氧气管怎么插？"听着这无措的纷乱，我越发胆战心惊。想起妈曾说过，女人生孩子，一只脚踏进了鬼门关，又想起电影中常有令人悚心的问题："只能留一个。保大人还是保小孩？"如果问我，肯定要保小孩，但是没了娘，小孩怎么活！又急又痛，我泪雨滂沱。

"快去叫马主任！""什么主任！叫她做啥？生孩子女人都会，大惊小怪！""要出人命了。快去叫老马！"老马被喊来了。泪眼朦胧中，我看见了一张和善的脸，她头发花白，身体瘦弱，还瘸着腿。她摸了摸，立刻断定："臀位，危险！"只觉一双手轻柔又坚决地在我腹部拨弄，好一会儿，不见动静，旁边的人不耐烦地叫起来："开刀，开刀！""吵了一夜，烦死了，开刀最干脆。"感觉自己成了任人宰割的羔羊，我绝望地尖叫起来。

老马说："你现在痛，开刀更痛，还可能会有后遗症。我们再试试，尽量不开刀。"她握住我的手，柔柔地说："你要当妈妈了。记住，妈妈是无所不能的，来，再试试。"她喊着口令："吸气、屏住，用力！休息一下，再来一次……"我仿佛听到了娘在鼓励："别怕，宝贝，你一定行的。”“哇！”终于，世上最动听的哭声响起来。老马长吁一口气，她抚着被我抓得鲜血淋漓的手，未等我说一声谢，就被人带走了。

经历了生死激战，回家后唯恐有一丝闪失，按习俗我关紧门窗，盖上棉被整天躺着。如果不是老马，又要出大事。那晚很热，老马悄悄地爬上四楼，浑身大汗淋漓。她怎么会来？原来医院以前有规定，产后三天要回访，此时却无人遵守。她不放心，转了三辆公交车，找来了。我已昏睡了一天，家里人以为我太累，没在意。老马大惊：“高热！快送医院。”她打开门窗一面大声责怪：“大热天，不透风还焐被子，亏你们想得出！”她一瘸一拐地帮着把我抬下楼，汗珠啪啪地掉在台阶上。救护车开了，她在后面追着喊：“告诉医生，是产褥热！赶紧抢救！”渐渐地，她的身影被黑夜吞没，只有焦急的叮咛还响在耳畔。

又一次出院时，见她站在医院外的草坪上。正午的太阳照着她，她的全身，她的眉眼，金灿灿的，唯有地上拖着黑黑的一串影子。我想走过去致谢，环望四周，不敢动。微风吹动她的白发，掀起她的衣角，书写着一个个无言的问号。

在那艰辛的日子里，那位天使，她没有了翅膀，仍奋力为别人吹奏一曲曲生命之歌。尽管，至今我不知道她的名字，也不知她去了何方，但这满怀爱心和善意的旋律隽永又绵长，深深浅浅的，几十年，依旧低回在我的心头。

2006 年 11 月 22 日

系在心上的线

“金捷走了”。我看到讣告上的这一句话，代母亲秦怡悲哀，心里酸酸的。

知道金捷的人不少，因为他母亲走到哪儿都带着他。我们认识他，缘起一幅画。2002 年，从事艺术教育的行知校友秦连生率团参加我们的爱满天下杯全国书画大赛，他带来的几十幅画中，有一幅水粉画一下子把我们吸引了：画中的秦怡穿泡泡袖的白衬衣，棕黄西式长裙，双手交叉端坐，生气勃勃的脸上满溢快乐。秦怡的银幕形象大家都熟悉，却很少看到她这样的神态。无论从技巧还是意境，这幅画都显示了少有的娴熟——每一个笔触都发自内心。

这是金捷画的。几年来金捷跟秦老师学画，每周一次，风雨无阻，他的病渐渐稳定了。他能画上半天，话也多了，有时还会提问题：“这，怎么画才好看？”老师示范，他看得很仔细，总是中规中矩地画第一笔，但第二笔开始便随意发挥了。他特别喜欢明亮、鲜艳的颜色，更喜欢把多种颜色混在一起涂个淋漓尽致。《秦怡》的底色用了红、黄、蓝、紫，看似乱，却十分雅致。画画常使金捷回到他心智健全的儿时，他常一边画一边背幼时学过的唐诗，画笔底下的“秦怡”也是对于母亲年轻时美丽的记忆。在天马行空的涂抹中，金捷沉浸在他独特的纯净世界中。

在上海图书馆举办的爱满天下杯全国书画展上，《秦怡》被评为“特别金奖”。开幕式上，秦怡带着儿子参加我们的颁奖典礼，金捷捧着奖状，笑得像个孩子。那天，人本来就多，更有不少影迷想近距离看看心中的偶像，不时有人挤到主席台上。金捷被挤来挤去，他似乎不在意发生的事，依然开心地笑着。但当有人挤到秦怡身边，还有人冲过来要秦怡签名时，金捷突然生气了，他含糊不清地嚷嚷着："你干啥？"一面推开人群，一面紧紧地拉着母亲，在儿子残存的心智里，母亲是不容轻侮的！

后来，秦怡老师打来电话，要把这幅画赠给我们。我建议，还是捐给慈善基金会吧，"爱满天下"精神是相通的。秦怡老师同意了。她特意拆了家中放照片的镜框，把画工工整整地装好，派人给我们送来。当年的"点亮心愿"慈善义拍中，这幅《秦怡》和它背后浓浓的母子情，感动了所有参拍的人。安利公司经过激烈的争拍，成了这幅画的新主人。金捷的画拍卖所得的善款帮助六位老人重见光明。

这以后，我曾好几次见到这对母子。金捷渐渐地老了、病了，秦怡当然也老了，但她脸上总是那么恬静、淡然，每次见到他们，我如沐浴着春日的阳光，感到很温馨。曾有一位电视台记者在采访时，看到秦怡给儿子洗头、洗澡的情景，他感慨，如果母亲先走了，儿子怎么办？他暗暗祈祷，愿上苍给这位伟大的母亲增寿！现在儿子先走了，这位好心的记者，可以不再担忧了。但是，不管出类拔萃还是身残智障，儿子都如风筝，那根线始终系在母亲的心上。线，系得很牢，勒得很紧，永难解开。风筝飞得多高多远，即使飞向天国，线断了，风筝没了，这一头母亲的心里，依然时时牵扯着，生疼生疼。这些感受除了母亲，谁能知晓！

金捷应含笑而去，因为他享尽了做儿子的全福。他的母亲，还要面临难熬的孤独。但可敬的秦怡老师曾说过，该来的，总要面对。希望她让儿子安心地走。

生命里有一些痛，会成就世上一个个美丽的故事。秦怡老师，请您不要哭！

2007 年 3 月 16 日

莲叶何田田

今年的春天很温暖，华师大校园里的丽娃河早早地就飘着含苞的莲。风和日丽的午后，我喜欢坐在岸边，任柳丝拂面，听鸟儿呢喃，看莲叶田田，渐渐地朦胧起来，眼前常会浮现一个盈盈的笑脸。

十多年前，也是一个和煦的春日，我与她相遇在河边。当时，我受托义养的孤儿小 P 到了入园年龄，附近却没有幼儿园收她，我急得团团转。那天偶遇，实是天赐良机，我当然要试一试。她就是梁莲，时任实验幼儿园副园长。与我仅一面之缘的她，很耐心地听了情况介绍后说，你明天带孩子来幼儿园，我们商量一下。我不敢隐瞒，忐忑不安地说，孩子智商有问题。她拉我坐在石凳上，仔细询问了小 P 的身世，竟泪眼婆娑了。她说，我们有责任帮助这不幸的孩子，一定把这件好事做圆满。她匆匆离去，我怔怔地站着，实在不敢相信竟有如此的好运气：全市最好的示范园之一，肯收一个弱智孩子？

幼儿园不仅收了小 P，全园师生还举行了盛大的欢迎入园典礼。小 P 看到那么多人，站在园门口不敢进去。梁莲走过来牵着她的小手，柔柔地说："别怕，孩子，你现在有家了。"晶莹的泪珠闪在梁老师的眼里。

一天早晨，天阴沉沉的，我的心情也灰暗起来：齐膝的积水，还有一个小 P，怎么去上班？眼看时间来不及了，我一咬牙，背起小 P 冲进了风雨中。我们在水中东倒西歪，每走一步都是拼命挣扎，孩子很沉，还吵着要下来，我跌跌撞撞地又气又急，忍不住骂小 P。赶着上班的梁莲看到了我，她涉过大水，一手抱住了啼哭的小P，一手扶住筋疲力尽的我，她说："看，马上要出太阳啰！"透过密密的雨帘，我看到了一张笑脸，所有的阴霾瞬间吹散，我的心里暖暖的。

后来，我有好几年没见过梁莲。新世纪初，因为爱满天下赛事，她来找我。一见面，她又说了那句话："我们同年，生日只差几天，就是有缘！"我更正道："有缘更因为我们至今仍在教育岗位上。"她大笑，一头依然乌黑的卷发，笑得飞扬起来。

自从走进幼儿园，她始终站在孩子们中间。她总是精力充沛，总是行色匆匆。因为追求完美，她苛求自己，同样的也苛求别人。因此，她觉得工作是快乐的，活着却很累。终于，她倒在了病床上。

我去看她时，她已危在旦夕。病房里到处是鲜花，去探望的人络绎不绝。她似乎并不知道人生已到了最后关头。她笑着对我说："你看，我这回是享福了，吃饭还有人喂！"那天，她的学生也在，梁老师一再叮嘱："要创新，幼儿园一定要有自己的特色……"

莲花从污泥中绽放出一个个美丽的音符，不知它经历了多少磨砺才变得明朗澄澈。梁莲老师辛勤耕耘一辈子，在全国劳模、三八红旗手、优秀园丁的桂冠下，不知她是否也曾在烦恼和纷扰中有过叹息？

"接天莲叶无穷碧"对于梁莲，已无喜无忧，无生无死。唯有莲的洁净昭示着人的顿悟。春去春回，莲叶田田，生生不息……

2007年4月14日

善养心　爱润魂

台风过境，上海严阵以待。车如颠簸的船，晃得人心里慌慌的。透过如注的雨帘，忽见一辆自行车停在街心。四周涌动的水，推来扭去，车孤零零地站着。骑车人，去了哪里？

我的脑海里浮现一件遥远的往事。五十多年前，一个昏暗的秋夜，大雨瓢泼而下，路上积水齐腰。行人在水中似浮似沉，一个男子骑着破车艰难前行。上涨的水如藤蔓，扯他的脚，撕他的衣。男子拼力踩，头上青筋爆起，浑身汗如雨下，人和车挣扎在气势汹汹的浪中东倒西歪。忽然，一声痛叫，男子摔在水中。许多人围过来，又迅急跳开：有电线……

这是陈阿姨家的惨事，她丈夫在风雨如晦的下班途中，因触电而瞬间西行。那年，陈阿姨不到三十岁。

解放后，陈阿姨在幼儿园烧饭，成了我母亲的同事。好多年里，每逢过年过节，妈总要准备一些钱和食品送给陈阿姨。有几年，我们家也很困难，孩子们眼巴巴地看着吃食咽口水。妈说，陈阿姨独自拉扯三个孩子，从不肯求人，真不容易，我们总比她好些。我们每次去幼儿园玩，陈阿姨会拿自己做的陈皮给我们吃。我们喜欢抢着帮她做事，有一次，大弟自告奋勇搬大水炉扭了腰，陈阿姨心疼得直叹气。有时我们疯得太厉害，她会用括勒松脆的宁波话吼：“勿好轻骨头啊！”胖胖的陈阿姨活得很艰难，却总是笑呵呵的，她像我们的亲阿姨。

后来，妈被关进黑屋子。我想不通，冲到园里要去争个明白：何时，何地，何人曾评妈是地主婆？陈阿姨把我拦在门外说：“好汉不吃眼前亏！”她坚决不许我进去，又说，“天总会亮的。”她塞了一个纸包给我，里面有二元钱。

有人逼妈交出地契，还说我们家有枪。妈哪里见过这些东西。妈不知上哪里去找他们要的东西，绝望之中，喝了一瓶杀虫剂。

妈口吐白沫。陈阿姨奔去打120，并推开阻止她的人，大声说：“我不管她是什么人。是人，就要救。”有人说她与地主婆穿一条裤子。陈阿姨拍着胸脯说：“我三代赤贫，谁敢与我争？”医院同样不敢救，陈阿姨跳着脚和医生吵，妈才捡回一条命。

雨过天晴，妈和陈阿姨都退休了。妈随父亲去了宁波，陈阿姨在上海安享晚年。每年春节妈回沪，第一个去看的人总是陈阿姨。一年年地过去，妈越来越忧心忡忡。陈阿姨的不肖子劣迹斑斑，当妈的爱面子，从来不肯说。每次妈去，她总哭着说：“下次，不知还见得到你吗？”妈流着泪说，陈阿姨要吃老苦了。

不幸而言中，一生操劳的陈阿姨后来瘫痪在床，不肖子搜光她的积蓄，却不管她的死活。她不能说话，万般愁苦全化作了眼泪……

风呼啸着在空中飞旋，雨模糊了我的双眼。穿过阴云，我似乎又看见了陈阿姨。虽然，她离开世界已二十多年，虽然，好人未必总有好报，但她的善行和大爱，至今仍温暖着我们全家。因此，我们放下了心头的纠缠，不再恨，不再怨。在春暖花开的明媚中，有善养心，有爱润魂，人生即使有肃杀的冬季，又何患？

2007 年 9 月 30 日

陈阿姨，我从来没问过她的名字，一直这么叫她。她也搞不清我们六姐弟的名字，叫我们阿大、阿二……她是虹镇老街幼儿园烧饭阿姨，住在娘家隔出来的半间客堂，独自拉扯大三个儿女。1987 年我去看她，家已空无一人。

方老像一盏明灯

2008年3月2日凌晨五时零四分，方老在北京去世。六时三十分我接到医院和方老家属的电话，随即将此噩耗告知了上海有关同志。打完一圈电话，我写了《不带半根草去》一文（后刊在2008年3月14日《新民晚报》上），以此告知大家方老去世的消息，做完这些事，我呆呆地坐着，回忆往事，哀思如潮。

1986年12月，有一天傍晚，一位老同志走进上海陶行知纪念馆展厅。按惯例，我拿起教鞭为他介绍。讲到“流浪儿工学团”时，老同志指着放留声机那幅照片问：“中间那个是谁？”“是方明。”“我就是方明！”

他就是方明？我大惊，教鞭掉在地上。方老笑着捡起教鞭，一张张图片讲过去。他讲了许多当时我还不熟悉的史实，还指认了照片上的不少人。讲了一个多小时，他才意犹未尽地说：“下次再给你讲吧。”

天已黑，馆里的人都已下班，方老和我一起去乘58路公交车。他告诉我：“今天去虹口教育局，听说陶馆有位女同志，讲陶行知把人感动得流泪，我不大相信，所以特地来看一看。”原来方老是“微服私访”。这是我第一次见到方老。他的坦率和平易近人，给我留下深刻的印象。

1988年4月27日，方老又一次来陶馆。这次他来找馆长。后来，方老一定要我同去行知中学吃晚饭，我托辞不肯去，方老说，我有事和你说。在路上，方老说：“我听说你调动受阻，想了解一下原因。

原来你已调进来了，这很好，我也放心了。”当年我的调动，惊动了上海好些同志，竟然还传到了北京方老耳中。那天方老显得特别高兴，我们在学校陶行知纪念室前合影，这是我与方老的第一张合影，随着合影留在我心上的，是深深的感动。

1990年春，我的第一本陶研著作《陶行知的故事》完稿，由于一些原因，我很担心无法出版。方老知道后来电话说：“我来写序。”我把稿子寄给他，不到一周，他就把序寄来了。他写道：“她为宣传陶行知的光辉业绩和教育思想，经常奔赴各地作报告，颇得好评。她以认真的态度写成此书，从各个侧面以故事形式记述陶师爱憎分明的伟大一生，内容丰富，感情真挚，通俗生动，可以一读。”他的鼓励使困惑中的我勇气倍增。1990年10月人民教育出版社同意出版此书。方老得知后，寄来一幅题字：“以陶为师，说真话，做真人，做一品大百姓”。这是方老给我的第一幅题字，我把它放入书的扉页，作为自己学陶路上的一座路标。

我从陶馆退下来后，方老曾与我长谈。他说，职位有退休，学陶永不退休，我记住了他的话。1994年，方老与时任山海工学团团长的潘冷云商量后，决定由工学团垫资五万元，由我主持办一个“爱满天下文化艺术传播中心”。因为讲课、出书，当时的我在圈内已颇有知名度，因此我非常矛盾。方老寄来了一幅字：“闯改革之海，做中华骏马。”他对我的厚望凝炼在这十个字中，我义无反顾地跳下了不可知的“深渊”。可以想象，一个文人转变角色会面对多少误解、冷遇！方老经常给我写信、打电话，为我指点迷津。他出席“爱满天下”的成立庆典，并当众宣布自己担任顾问。他专诚来沪参加我们成立后的第一次公益活动——与上海市教育工会和二医大、华东医院等一起为全市教师举办的大型义务医疗咨询，这个活动吸引了上万名在职和离退休教师参加。在得知我们将与慈善基金会联手举办交大子弟小学义卖会时，方老请时任市陶研会秘书长的冯鸿甲和中陶会办公室主任王铁城同志一起来参加。他语重心长地对我说：“不仅要做，还要多与陶友们沟通，要让大家知道你在做些什么。”他的叮嘱使我懂得不仅要低头工作，还要抬头看路的学陶之道。

1995 年 5 月，方老请我一起去湖南长炼集团开会。到的当天，他就对接待的同志说：“我给你们请来一位‘讲师’，她讲陶行知讲得好！”长炼集团教育局领导十分高兴能有机会了解陶行知，于是开会时方老讲话，我就讲陶行知，讲了四天，听众三千多人。我讲得很累，方老说：“你看，累是累点，但走出上海，天地更大了。”后来，他去义乌开会，又叫我同去，我因为忙，不想去。他说：“去市场经济发达的地方看看人家怎么学陶行知，对你会有启发的。”我去了，还是他讲话，我讲陶行知。那天，在一个全竹子建成的大礼堂，讲了一半下起大雨，雨水漏到我头上，一会儿头发全湿了，但全场没一人退场。看见方老在台上纹丝不动，我越讲越起劲，一股强大的暖流，使我心里热热的、湿湿的。

1997 年，我们经过三年拼搏，有了一点成果，在香港回归前夕，我们在上海美术馆与《解放日报》和市美术家协会联合举办“迎回归联展”，方老特地从北京赶来出席开幕式。他说：“《解放日报》肯参加你们的活动，你们走大联合的路，我看这路走得好！”这句话给了我极大的启发。2001 年春，方老召我去北京，他说：“陶行知 110 周年诞辰，除了开会，你是否想出些‘新花头’？”后来我给他发去一份策划书，这就是后来在上海图书馆举办的“我是中国人——纪念陶行知 110 周年诞辰大型青少年书画诗文展”，也是爱满天下杯第一届全国青少年书画大赛。我们联合《解放日报》《吉林日报》《文汇报》《新民晚报》《劳动报》以及嘉定区委一起主办了这次活动，在上海乃至全国引起了热烈反响。方老很赞赏，他问我要了一百本画册到处送，还带到北京去，说要广为宣传这种走出陶门搞大联合的做法。

这以后，他不断地给我压担子，爱满天下杯大赛后来拓展成论文、作文、出版、展览、颁奖等内容，还增加了还有了实践“六大解放”的学生校外活动。我们每年出版的文集、画册，他总是亲自题字、写序，每年的有关活动，他总是亲临现场。那年他手臂骨折了，还一定要赶来，他在会上说：“这样好的爱满天下杯活动，中陶会当然全力支持，所以我一定要来！”说得全场都动了情。对于我们的合作单位，他总是叮嘱我要尊重他们，他一次次地要我送去他的题字，表示感谢。他还跑了许多参赛学校，为的是“听到真实的情况，欢迎大家提意见”。

有一年，他来组委会视察，正好碰到我们的会计在与有关单位结账，他看见了说：“要花这么多钱啊！”当年，对于我们的社会公益活动，不少人有争议，方老说：“我看这样做没什么不好，是开门学陶。”但他以后来沪，却再也不肯住宾馆，提出住在我家里，“不能让你花钱，你不容易”，这句话至今温暖着我。后来，他真的住在我家，好几次别的单位要接他去他也不肯。有时他也听说一些因不了解产生的误会，他特地为我题了陶行知的诗：“好也不算好，坏也不算坏，好好坏坏任人讲，心中玉一块。”方老的语重心长，使我豁然开朗！

去年，他要我向中陶会申报课题。由于整年忙，我自感精力、时间都不够，很犹豫。方老一次次打电话来催，说：“你有那么多联系学校，又在第一线，要提升到理论高度对自己作一个总结。”从课题名称到内容，都是方老定的，我才下了决心。课题立项批复后，有八十多所学校参与其中，原定 3 月在上海开题，方老说一定来。谁知开题会上，永远没有了他！

去年 12 月至今年 1 月，他在外面奔波，给我好几次电话，都是兴致勃勃，中气十足的声音。我很担忧，劝他早点回去，他却说：“不要紧的！”终于，他病倒了。

今年 2 月中旬，他的女儿打电话给我说：“父亲病情复杂，现在住的医院条件有限。”要我赶紧想想办法，我问为什么不找全总领导呢？她说，父亲不让，说不许麻烦组织。我托一些同志找合适的医院，后来安排到了北京老年医院的高干病房，安顿下来后，方老马上来电话，要见我。我连夜就去了北京。

方老瘦了，但精神很好，见了我，他对女儿说："我要吃饭了。今天，好朋友从上海来了，我心里高兴。"几天没吃饭的方老喝了一碗粥。我坐在床边，方老拉着我的手，他说了许多许多。后来几天，方老能吃能坐，神清气爽，我问了医生，说没什么大碍，我信以为真，方老也信以为真。我问他要不要把他的住院向有关方面汇报，他坚决制止，说，我马上可以出院的，不要麻烦他们。连着几天，他说了很多事、很多人，时而焦虑，时而激愤。看得出他是真正的累了！我默默地听着，只觉得心里酸酸的：他再坚强，再豁达，也是一位九十一岁的老人了，我们能不能对他多一点理解、尊重，多一点对他的爱护，为他多一点分担呢！

因为轻信方老只是一点感冒，也因为心存希望，我在医院陪了他几天要回上海了。方老紧紧地拉住我的手，连声问："你要走了？要走了？"三月份的课题开题会有许多事要做，我必须走了。方老说，我会去参加开题会。他最后一句话是"你要把这个课题主持好，有始有终"。他要我保证，不要把他的病告诉任何人，除了于漪老师。我答应了。他的手不肯放，我心有所感，忽然觉得这会是生离死别，我哭着抱住他，这么多年，我是第一次抱他，也是第一次感到他老了、疲惫了。他放了手，软弱地躺了下来，向我挥挥手，不再说话。泪眼模糊中，只见方老消瘦的脸上都是泪水……

我是他病中清醒时最后见到的一个陶友。他说了那么多，都是工作，都是陶研，都是教育，都是嘱托，没有一句关于他个人的事，没有一句对自己后事的安排，更没有一句对同道、对同志的抱怨。

再见他，已是天人永隔。我与他女儿一起把他从医院送至八宝山，他双眼紧闭，却大张口唇。方老，您还有什么话要说？他再不会回答。这么多年，方老总有事情要我去做，我都尽己之能，希望能为方老分担一些。现在我已没有机会再为方老做些什么了。追悼会前一天，我在方老家和他的女儿们商量，他该穿什么衣服，戴什么领带，套几条裤子……有关方面请我撰一条挽联，那天，如有神助，五分钟我就撰好了：“一辈子呕心沥血献教育，七十年殚精竭虑忧国民”，横批是“爱满天下”，这条挽联放在追悼会大厅的二道门上。想到我能为方老做的只能是这么一件事，真正心碎欲裂！

二十二年来，方老一直是我的引路人。他像一盏明灯指引我在学陶路上勇往直前。他对我的关爱，出自对陶行知事业的执着；他对我的认可，也是对学陶工作的厚望；他对我的包容，是陶行知精神的真谛。许多事，回忆起来很小，含意却很深。他的许多话，听上去很平常，却句句在理。在每一个关键时刻，方老总会给我有力的支持。在他的引领下，我从一个感性的“陶子”渐渐地成长起来，成熟起来，变成了一个真正的陶研工作者，我才能不畏艰难地学陶、研陶。

如今，方老已经渡过忘川，到达了生命的彼岸。他所牵挂的一切，都留在尘世，留给所有为陶行知事业奋斗的人们去解答。我相信陶研事业会万古长青。这条陶研路，我会一直走下去，千千万万个“陶子”也会一直走下去。方老请安息！

2008 年 12 月 21 日

送金福安先生远行

那夜，朋友来电告知金福安先生去世的消息，顿时，我只觉寒气逼人，往事似隐似现，在脑海里盘旋不去。

20 世纪 90 年代初，我应邀出席一个文化界的祝寿会。那天名家云集，热衷于收藏的我，手里拿着空白扇面，穿梭在席间请人签名。当我走到主桌前时，我踌躇了，因为一位中年人正在与刘海粟说话。他见我站着，立刻接过扇面对海老说，您签一下吧！海老爽快地签了名。他又说，还有朱屺瞻，他又把我领到屺老面前。我顺利地集齐了十大艺术家寿星老的签名，竟高兴得忘了向这位素不相识的热心人道谢，连他的名字都没问。后来我才知道他是《解放日报》的金福安，一位大名鼎鼎的资深报人，我却觉得他亲切平易，像一位大哥。

这以后，我便与金总有了交往，有时去报社办事，会去他办公室坐坐聊聊天，常有“听君一席话，胜读十年书”之感。有时在各种活动上为不打扰他，只远远地看着他忙，但只要他看到我，总会走过来，问几句话，说得最多的是：“你还那么忙？要当心身体。”每次听了，我心里便暖融融的。1996 年秋，文艺部的朋友和我商量想策划一个推广中国现代陶瓷艺术的活动，设想不错，但是否能搞，怎么搞，大家心里都没底。金总当时在北京学习，他得知后不仅予以肯定，还特意打来长途电话对我说，这个点子好，不仅宣传陶瓷艺术，也是弘扬真善美，完全可以做。我们有了底气，于是就有了延续五年的“解放日报文博迎春跨世纪珍品”系列活动。第一品“国宝”面世时，出现了许多市民彻夜排队争睹“芳容”的盛况。金总远在千里之外为我们做宣传，还动员了几位朋友来捧场。这个活动曾在沪上引发一波现代陶艺热，余波延续至今不衰。

后来，他奉调《新民晚报》，担子更重，工作更忙了，但凡有事找他，他总是竭尽所能地给予帮助。2001 年，中国陶行知研究会准备举办纪念陶行知诞辰 110 周年系列活动，由我牵头在上海搞一个大型书画展，没几天，我就被千头万绪的烦事缠得筋疲力尽。我向金总诉苦，说我们人手少、经费少、场地还没找到。他笑了，说，纪念陶行知是好事，好事肯定有人帮。新民晚报不仅参与主办，他还与报社有关部门打了招呼，要大力宣传，并提供各种方便。暑假期间，由中国陶行知研究会、解放日报、文汇报，新民晚报、劳动报、中共上海嘉定区宣传部、宝山区教育局等联合主办的“纪念陶行知诞辰 110 周年大型诗文展”在上海图书馆开幕，金总为我们请来好多新闻界朋友对活动进行报导，他亲自剪彩。第二年，由他出面，邀请几大报社老总和下属有关部门主任，在我小小的工作室开了一次见面会，他向大家介绍我的工作，建议上海新闻单位关心陶行知事业，为弘扬“爱满天下”精神尽一分力。在金总的推动下“爱满天下”活动通过媒体宣传引起了各界广泛关注，一直顺利地坚持至今。金总为陶行知研究事业提供的许多帮助，我是永远不会忘记的。

金总是我该仰视的人，他却视我为朋友，我每有小文刊出，他总会来电话祝贺。今年拙著出版想寄给他，他说：“不要寄，我要请你喝茶，好好祝贺你。”于是，我一直等着……如今，云山渺渺水漫漫，书再无寄处，那不时响起的电话铃声，永远化作了寂寥。世上又少了一位好人！

在这个萧瑟凄清的秋夜，我披衣坐起，唯一能做的是写下了如此一副挽联：“斯人风范自有万方仰而继者，此世情谊唯当一瓣哭以倾之。”思忆至此，肠痛心悲，清泪满襟，哀辞已湿。谨以此联，送亦师亦友的金福安先生远行。天寒路远，先生慢走！

2010 年 11 月 3 日

让我以诗为你送行

最后一次见到张培，是在纪念泰戈尔逝世69周年诗歌朗诵会上。她款款走上台，轻吐心声："在哀愁接踵而来的日子，是他的脚步踏在我的心上……"她自然真切的倾诉如吹拂麦浪的清风，每次都会赶走我心里世俗的烦躁。而这次，我却听出了淡淡的忧伤！为什么？

带着疑问的我没有急于离开。她发现了我，犹豫片刻即喊出："叶老师！"看到我身边的女孩，她问："就是那孩子？"我大笑："哪能呢！那个孩子已当了母亲。"她哑然失笑。十多年了，她不仅记得我，记忆深处，还有那个女孩。

1994年，东方电视台连续报道一个慈善活动。作为嘉宾的我与主持人张培很快熟了。那天，编导要求我带义养的孩子去上节目，我很犹豫。张培说，让我们为这些不幸的孤儿做点事，声音竟是哽咽的。我释然了。节目刚做完，她急急奔出，逢人就问："我那孩子呢？"她也义养了一个孤儿。找到躲在布幔后哭泣的女孩，她把女孩瘦小的身躯紧紧拥在怀里，眼角闪着晶莹的泪光。我被这一幕深深地感动，立刻认她为"同道"。

这以后，在舞台、电视上见到她，就多了一份亲切。有一次，她主持一台严肃晚会，穿的短裙超膝，肩背裸露。我忍不住写信去，很不客气地指出：人到中年，穿衣应端庄大气，短裙不适合你！信寄出，我就后悔不该管闲事，当然也不指望有回音。张培很快打来电话，再三致谢，毫无名人架子。我注意到，这以后，她的着装风格越来越素净娴雅了。对她的虚怀若谷，我心存敬意。

1997 年，上海举办首届艺博会，受组委会之邀，我组团去参展。张培走过我们展位，很惊喜地走进来，她仔细观赏，不时发出赞叹。那年正是农历牛年，我准备了“小牛”送朋友，也送了她一件。她摩挲许久，连连赞道：“此牛昂首向天，做得真好！”但她坚拒我的馈赠。她说，名家力作，价值不菲，我无功怎能受禄。任凭我怎么劝，她还是“逃”走了。对她的淡泊脱俗，我有了更多的感佩。

沉浸在回忆中的我，冥冥中似有人在提醒：我从未向她说过一句赞语。我赶紧对她说，喜欢她朗诵的《捡麦穗》，每次都听得流泪。她说：“我读你的散文《活着真好》，也流泪。”她兴致勃勃地表示，如有机会一定朗诵这篇散文。我们约好，下次再酌商。看着她神采飞扬的脸，我心中的疑虑早已烟消云散。她在孩子的题词本上写下：“因为有光明每天微笑向着生活走来，走来，不停走来！”签名后，她认真地写下日期：2010 年 8 月 7 日。

去年 12 月 4 日，兰心大戏院举办“诗尚诗歌朗诵会”。我带着刊有《活着真好》的《新民晚报》，等着与张培见面，她却没有露面。节目单上她的名字，是同人和听众向她最后的致敬。就在这天，她进了医院。那个约定，随风吹上了九重霄。

让我以诗为你送行。“你转过脸去，消融于往昔里，千年纱幕便垂落在你我之间。”张培！我，还有所有爱你的朋友，“所能献给你的，只有未倾诉的爱情的音乐，让它跟着你消失无遗”。

2011 年 6 月 14 日

那时怎懂有人在等我

今天凌晨，忽梦见辉哥。看他的脸模模糊糊的，我急着要看清他变了没，却怎么也走不到他面前。我急醒了，正是三点钟。我心中有些不安，这么多年音讯断绝，他不会出什么事吧？想到这，我再无法入睡。

那年我刚上初一，学校请来几位解放军参加营火晚会，他们坐长凳，学生席地而坐。也许因为我最小，一位叔叔抱我坐在他膝盖上。当时的情景，除了被熊熊火焰照亮的夜空，四面飞舞的萤火虫，其余的事我都不记得了。

那几年，中小学生与解放军通信是一种教育形式，我参与其中，写得很起劲。当年“八一”建军节，少先队部派我们几个队员去大场机场参加联欢。在联欢会上，一个身材高大的战士表演男声独唱，唱的是《灯光》——一首我喜欢的俄国歌曲。我仔细一看，那人正是营火晚会上抱我坐的叔叔。他唱完了，我高兴地奔过去叫：“叔叔！”他有点不高兴地说：“我有那么老吗？”我很聪明地立刻改口：“叔叔大哥！”他大笑说：“叫我辉哥吧！”这是我与辉哥的初识。

辉哥的部队驻扎在大场，离我们学校不远。尽管我称呼他“哥”，感觉上他仍是“解放军叔叔”。他有时与战友们来学校，教大家打篮球、打乒乓球。周末晚会上，他也会上台高歌一曲，或加入跳集体舞的圈子，跳得满头大汗。与男生下棋，他老输，输急了，还会耍赖。同学们很喜欢他们来，高年级女生都说辉哥特别帅。我不大参加他们的活动，喜欢看书的我，对这种热闹常“视而不见”，帅不帅的，更是一窍不通。但我喜欢写信，原先有好几个叔叔与我通信，后来只有辉哥有信必回，于是，一直与他通信。

记忆中，辉哥来校并不找我玩，男女生都爱围着他，我没兴趣，常打个招呼就坐在一边看书。有时，他从部队图书馆借来书，我都不要，因为都看过了，部队哪有我们学校书多。机场放露天电影，他骑自行车来时总是说，叶良骏小，让她坐。我却不爱坐，宁愿走，于是他推着自行车与我一起走。只有一次，回来时下雨，他用军用雨衣把我从头到脚包住。我坐在后座，他把车骑得飞快，一路唱俄国歌曲，歌声有一丝忧伤，但他不时回过头看我时，却充满了欢喜。

辉哥是军医，每次来学校，陪他来的有飞行员、地勤师。慢慢地，别人来的少了，他还是常来。这样断断续续地过了三年，除了见面，我们仍不时地写信。我初三毕业时，他部队要调防离开。他来学校告别，同学们围着他七嘴八舌。从不参与的我，依然捧着书不发一言。他要走了，大家闹着要他再唱首歌，他唱了，还是那首《灯光》。“有位年轻的姑娘，送战士去打仗……在那姑娘的窗前，还闪亮着灯光。”他唱得很好听，大家和着唱，我也唱起来并走近他。他与大家一一握手告别，轮到我了，我感觉手心有样东西，他眨眨眼，我赶紧用手握住。他对我说：“快长大！”我们送他到校门口，年轻的我们没有伤感，像往常一样，互相挥挥手，笑着、喊着，他走了。留在我手心的里是一架小飞机模型，还有张写着新地址的纸，上面有字：给我来信。

他常来信，我很喜欢他的信，信中常说他的部队生活，这生活，是我完全陌生的，故特别有趣。渐渐地，我知道了他八岁就参军，没有上过一天学。他的医术是自学的，听起来有点吓人：用木匠锯子锯腿，用杀猪刀剔烂肉，用竹片、稻草做骨折夹板，采荷叶当纱布……他还说，战场上的伤兵，常常因没麻药哭天喊地。他信里说，这就是战争！战争的残酷超过任何人的想象。他还说，只有经历过战争的人才懂得和平的可贵。

高中阶段，与辉哥通信是件快乐的事。他写的部队生活、他的战友，都是我从来没接触过的，很新鲜，像听故事一样。他写家乡，他为抗战献身的英雄父亲，他缠小脚的母亲，他从小要饭、死里逃生、打仗受伤、第一次射杀敌人……信的内容像小说一样，精采极了。我总是及时回信，急着要听“下回分解”。他更多的信，充满了理想主义。他信中写到的革命生涯，他对国家的忠诚，他坚贞的信仰，这些，对成长中的我，起了潜移默化的引导作用。他信中散发的正能量，使我一生受益匪浅。他写给我的信并不很多，一个月一封，但总写得很长，他和我都如此。他虽没上过学，信却极有文采，每次我总要看好几遍。三年高中，我们没见过面，但因为信，总觉得他离得很近。那年头，学生对解放军有英雄情结，每次他来信，同学们都抢着看，有时还在宿舍由同学朗读。他成了大家的辉哥，过年我寄给他的贺卡上，总有好几个女孩的签名。

快毕业了，我在校园拍了好多照片，寄了几张给他。他来信说：“女大十八变！”他寄来一块蓝绸，作为我高中毕业的贺礼。我做了件长袖连衣裙，这条裙子很漂亮，女生轮流穿了拍照。毕业典礼上我穿了上台领毕业证书，听到好多赞叹声。等待大学录取通知的日子很长，那时已调防南方的辉哥邀我去玩。妈说，不可以！我很奇怪，为什么不可以！妈说，他没结婚。结婚与否，与我去找他有什么关系？妈说，你怎么不懂男女有别！妈的话提醒我了，他比我大十几岁，条件这么好，为什么至今没另一半？傻里傻气的我，写信去问他。他来信，顾左右而言它。我一向大大咧咧的，后来也忘了再问。

过了三年，我二十岁，生了一场病。生日这天，老同学俞、贤来我家，送来礼物和祝福。上午邮递员送来一只大包裹，渝代我拆开，是一叠绸衣，各种蓝色的绣花衬衫、裙子，辉哥寄来的。俞和贤爱不释手，我让她们挑，正抢着闹着，妈过来了，正色道，女孩子不可以无故收别人的礼，退回去！怎么无故？是有故的，生日礼物啊！妈说："你不是孩子了，怎么一点不懂事！"衣服被妈退了回去，只留了一件丝绒背心。我正生着病，本没情绪穿新衣，退了也无所谓，但心里有点儿怪妈不讲道理。

辉哥来了信，只有三个字：嫁给我！我差点昏过去。嫁他？亏他想得出。他是让我怀有敬意的叔叔，一位我该仰视的老革命，要我去嫁这么个人，实在匪夷所思！满脑子是安娜·卡列尼娜、玛格丽特、娥菲丽娅、琼玛等爱情故事的我，从来没想过结婚这么俗气的事，不仅没想过结婚，恋爱都离得很远，怎么可能去嫁人！我倒没生气，只是觉得很好笑，给他写了一封很捣蛋的信，连称呼都改成"辉叔叔"。

后来的事，一点儿不好玩了。两年后，辉哥终于结了婚，新娘是老家农民，还是全国劳动模范。我与他十年通信戛然而止，一段清纯如水的情谊，画上了一个句号。后来很多年里，我很不习惯他的消失，在翻捡来信时，总会不由自主地找写着部队番号的信，但再也没有收到过一封。辉哥从此像空气般再无踪迹。也许我的潜意识里，一直保留他送绸衣的记忆，我爱穿真丝服装，不仅春夏，冬天的大衣也总挑真丝面料的。而且，衣橱里独多蓝色，最多的是像辉哥名字中的蓝色——天空的颜色。空闲时，我常常抚着那架小"飞机"，想起辉哥的歌声，想起他的信，心里涌起温暖的回忆，伴着一丝淡淡的惆怅。

再见他，已隔了半个世纪。他已是大干部，住在西郊宾馆，小楼遍布警卫、岗哨，见他，要预约，还要安检。他问我："你后悔过吗？"既没开始，怎有悔意！那时我太年轻，又充满幻想，脑子里没有干得好不如嫁得好这根弦。现在想想，那么长的十年，从小女孩长成亭亭玉立的少女，竟然一点不懂有人在等我！我竟会傻到如此地步！当初的回复是对是错，我从来没想明白过。要放在如今，我会这么超凡脱俗吗？我没法回答。但当时的纯真是值得珍惜的，那个年代，那时的辉哥、我，还有许许多多人，都没被污染，才会有这么一个不可思议却真实的故事。这样的故事带着诗意留在心里，可以久久地回味。

今天梦见他，又在凌晨，不知辉哥安否？忽然有点想他。其实，他留给我了地址、宅电，还留有手机号，但还是不问了，因为，问了又能怎么样呢？

2013 年 8 月 13 日

依稀旧貌渺无迹

清明那天，扫墓大军浩浩荡荡，我望着高架上的滚滚车流，心生些许羡嫉，因为想去那几位故人坟头抚碑吟思，竟成奢望！

学长永康兄是新中国第一代下乡知识青年，1957年高中毕业后放弃考大学，去上海郊区彭浦乡插队当农民。我曾几次见他卷起裤腿赤脚在菜田里忙，觉得一点儿不好玩，他却整天乐呵呵的。他爱管闲事，是肯为朋友两肋插刀的人。为圆我的梦，他一改宁折不弯的硬脾气，四处找人，比我自己还要起劲。最后没了辙，他想出一个奇招。他不明白圆梦应是水到渠成，当然是白忙了一场。他对朋友热情似火，对自己却毫不上心，患高血压不遵医嘱，于1993年夏患脑溢血突然离世。他似乎有预感，临行前一个月，三天两头来电话约我吃饭，要祝贺我一本陶著连印三版。那时我天天讲课，忙得气都喘不匀，哪有心思去，几次怪他添乱，他却不生气。那个劳而无功的奇招，他瞒得如铁桶一般，我一直被蒙在鼓里，得知此事时，他已离世二十年。听说他葬在川沙，我问了很多人，打听不到墓址。好想陪他去"红房子"吃顿西餐，对他道声迟到的"对不起"，长夜茫茫无边，哪里还有他的踪迹！

潘泠云老师从武汉大学毕业后去了重庆，成为陶行知的学生、同事，他追随陶先生从四川到上海。他是四川育才学校迁沪的先遣组成员，也是为此出力最多的陶门弟子之一。他为陶行知事业奔波一生，改革开放后，他为恢复山海工学团殚精竭虑。为办现代新型的乡村学校，他坚持创新，为大场父老乡亲做了很多事，农民都亲切地叫他"潘大哥”。我进入陶行知研究领域后，得到他很多关照帮助。我出第一本陶研著作时，他为我看稿，写修改意见，还订了好些书。我第一次上台讲“陶行知”，他写了提纲供我参考，还为我打气：“‘做中学’，是陶行知精神！”他总是说：“只要是学陶，我支持你。”他因劳累过度，于1994年7月27日驾鹤西行。他的遗体捐给医疗机构，当然不可能建墓，只有一棵银杏树是遵他遗嘱种的，今已亭亭如盖。每次我走过树下，只听树叶在风中轻唱，再不见老师亲切的面容，心中黯然。他是我三十年坚持学陶的引路人，我从未谢过他。现在，再想喊一声“潘大哥”，长空寂静无声，不会有回应了。

林君是青梅竹马的好友，从小我们就在一起做梦，他想研究石头，我要去写书。长大后，我们在两条路上奋力前行。三十年后重逢时，他已成为著名科学家，攀上了地球化学这门学科顶峰。我已出了好几本书，成了作家。我曾与他相约去西山看红叶，与我们多舛的青春岁月作别，再庆祝我们都已梦想成真，但他忙我更忙，明年复明年，总不能如愿。豁达的他最后未能免俗，身陷纠葛无法自拔，又不明种种玄机，与某个荣誉称号失之交臂后，走不出落选的阴影，于2003年遽归道山。他病危时，我赶去看他。积攒了一辈子和他想说的话，在诀别时只有寥寥几句。他说，我走时，会又老又丑，别来送我。我说，欠我的满山红叶，你何时还？听说他葬在昌平，我几次向他的学生打听，无确切消息。我想起那个美丽的约定，可长路漫漫无尽，我该往哪儿走？

如果有座坟，清明时节可去培一抔土、洒一掬泪、点一炷香、说几句话，就算天人永隔，还有清风明月会向亡灵传递信息。如今，依稀旧貌渺无迹，倏忽沧桑数十庚，情何以堪！唯有雨丝盈袖，涕泪欲泫。

2014年4月20日

和丁锡满先生（七绝）

金蛇起舞迎新年，瑞雪兆吉喜气涵。
雾尽晴开春风劲，欣欣九洲望尧天。

注：此为蛇年大年初一凌晨，收丁锡满先生诗后，步其韵和。今忽翻出此稿，特抄录。惜未找到丁老原诗。诗为急就章，记得是当即回他此诗以贺新年，故未细酌。时过镜迁，丁老墓木已拱，诗是否符律，或是否合规，丁老不会再评了。按原样录此。秋风秋雨秋叶秋花，一片萧瑟一片灿烂，不知该悲该喜。秋景如许，转眼成空。红泥煮茶，长夜吟诗，桂下品戏，皆成绝响。天上人间，无桥相通，独搁清泪，怎堪秋色！

2018 年 10 月 24 日

世上又少了一个好人

认识丁锡满先生近二十年，是因为诗。他知我亦为诗词学会会员，便认我为诗友。每年除夕他发来诗，总是称“指教”。我忙东忙西，诗写得少，他说：“可惜了！”有时被他“逼”紧了，和他一首，总是急就章，没好好改就发出去。他先夸“才思敏捷”，然后不客气地说，这字、那字要再酌。我最不耐烦改诗，但他的话从不反驳，因为不忍辜负他的好意。金福安先生去世后，我在晚报发的纪念文章里有自撰的挽联，他像发现新大陆一样，当夜就写来信说，没想到你会撰联！欢迎加入我们楹联学会！于是我成了楹联学会会员。一入会，他就说学会在编“上海楹联大全”，要我想想有谁的楹联可以放进去。我脱口而出，陶行知。他把搜集陶行知楹联的事交给我，还限定了交稿时间。那时我正忙，又没现成资料，一直拖着。他找我去，说这本书会传给后世，你参与其中，是功德无量的事。还说了三个“拜托”！被他逼着，我花了好大力气才完成了任务，也因此给自己的研陶工作添了一份宝贵资料，至今还很感谢他。

有次去看他，看见桌上有作家协会寄给他的杂志，随手拿起翻。他奇怪地问：“这杂志你没有？你不是作协会员？”“不是。”“你写了那么多东西，怎么不申请加入作协？”轮到我觉得奇怪了，写东西与加入作协有什么关系？他说，这是一种认可，明白不？虽然还是不大明白，但禁不住他一再催，还为我写了推荐信，又建议我去找褚水敖先生当另一个推荐人。于是我写了申请，顺利地被批准加入了作协，成了名正言顺的作家。后来我才知道，市作协门槛很高，至今只有一千多名会员，感谢他引领我走进了这扇大门。

2011 年我们在图书馆举办纪念陶行知诞辰 120 周年书画大展，我向他求字，他将我一军，说你也撰副“联”。我不想放弃他的作品，忙得四脚朝天的我，见缝插针撰了对联，还作了首“学陶感赋”。他来参观，看到我的“联”和诗在一起展出，笑着说：“原来你是要逼的！”他的散文集《走笔大千》开研讨会，怕我忙没请我，我得知后说再忙也要去。他说别空手来啊。我想了半天不知送什么礼，撰了两副联带去，其中一副还是我自己书写的。他高兴地说：“今天你送了我最想要的‘礼’！”我又被他“逼”了一回。

我的散文集《博爱存心》完稿后，依约请他写序，一向有求必应的他却爽约了。我不知他已重病缠身，还怪他说话不算数。他来电致歉，我说那么等书出来后写篇书评。书出来寄他，他来短信祝贺，书评却没有了下文。

我得知他病危，已是 21 日，赶紧放下手头事奔去，虽已做了充分的思想准备，一见他，仍吃了一惊。一向生气勃勃的他已面目全非。我报上名字，他抬手表示知道。他目光空洞，似视而不见，口大张，却说不出话。他挣扎，却仍如平时，轻轻地怕打扰别人。他痛苦，但仍如以往，面容平静。他一向爱才惜才，善待别人，现在，却无人可以帮他。我说了许多话，不知他听到了没。其实，我自己都不知说了什么，因为都是废话。我与他告别，说我走了。他握着的手用了下力，然后松开，艰难地抬起又重重地落下。这最后的诀别，无语，无声，我怕他听见哭声，狂奔而逃。

丁锡满先生是一个好领导、好干部，一个大诗人、老报人，他是我和许多人的老师和朋友。他走了，世上又少了一个好人。秀才人情半张纸，这回，再不用他“逼”，我连夜撰挽联送他远行：“一生纵笔字挟风骚称雅士，廿载同声交如金石似长兄。”从此，再没人逼我。从此，天人永隔。从此，再没了“从此”！

2016 年 4 月 11 日

寂寞着，微笑着

这是人们最不愿来的地方，但无法避免，一年总要来一两次。那天，这儿聚集了上千人，来送别钱谷融先生。

天阴沉沉的，但照片上的钱老笑得灿烂。在冰冷的大厅，这笑容使人如沐阳光。我手持菊花，望着钱老，心里没有撕心裂肺的痛，只有宁静和温馨。像往常一样，钱老静静地与我对视，耳畔是他说过无数遍的话：“懒惰无能，才能不去跟风，率性而为。”

他的名字，我早在半个多世纪前就熟知。他是父亲同时代的文友。“论文学是人学”发表后的惊涛骇浪中，父亲是认同他，并不人云亦云的笔友之一。钱老因那篇文章当了三十八年讲师，两年后，父亲因同类问题被赶出大学，待在大西北二十七年。当时，父亲不止一次说钱先生了不起，是有独立人格的君子！那时，我尚年少，对这些事茫然无知，但因父亲不大夸人，我记住了他少有的赞赏，也因此记住了钱谷融这个名字。落实政策后，钱老破格升为教授，父亲回故乡宁波当教授，两人不在同一城市，见面不易，但常在各种研讨会、活动中相遇。他们的来往是君子之交淡如水，所以我一直无缘见他。父亲对钱老的评语只两个字：君子！我印象深刻。

一次偶然的机会，我见到了钱老。潍坊市作协老主席穆兄得知我与钱老住得近，几次要我代他去问候。我与钱老素昧平生，他又是个大名家，我不敢贸然去，拖了好几年。后来穆兄寄来几张照片，说怕遗失要我送去，我不能再找借口不去。我得到地址，想着打电话要说很多话，怎么介绍自己呢？还不如闯了去。一路上我惴惴不安，还无端猜测会不会被赶出来。没想到，钱老对我，如同熟悉的朋友一样，毫不设防，谈笑风生，甚至没问一句我是谁。

就这样，我像被施了魔法一样，被钱老深深地吸引住了。这以后我常当“不速之客”不请自去，在他的小屋喝茶、喝咖啡、吃水果，听他谈天说地，送去我的书请他题字。后来我还带去孩子、孙辈，甚至带去我的学生、邻居。每次去，钱老总说：“我喜欢你来，更喜欢你带孩子来。”看得出来这不是客套话，他真的喜欢有人去看他。即使桃李满天下，老人还是有些寂寞的。

我特别喜欢他送格非的那句“逆来顺受，随遇而安”，几次请他转送给我。每次他都摇头，说此话对我不合适，后来为我题了“博爱存心”。他说看了我的书，觉得这四个字比较贴切。钱老居然洞察一切！我后来将这四个字作了新出的散文集书名。书出版后送他，他翻着目录说，这四个字符书意，但字实在难看，早知你要作书名，该用毛笔好好写……然后他大笑，我也跟着笑。在钱老身边，总感到有令人安心的气场。即使含意深刻的话，即使对那场匪夷所思的“大革命”，他都以淡淡的口吻谈论，仿佛说别人的事。在他面前，有再多的委屈都不该说，有再想不通的事都会云淡风轻。

钱老对我这个熟悉的陌生人流露的善意，使我觉得沉甸甸的厚重。他有次听说我不认路，笑我是路盲，又为我解嘲，说女孩子都不认路。让他笑得最厉害的事，是徐中玉先生家近在咫尺，我去了多次，居然还会找不到。有次从他家出来，我要去看徐老，出了钱老家不知该左拐还是右拐，又忘了怎么走。正犹豫着，钱老送我到楼梯口，看我这样子，跟我下了楼，说他正好去长风公园，顺便送我过去，“免得你又东问西问找不到”。我笑，他也笑。他是国宝级的大师，我从未感到过盛气逼人，敬仰之余，更多是妥帖的暖意。

学校要为他做百岁大寿，穆兄说会专程来参加。我一直考虑送他什么礼物最合适。他生日那天，我猜一定有很多人去医院祝寿，便没有去凑热闹，买了一束花也没送。现在没处送了。

我不是钱老的弟子，也不敢自称他的朋友，我只是一个偶然认识他的“路人”。像许多见过钱老的人一样，我同样感受到他的“不争”，从而悟出了许多道理。“生命是进步的、乐天的。”这几年，每当遇到挫折时，我总会想起他对我说过几次的这句话。在茫然无措时，钱老的恬淡、乐观，他富有感染力的笑声，他常说的“自己想好了才做”，就像暗夜里的一道闪电，给了我很多勇气，于是，我笑着继续走。

钱老走了，带着他的满腹经纶，去了另一个世界。我最想说的只有五个字：“钱先生永生。”

2018年1月25日

我要开除你的“友”籍

我认识他已三十二年，君子之交淡如水，从没在一起吃过饭、喝过茶，但他一直都在，忙时速来，闲时问候。4 月初，我寄去妈妈百岁华诞寿碗，他没回复，我去电话，没人接，于是气势汹汹发信责问。19 日，回复才来：“衷心感谢，恭祝伯母福如东海，寿比南山！健康平安幸福快乐！晚辈陈时骏拜上。”我暗笑，晚辈？还“拜上”？几十年的朋友，拜托，不用如此正式吧！谁知他危在旦夕，却对所有朋友保密，包括我。他在拜别人世，愚笨如我怎会猜到！

初见他是在 1986 年，他带新陆中学老师参观陶馆，我对他听讲时的泪光闪闪印象深刻。过了两年，他又带陆行中学教师来。那天会风特别好，老师们凝神静听、做笔记，时而笑声连连，时而小声议论，不断有人拭泪……这种互动，使报告人大受鼓舞，我讲得忘了时间，他意犹未尽，请我去学校开系列讲座。我实在没空，不敢答应。新年收到他的贺卡，那字一笔一划，端正工整，刀刻似的，还盖公章签了名。那时给我寄贺卡的人很多，但我从未收过来自校长的贺卡，感动于这份唯一，我破例了，一去再去，最后成了校友讲师团成员，当了陆行中学的名誉校友。

我不记得去过“陆行”多少次，讲过多少课，只记得他老“为难”我，要我为师生讲爱国、讲读书、讲做人、讲雷锋、讲八荣八耻……我讲陶行知驾轻就熟，讲这些要另起炉灶，他却不管，一次次给我出难题。他总有理由，说得最多的是，“没有做，莫说做不通”，是陶先生的话，真正以其人之道还治其人之身，我哪有招架之力，只好苦着脸写讲稿，咬着牙去讲不熟悉的东西。后来我讲课的主题越来越多，形成了好几个系列，听众也从教育界扩大到别的领域，这有他的“逼迫”之功。他一直叫我叶先生，实际上，我才应该称他“先生”。

六十周年校庆，他要我题词。我跳起来，一手破字，开玩笑！他劝我，试一试嘛。他三天两头来电话，我拗不过他，只好每晚在家练字，练了一个多月，还是不敢题，最后临摹字帖才用隶书写成“建手脑联盟，铸人格长城”。校史室展出了这幅字，平生第一次题词挺像样子，心里美滋滋的，想谢谢他给我机会，终究没说。校庆日，来了很多领导，但他一直陪着的只有两位，会场贵宾席就坐了这二人，他的目光充满敬意。这是哪方神圣？我很好奇。主持人请两位上台，同时请上台的还有两尊雕像，是校创始人“姚德明”和首任校长“李之朴”。当他把雕像恭敬地捧给这两位的后人时，他深深鞠躬说：“谢谢！”这是他策划的向前辈后人赠雕像，树高千丈不忘根本的感恩之举，令前辈家属及全场动容。他在“陆行”当校长十五年，这样的温馨事时有所闻。

最后一次见他，是来看我编剧的《赤子之心》演出，他说了好多温暖的话，还要和我一起写校园戏，让“陆行”学生演。他说，校史室重修了，要我回去看。他问，校园里他设计的那座雕塑，“书”的上面是什么，可猜出？听我回答是“兀”，竟开心得手舞足蹈。他三句不离“陆行”，退了十几年，心里还是放不下学校。他是“理工男”，却老浮想联翩，他专攻数学，却爱风花雪月。这样一个生气勃勃、心有大爱的人，怎么可能突然就没了？我的越剧六代人演出的纪念扑克，“环球港”奠基的银币，他曾垂涎三尺要用来充实他的收藏，怎么不要了呢？

陈时骏，你是好教师，好校长，好朋友，但在我心里叫得最多的是陈兄！不过今天不叫了，你惹我生气了。我要开除你的“友”籍，你怎能说走就走？你不够朋友！你不讲道理！你太不像话！你，你！喂！你给我站住！告诉我，今年请你看戏，请柬寄哪里……咳！

2018 年 6 月 12 日

秋自来秋自去

每年总有这么几天，满城桂花香。院子里有一排桂树，在楼上也能闻到甜甜的香气。街上、绿地里都有桂花，随风飘来的香若有若无。在沁人心脾的芬芳中，走路都觉得轻快起来。

最令人期待的是与好友相约去送秋。每年桂花盛时，我们就会去公园，或吟诗填词，或接龙撰联，或浅唱轻诵。桂子飘洒，满地馥郁。我们捡起落花，用手握住，如捧住了一泓清水，如挽住了一抹温润。

这样的送秋已持续了近四十年。一年年地，不管有多忙，不论有多累，无论家事、难事、愁事，都阻止不了我们的脚步。桂花铺地的那天，我们都会放下所有的羁绊，在金灿灿的秋景中，走成一幅画。

我们相识已有一甲子，年少时就因爱好文学成了好友。那时，我们互相欣赏，更多的是较劲！我被老师读了作文，他赶紧写篇更动人的。我在《儿童时代》发了童话，他立刻去《少年文艺》发故事。得知他去青年宫参加文学创作小组，我马上报名参加天马电影厂的剧本学习班……你追我赶，谁都不甘落后！

如果不是世事无常，我们也许会描绘出一幅诗意盎然的长卷，可惜我们语文学得再好，还是未写成“如果”二字。

在人生之秋，我们终于重逢。时间雕残了容颜，但偷不走我们的梦！在钢花四溅中，他“炼”成了诗人。在天涯飘泊中，我写成了作家。青丝染霜，我们，依然有共同的理想！

几十年跋涉，无数亲人朋友，如掌中的沙，消失了；多少诗情画意，似风中的蝶，飞远了。难得还有个知己，可相约去送秋。他为我捡去发上的落叶，痛心疾首地叹：“你怎能有了华发！”我笑答：“春的后面不是秋吗，何必为年龄发愁？”我为他拂落眉头的尘埃，吟诵他的诗：“而今你也改了容颜，秋雨却成了你酿就的酒！”我们相视一笑，春天仍在眼前。从料峭的正月，到酷热的盛夏；从团圆的春节，到泪尽的清明；从缠绵的梅雨，到心碎的中元……担心、忧伤、单调、烦杂，哪怕是挨得咬碎了牙，都得过！只因有个满眼璀璨的秋日，可以忘记这一切，就觉得有了盼头。在落英翩翩的绿草丛中，我们回忆激越的青春之歌；在和风吹拂的绿树荫下，我们搜寻遗落的前行履痕！一年里，只因有了这一天，日子变得有韵味了！

总以为，这样的风景年年可看，总相信人如落叶：“纵然有一天被西风打下，美丽也胜过二月的花！”可，眼前依旧灿灿，他却不会来了。曾经的沉重，终究压垮了他的傲然。莫名的荒谬，还是揉碎了他的心志。他的世界成了白茫茫一片，再也不记得他钟爱的诗。任凭我千呼万唤，他只是迷惘地望着我，眼里只有茫然！所有的聪慧、才气、儒雅，都随风逝去，他兀自返回了童年。

岁月斑驳又是秋，我独自去了公园，漫步在寂寥的月光下，陪伴我的只有影子。回头望，小路无尽头，绿叶已凋零，路边不知名的甲虫，摇头晃脑排成了行，去意徊徨。

菊淡桂馨、稻黄棉白，一片喜庆是秋；雁归鹤唳，雨凄风咽，一地残迹亦是秋。秋自来秋自去，它何曾在意人去送！“残花半树悄无声，细雨满天风似愁”，从此，我再也不会去了！

2020 年 11 月 5 日

大阿哥

“大阿哥！”全楼的男女老少都这么叫他，以致我一直不清楚他的名字。高家搬来时，我们听说橱柜箱笼堆了半条弄堂，都跑去看，稀奇的倒不是东西多，而是这家人除了高家姆妈，全是男的！一个男人带着六七个男孩，排着队在搬东西，最高的那个在指挥。高家姆妈笑容满面地发定胜糕，问我，你是谁家的？我指指楼上，她说：“他是大阿哥，以后有谁欺侮你，去找他！”我细瞧大阿哥，鼻子高挺，头发眼睛都是褐色的，像苏联电影里的“阿廖沙”。我雀跃，有这么帅的一个哥，多好啊！这以后，我与高家就熟悉了。

大阿哥刚工作，早出晚归。他比我们大十多岁，不大掺和我们的事，也不爱说话。但他很热心，有人买煤饼，他帮着踏黄鱼车；老人拎不动水，他帮着拎上楼。有次半夜，听见楼下很吵，第二天才知，三楼新嫂嫂丈夫出差了，但她突发急病，大阿哥背起她就往隔了两条马路的医院奔，医生说，晚一点就没命了。我喜欢去高家，因为这位哥，小小的我，满心欢喜。

没过多久，大阿哥参军了，是去朝鲜。高家姆妈是湖州人，在赶做蚕丝被，说那里天寒地冻，一定要带去。大阿哥穿了军装，背了背包，打了绑腿，神气极了。高家姆妈唠叨，他本可以养弟弟了，现在……大阿哥说，保家卫国，光荣！有人参加“抗美援朝”，全楼喜气洋洋，只有我很难过，使劲忍才没哭。

大阿哥很久没有音讯，高家姆妈常在院子里等邮递员，我每天放学，也陪她等，可总是失望。高家伯伯打听到大阿哥的部队番号，写了信，不久收到了回信，全楼人都松了口气。后来学校要我们给“最可爱的人”写信，我缠着高家伯伯转我写给大阿哥的信。第一封信，直到现在我还记得：“亲爱的大阿哥，我很想你，你想我吗？”高家老四看到我的信吼：“去去去，他又不是你哥，要你想！重写，否则不给你转！”不记得是否重写了，但大阿哥真的回了一封信，他写道：“我想姆妈，想老邻居……”我拿着信在弄堂里跑，孩子们都围过来，我们一遍遍读这封只有三行字的信！我们聚在一起，想象零下几十摄氏度到底有多冷，在地图上查，志愿军到哪儿了，是否有他在的部队？几个女孩开始织手套、围巾，想寄过去。大人捐飞机大炮，我们捡废品卖，要多捐几颗子弹让大阿哥杀敌人。遥远的战场成了我们心中的牵挂，天井里常响起我们的歌声：“雄赳赳气昂昂……”

两年后大阿哥终于回来了。我们比高家姆妈还要高兴，叽叽喳喳笑着闹着。他悄悄地送了我一把朝鲜铜匙，我宝贝似的珍藏了几十年。可看上去“完整无缺”的他，从此，走路一拐一跷，背也有点驼了。他进厂当了工人，很快娶了隔壁楼里的女人，搬到新居去了。之后听说他一直没孩子，又离了婚，偶尔见他回来，总是皱着眉，郁郁寡欢的样子。几十年过去了，最后听到的消息是他去乡下养老，并在那里去世了。

大阿哥已走了好多年，邻居中不知是否还有人记得他。我常常想起他。他是我童年仰视的一颗明星，他让我懂得“在祖国需要的时候，我们马上拿起枪……”世事难料，他仍是我的大阿哥。我很想告诉他个小秘密，哥，你是我们这些小女孩心中的英雄王子！你结婚那天，我们好伤心好伤心。还好，他永远不会知道了。

2021 年 7 月 18 日

门外秋风一片——痛别薛范先生

上高三那年，我们被俄语折磨得灰头土脸，那些“变格”、语法，怎么背都无尽头。一天中午，广播站放了一首中文演唱的苏联歌曲《莫斯科郊外的晚上》，歌好听，词很美。我一下子就学会了。

我突发奇想，这首歌如用俄语唱应该更顺吧？但找不到原版歌词。俄语老师童先生说，别人都为俄语人仰马翻，你学有余力，自己中译俄好了。初生牛犊不怕虎，说干就干，不到两小时，我就译好了。照着唱倒蛮顺，但不知译得对不对，老师说，你去找这首歌的译者，他叫薛范。我是译着玩的，当然没去找，但记住了这个名字，还想着能译出如此有诗意歌词的人，定是个英俊潇洒的帅小伙。

第一次见薛范，在三十七年后的 1994 年。商城剧院举办“苏联歌曲音乐会”，票很紧张，我在门口等有人退票。当熟悉的旋律响起，“我们祖国多么辽阔广大……”身边响起了抽泣声，我也泪流满面。久违的歌曲伴着人们渴望的真善美，穿过近半个世纪的风云，又来到我们面前。听说薛范在场内，中场休息，我奔出去买了大红玫瑰，但我没见过他，结果把花错送给了指挥。散场时，我在电梯里与薛范迎面碰上，当我见到与我想象中完全不同的他时，我竟没有一点儿违和感，正如他说的：“请别注视我的腿……”因为那么多美妙的歌，即使在轮椅上，他仍是一位顶天立地的男子汉。

熟悉后，得知他的境况，我一直想帮助他，都被他拒绝，相反，他多次帮了我。那年，我创排舞台剧“东方之舟”。他得知后，十分高兴，几次来电鼓励我，还说，有什么要我做的，尽管说。剧中有首犹太难民离别家乡的歌，我写了词，薛范自告奋勇配曲。我不知轻重，提出要忧伤、迷茫、依恋，要犹太音乐元素。他发来的曲谱丝丝入扣。这首“哀歌”把我要表达的情感都涵盖在内，成了戏的亮点。后来有朋友告诉我，薛范整夜坐在电脑前，花了一周才编成这支曲子。他自己却一句没提过，更别说提报酬！我创作的几部戏，他都担任音乐总监，那些久远年代犄角旮旯的歌曲，他都能找出，经过他的改编合成，以崭新的面貌出现在我的剧中。我以前以为他只会译歌，实际上，他这位音乐学家博学多才，在音乐领域中简直无所不能。总以为他需要帮助，其实错了。他的热情豁达，他的执着坚韧，是一团燃烧的理想之火，靠近他就被他吸引，觉得生活是多么美好，于是，浑身有使不完的劲！

很多年里，我们一直想合作搞一台音乐会，但未如愿。2015年，终于找到了一个契机，我策划了在一所中学举行“警钟长鸣，珍爱和平”音乐会，纪念世界反法西斯战争胜利70周年，由薛范担任顾问。所有的曲目由薛范审定，其中有他译配的《冉卡》等五首歌。这些歌年代久远，传唱并不广泛，对于师生难度很高。盛夏酷暑，没车接送，薛先生摇着轮椅坐地铁一次次去学校，从历史背景到歌词含意一一讲解，还亲自示范。这台节目完全由一所初中的师生完成，没有一个专业人士，我觉得抱歉，薛范说，正因为业余，才显得伟大，因为音乐是人民的心声。音乐会如期举行，获巨大成功。

我曾带学生去拜访他，孩子们以为他住在有大阳台的房子里，窗上飘着纱帘，三角钢琴奏着世界名曲，他怎么什么都没有！问我，他很穷吗？是的，薛范大半生陷于困苦、孤独，但他从来不曾贫穷。因为翻译歌曲享誉无数。他的歌迷从他的同龄人到如今的00后，没一个明星能与之比肩。所以，他的世界总是春意盎然。

上个月他发来音乐剧剧本，我提了几句不同意见，他说，你说得不对，见面再驳你！他从来不这么直截了当，但听着他生气勃勃的声音，我没往深里想，于是等着见面，等着他反驳，等着熬过酷暑，还等着要告诉他一直没说的我十七岁时的那件趣事，如今，白等了！

无数时间的碎片，无数空间的远影，都在岁月的苍穹里闪光，跳跃，融合，裂变，然后汇入大海，薛范也因此得到永生。琴音滚滚，歌声袅袅，亦风亦雨，如泣如诉。薛范兄，门外秋风一片，您慢走！

后记

岁月如水，流逝无声。回望来路，许多如影随行、领路的、同行的人，都成了背影。

“夜夜相思更漏残，伤心明月凭栏干”，于是，就有了这些文字。《盈袖丝雨》所收的文章大多数刊在《新民晚报》夜光杯上，也有不少刊在《解放日报》《读者》等上百种报刊上，时间跨度近四十年，记录了我的师长、亲人、朋友、同学等在我前行路上相助、相近、相伴、相爱的履痕。想起他们，我的心里满是暖意。因为有那么多的爱和关注，我活得心安和快乐。

本书分五个栏目。“隔岸垂萱”是亲情篇，我的外公、祖母、窠娘、父母、舅舅，都以不同的方式，用心演绎着我们这个大家庭的庭训“为善最乐，读书便佳”，对我影响深远，他们是我永远尊敬的长辈。

“兰碧人素”是师恩篇。母校行知中学有两棵百年广玉兰树，树旁古老的四合院里，生活、工作着我们称之为大哥大姐的老师们。他们弘扬陶行知的“爱满天下”精神，在我的心里种下了一颗“陶种”。他们是我永远要叩谢的人。

同窗篇“满眼蓬蒿”、友谊篇“西风抚弦”、陌野篇“凝痕残晖”，抒写同学、挚友、尊长对我的深情厚意，他们是我永远纪念的人。

我如同一株细弱的嫩笋，因为有那么多人的浇灌照料，给了我一片泥土，才能不顾一切地向上长向上长，变成了苍绿粗壮的苍竹。想起他们，我的心里除了眷恋，更多的是感恩。

认识穆陶兄已近三十年，相隔千里，要见亦难，因鸿雁传书，气息相投，成了好友。他“逼”我学电脑，开博客。他劝我放下杂事，回归书桌。他鼓励我写文著书，还提醒我尽快加入作家协会。他是我为数不多可称为老师的知己。他不顾体弱有病，为此书作序，其情之真，其盼之切，令我感动，十分感谢。

徐春荣先生原为上海市委组织部落实知识分子办公室干部，认识他是机遇巧合，后来，一直得他鼓励。我的第一本散文集《霜露》由他题写书名，三十年后，他又为《盈袖丝雨》题名。他还花了很多时间从自己几万帧摄影作品中，精心挑选一幅美图作为本书的封面画。深情厚意，无语可谢，当牢记在心。

书中之人，墓木已拱，茫茫人海，踪影全无。天若有心怜冻草，地犹无土葬穷思。如今，我把思念化作文字，让他们在这本书里得到永生。忆君君不知，唯有泪千行，我所有的感谢、痛楚、遗憾、歉疚、忧伤，以及未圆之梦，未了之事，还有，他们以真情为我留下的美好回忆，千言万语，皆在此了。

叶良骏

2022 年 6 月 8 日于梦陶斋